AF431301

El primer estel

Astruc, jueu de Barcelona

Maria Josep Estanyol i Fuentes

El primer estel

Astruc, jueu de Barcelona

Maquetació: Riccardo Scotto

Disseny de la coberta: Marta Scotto

Imatge de la coberta: *Atles català* de Cresques Abraham

Primera edició: Barcelona, novembre 2014
Segona edició: Barcelona, març 2019
Tercera edició: Barcelona, febrer 2020

© Maria Josep Estanyol i Fuentes

La reproducció total o parcial d'aquesta obra per qualsevol procediment, compresos la reprografia i el tractament informàtic, o la distribució d'exemplars mitjançant lloguer o préstec públics, resta rigorosament prohibida sense l'autorització escrita dels titulars del *Copyright*, i estarà sotmesa a les sancions establertes a la llei.

Al meu marit Riccardo,
als meus fills Carles i Marta
i als meus néts Arlet, Lídia i Arnau

Índex

Personatges

<u>Família Bonafós dels calls de Barcelona i Besalú</u>

Astruc Bonafós	Patriarca família Bonafós
Maimó ben Abraham	Pare traspassat d'Astruc
Raquel	Vídua de Maimó i mare d'Astruc
Bonafilla	Muller d'Astruc
Xelomó ben Astruc	Fill gran d'Astruc i Bonafilla
Ester	Muller de Xelomó, filla de Vidal Avangema i Goig
Maimó ben Xelomó	Fill de Xelomó i Ester
Sara	Filla d'Astruc i Bonafilla
Aixa	Esclava dels Bonafós
Natan Bonafós	Germà petit d'Astruc, vidu de Boneta, casat en segones núpcies amb Estel. Viu a Besalú
Estel	Muller de Natan
Elies ben Natan	Fill gran de Natan i Boneta

| Astruga | Filla petita de Natan i Boneta |
| Rubèn ben Natan | Fill de Natan i Estel |

Família Alfanell del call de Perpinyà

Anna	Germana petita d'Astruc
Iucef Alfanell	Marit d'Anna
Moixé ben Iucef	Fill gran de Iucef i Anna
Blanquina	Filla mitjana de Iucef i Anna
Nissim ben Iucef	Fill petit de Iucef i Anna. Bessó d'Amoretes
Amoretes	Filla petita de Iucef i Anna. Bessona de Nissim

Família Avangema

Vidal ben Perfet Avangema	Metge. Pare d'Ester
Goig	Muller de Vidal Avangema i mare d'Ester
Khasdai ben Vidal	Fill gran de Vidal Avangema i Goig
Tolrana	Muller de Khasdai ben Vidal
Vidalet ben Khasdai	Fill gran de Khasdai i Tolrana

Abigail	Filla mitjana de Khasdai i Tolrana
Moixé ben Khasdai	Fill petit de Khasdai i Tolrana
Iosef ben Vidal	Fill mitjà de Vidal Avangema. És metge i viu a Vic
Mira	Muller de Iosef ben Vidal

Família Bonsenyor

Bonjuha ben Daniel Bonsenyor	Coraller. Pare de Haïm
Regina	Muller de Bonjuha Bonsenyor. Mare de Haïm
Haïm ben Bonjuha Bonsenyor	Fill de Bonjuha Bonsenyor i Regina

Altres habitants del call de Barcelona

Abigail	Veïna dels Bonafós
Atzara	Peixatera
Bellida	Llevadora
Bonhom ben Cresques Bondia	Productor de vi
Bonjuha Maier	Ordinari
Dura	Muller de Bonjuha Maier

Clara
Metgessa

David ben Adret
Rabí i *mohel* de l'Escola Major

Dolça
Minyona dels Bonafós

Iucef ben Xelomó
Notari

Iucef Cresques
Astrònom i astròleg

Iacov ben Aaron Benvenist
Prestamista

Mairona
Matrimoniera

Mardofai
Xamaix, majordom de l'Escola Major

Simfa de cal Balafia
Ploranera

Tolrana de cal Benasch
Ploranera

Zarxa de cal Caravida
Ploranera

Xemuel
Carnisser

Xemuel Cofen
Argenter

Ximó
Ancià pobre

Iacov Benvenist
Khatan Torà

Bonhom Bondia
Khatan Be-reixit

Habitants del call de Besalú

Moixé ben Abraham
Rabí de Besalú

Míriam
Vídua jove

Família Muntanyar

Roger Muntanyar	Navilier
Maria	Muller de Roger Muntanyar
Marta	Filla gran de Roger i Maria
Agnès	Filla mitjana
Laia	Filla petita

Altre

Teresona	Pagesa

Arbres genealògics

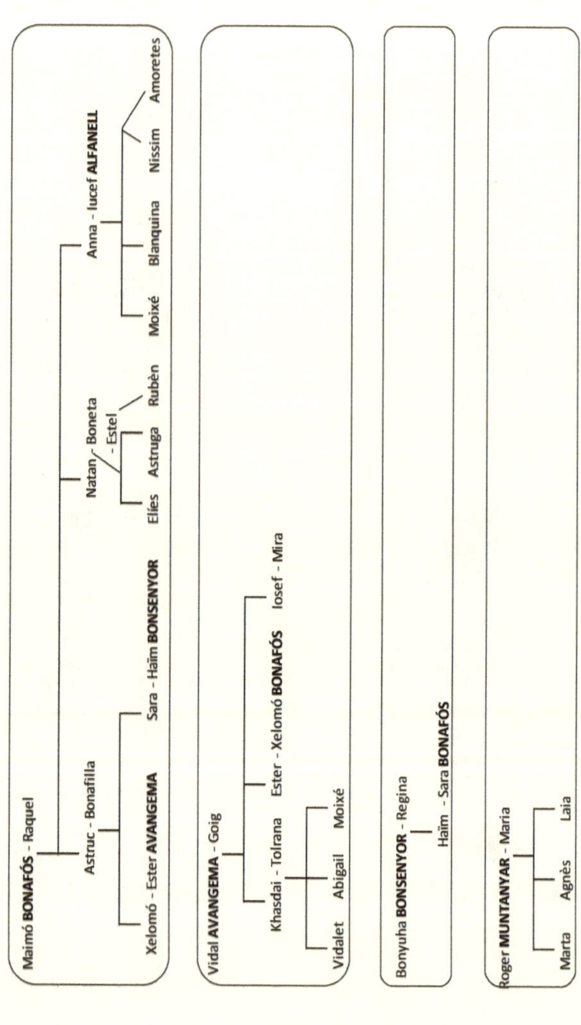

Introducció

Són necessaris alguns aclariments que ajudin a comprendre el fons d'aquest llibre, com per exemple el fet que els jueus de Catalunya eren catalans i que la seva religió era la jueva; la seva llengua familiar era el català. L'hebreu i l'arameu eren llengües reservades a les oracions, als serveis religiosos i als escrits dels intel·lectuals i científics, qui, d'altra banda, també escrivien en altres llengües com l'àrab, el llatí, el castellà i, evidentment, el català. S'han conservat textos aljamiats com els *Cants de noces dels jueus catalans*, en els quals la grafia de les poesies és hebrea però el llenguatge usat és el català.

Els jueus catalans de l'època medieval anomenaven la sinagoga «escola»; és per això que en aquest llibre se segueix el costum jueu català i no apareix la paraula «sinagoga» sinó «escola». Aquesta denominació és deguda al fet que, quan es va crear la institució de la sinagoga, era un lloc de reunió per estudiar els textos sagrats; d'aquí que es considerés més un lloc de reunió i una escola que no pas un lloc d'oració.

Els noms dels personatges corresponen a persones que apareixen en documents de l'època. Tots són noms de jueus catalans que varen existir i a qui s'ha donat una altra identitat però sempre mantenint el respecte més profund envers les seves tradicions. Des d'aquestes pàgines volem fer-los reviure, juntament amb les seves vivències quotidianes, després de tants segles d'oblit.

Els noms dels homes sempre van seguits de la paraula *ben*, que significa «fill de» i el nom del pare, però sovint s'omet aquesta segona part del nom i s'utilitza el nom de família. Solament en les cerimònies sinagogals com la circumcisió, el casament o l'enterrament s'utilitza el nom seguit de *ben* i el nom del pare, sense el nom de família. En aquestes celebracions religioses s'anomenaria, per exemple, Astruc ben Maimó la persona que, en el dia a dia, era coneguda amb el nom d'Astruc Bonafós.

Astruc Bonafós és el nom del protagonista principal d'aquest llibre i Maimó el del seu pare. El nom d'Astruc ben Maimó Bonafós seria el seu nom complet perquè Bonafós era el nom de la família. A les dones se'ls fa el mateix tractament que als homes i, en les cerimònies, el seu nom va seguit de la paraula *bat*, «filla de», i el nom del pare. Normalment, però, se les anomenava només amb el primer nom. És el cas de Bonafilla, la dona d'Astruc Bonafós, i de la resta de personatges femenins del llibre.

Aquesta és la vida d'una família jueva, i de tot el seu entorn, a l'aljama barcelonina. La història dura poc temps, una mica més d'un any, entre el 1337 i el 1338 en el calendari cristià; entre el 5097 i el 5098 en el calendari jueu. Durant aquest període succeeixen moltes coses: un naixement, una mort, un casament i les diferents celebracions jueves, coses que envolten la vida del dia a dia en qualsevol família d'abans i d'ara. No es parla de les desgràcies que va produir la pesta de 1348; ni de la plaga en si mateixa ni de les conseqüències en termes de persecució que tingué per als jueus, com tampoc no es parla de l'avalot de 1391, que va posar fi a la comunitat jueva de Barcelona. S'ha escollit expressament unes dates que no inclouen aquests fets; només hi fem referència en aquesta introducció i en el capítol final del llibre el «Context històric», que hem cregut necessari per tal de situar i entendre millor l'època descrita.

1. La família Bonafós

Els carrers es buiden. La gent marxa cap a les seves cases. El sol comença a desaparèixer cap a ponent i el cel s'enfosqueix a poc a poc, dolçament. El vent s'encalma i una petita espurna s'encén a la llunyania. És el primer estel. És divendres. Ha començat el *xàbat*. Ha començat el dia del Senyor.

L'entrada del nou dia en el calendari jueu es produeix al capvespre, quan apareix al cel el primer estel, i és molt important en la celebració de la festa del dissabte i en altres celebracions, atès que és el moment en què s'han d'encendre les espelmes, tot recitant una benedicció, i ja no es podrà fer cap tipus de foc ni apagar-lo fins que no acabi la festa l'endemà, quan s'hagi post el sol i surti, altre cop, el primer estel.

En els anys 1337 i 1338, al call de Barcelona viuen gairebé quatre mil jueus, entre ells el comerciant de teixits i vels de seda Astruc Bonafós. Té quaranta-dos anys, és alt i corpulent però no està gras, té la barba i els cabells castanys però ja li comencen a clarejar, especialment al front i la coroneta. Un nas gran li emmarca la boca molsuda en una pell força bruna. És un home molt actiu i emprenedor; no li fa por enfrontar-se a nous reptes comercials, ans al contrari, l'estimulen. Té una casa al carrer de l'Escola Major, molt a prop de la mateixa; és un edifici que en un principi tenia dues plantes per sobre de la botiga de teixits i ara en té una altra, que s'hi va afegir perquè hi visqués el fill gran d'Astruc, Xelomó, un cop casat amb Ester Avangema. La família dels Avangema són tots metges reconeguts, comerciants i prestadors. Ester i Xelomó es varen casar ja fa quasi un any i esperen el seu primer fill o filla; falten pocs mesos per al part i llavors es veurà què ha disposat el Senyor, si donar-los un nen o bé una nena.

Xelomó té vint anys i, al caràcter actiu i emprenedor del seu pare, hi ha sumat la facilitat d'organitzar la feina i dirigir els qui l'han de fer. Té el cabell clar i pràcticament no té pèls a la barba; això fa que el nas gran heretat d'Astruc sigui potser una mica més prominent. És alt i prim i Ester el troba molt guapot.

Ester té el cabell rogenc i la pell blanca i pigada de la seva mare, és mitjanament alta i té tendència a ser una mica grassa de cintura cap avall; els pits els té petits però amb la futura maternitat se li estan fent més grossos per moments. Té disset anys molt formosos, i Xelomó està molt content de la muller que li ha tocat. Té un caràcter dòcil i afectuós amb tothom.

La dona d'Astruc es diu Bonafilla i és de la família dels Desmestre, comerciants de Mallorca. Té trenta-set anys, és de complexió grassona, d'alçada mitjana, ulls de color mel una mica separats, cabells clars i llisos envoltant-li un rostre que defineix el seu caràcter ferm, organitzador, senzill i molt equànime; en general es fa estimar per les seves moltes qualitats.

Astruc i Bonafilla tenen una filla de catorze anys de nom Sara que ja està promesa en matrimoni amb Haïm ben Bonjuha de la família dels Bonsenyor, artesans corallers. Sara és una clara barreja d'Astruc i Bonafilla; té el caràcter actiu del seu pare i l'equanimitat i senzillesa de la seva mare, físicament també té trets de l'un i de l'altra: la boca molsuda d'Astruc, els ulls de color mel de Bonafilla, una pell daurada que és meitat la pell bruna d'Astruc i meitat la pell blanca de Bonafilla, un cos de formes arrodonides i una característica pròpia; és una mica vergonyosa, encara que això potser es deu a la seva joventut.

Per celebrar el compromís matrimonial, Haïm ha regalat a Sara unes arracades de corall muntades en or fetes amb les seves pròpies mans. Haïm té disset anys; ara ja té tendència a ser gras i, segurament, quan sigui més gran, tindrà la panxa del seu pare i potser també li cauran els cabells i es quedarà gairebé calb. De moment fa força goig, amb els seus cabells foscos i els ulls negres. La boca és l'únic que no s'adapta tan bé al rostre, perquè l'ha heretat de la mare, amb llavis fins i serrats. A Sara, físicament no li desagrada, i això ja és un bon començament. El que no sap és que la mare de Haïm, Regina, té dominats el marit i el fill, que fan sempre el que ella mana. Ja ho comenten, ja, les veïnes del call que Regina té un caràcter autoritari i dominant, però els Bonafós no fan cas de les xerrameques que molts cops son fruit de l'enveja.

Amb els Bonafós viu també Raquel, la mare d'Astruc, vídua de Maimó que va traspassar ara fa tres anys. No té gaire bona salut i pràcticament no surt de la seva cambra. Pateix molt de l'estómac i, segons diu Clara, la metgessa que la tracta, també té el «mal de porcellanes», uns tumors que se li formen al coll.

La família d'Astruc Bonafós són una família benestant i per això tenen una esclava musulmana, Aixa, i Dolça, la minyona jueva, que ajuden Bonafilla, la dona d'Astruc, en les feines de la casa.

Aixa té disset anys i Astruc la va comprar ja en fa tres, és una noia bonica, potser massa, segons pensa Bonafilla. Té unes formes arrodonides que agraden als homes, uns cabells llargs, negres, arrissats, i quan Bonafilla es descuida, es desfà el recollit perquè li caiguin per sobre el cos. Els seus ulls són tan foscos que semblen negres com el cabell, i els té molt grans. La seva esquena està solcada per unes marques de fuetades que va rebre de petita, molt abans que Astruc la comprés. A casa els Bonafós no s'usa ni el fuet ni el bastó per castigar ningú; en això Aixa ha millorat, però té un caràcter una mica rancuniós, envejós i rondinaire. A Astruc l'atrau molt la joventut i bellesa de la seva esclava i de tant en tant s'hi allita, cosa que no plau a Bonafilla encara que faci veure que no se n'adona.

Astruc té una munió d'empleats a la botiga; es dedica a la venda al detall i a l'engròs de tota mena de teixits de llana i també de vels de seda, i fa exportacions principalment a Gènova, Florència, Pisa i altres estats de la península Itàlica a més de comerciar, també, amb llocs tan allunyats en la Mediterrània com Alexandria. Té un soci, el mercader cristià Roger Muntanyar, amb qui també l'uneix una bona amistat.

Com molts altres jueus, Astruc es dedica també al préstec de diners, negoci que li reporta bons beneficis. Des que el papa Gregori IX, en considerar-ho una pràctica poc cristiana, va prohibir als cristians que fessin préstec de diners amb interès, els jueus són els únics que poden fer aquesta feina, encara que sempre hi ha cristians que també ho fan de sotamà.

La planta baixa de la casa dels Bonafós està ocupada en part pel magatzem i la botiga de teixits, i la resta és el menjador amb una llar de foc, una gran taula amb poltrones i bancs i una cuina amb forn a tocar del pati del darrere, que té un pou i un petit hortet on cultiven algunes verdures, hortalisses i herbes aromàtiques. El primer pis té quatre habitacions, dues de les quals són les d'Astruc i Bonafilla i la de Raquel, la mare d'Astruc. Les altres dues estan reservades als familiars i amics que venen d'altres indrets, de visita, per celebracions o altres assumptes. El segon pis té tres cambres, una és la de Sara, fins que es casi, que anirà a viure amb el seu marit i marxarà de casa, i les altres eren, en un principi, per als dos fills que Astruc i Bonafilla varen tenir i que moriren de petits; el nen a causa d'unes febres i la nena quan només tenia una setmana de vida. Ara aquestes dues cambres també són per als visitants. El tercer pis es va fer de cap i de nou quan Xelomó es va casar amb Ester i, a part de tenir-hi la seva cambra, en tenen dues de més petites per quan la família augmenti, que serà aviat. Aixa, l'esclava, dorm en un petit recambró, però té la sort d'estar al costat de la cuina i a l'hivern és la cambra més càlida de la casa mentre que, a l'estiu, si deixa oberta la porta, li entra la fresca del pati.

Seguirem pas a pas la vida de la família Bonafós durant una mica més d'un any, amb les seves vivències, les pròpies d'una família qualsevol, amb naixements, casaments, morts, cerimònies, menjars, festivitats religioses, les problemàtiques de la vida conjugal, del veïnatge i de l'administració i direcció de la comunitat i, també, la convivència amb els cristians.

2. El dissabte, *xàbat*

I quedaren acabats el cel i la terra, amb tots els estols que s'hi mouen. Déu acabà la seva obra el dia sisè, i el dia setè, reposà de tota l'obra que havia fet. Déu beneí el dia setè i el santificà, perquè aquell dia reposà de tota l'obra que havia creat i havia fet.
Gènesi 2, 1-3.

Avui és divendres 22 de *tevet* de 5097, 4 de gener de 1337 del calendari cristià, i tothom estarà atrafegat perquè arriba la festa setmanal del xàbat, dia de descans i dia de dedicació a l'oració per celebrar que Déu va descansar després de la Creació.

A la botiga es treballarà com cada dia però avui tancaran unes hores abans perquè tots puguin preparar-se per celebrar el *xàbat*.

Bonafilla s'ha aixecat a trenc d'alba per posar en marxa tot l'engranatge per al vespre i l'endemà. Primer s'ha de preparar la massa per fer les *khalot*, els dos pans trenats que es beneiran i menjaran durant el sopar i en els altres menjars del *xàbat*. Mentre Bonafilla s'encarrega de preparar ella mateixa la massa de les *khalot*, mana l'esclava que renti tota la roba de casa i a la minyona que netegi la pols dels mobles i el terra. Tot ha de quedar lluent. Les safates de plata s'han de deixar com un mirall i també els plats i les copes que s'utilitzaran durant els menjars del *xàbat*. Les tovalles més boniques, aquelles de fil amb brodats i puntes que l'avia de Bonafilla li va regalar quan es va casar amb Astruc, es treuen del armari, com cada divendres, per vestir la taula del menjador. La filla Sara, i la jove Ester, s'encarreguen també d'ajudar. Hi ha feina per tothom.

La massa de la *khalà* pot estar feta d'un sol ingredient o d'una combinació de blat, civada, sègol, o espelta. Bonafilla la fa quasi sempre de blat i la prepara amb aigua encara que algun cop hi ha posat també oli, però prefereix barrejar la farina només amb aigua perquè així pot seguir tot el ritual amb precisió doncs és preceptiu llençar un tros d'aquesta massa al foc perquè es cremi però no es pot fer la benedicció si conté altres líquids a més de l'aigua.

—«Beneit ets Tu, Senyor, Déu nostre, Rei de l'Univers, que ens has santificat amb els Teus manaments i ens has manat separar la ofrena de la massa; heus ací la ofrena» —Bonafilla agafa un bocí de la massa i la llença al foc perquè es cremi.

Mentre crema continua amb la recitació:

—«Que sia la Teva voluntat, Senyor, Déu nostre i Déu dels nostres pares, que el precepte de la separació de la *khalà* sia considerat com si jo l'hagués seguit amb tot detall. Que l'elevació de la *khalà* que faig sia considerada com els sacrificis oferts en l'altar i que eren acceptats amb benaurança. I així, com en temps passats, la *khalà* era entregada als sacerdots i servia per expiar els pecats, que també expiï els meus pecats perquè jo sia considerada com si hagués nascut de nou, neta de tota contaminació i transgressions i em permeti observar el precepte del sagrat *xàbat* i dels dies festius juntament amb el meu marit Astruc i amb els meus fills Xelomó, Sara i Ester i així nodrirnos de la santedat d'aquests dies. I per la influència del precepte de la *khalà*, els nostres fills siguin nodrits constantment per las mans del Sant, beneit sia, amb la seva gran misericòrdia i benevolència i el seu gran amor. I ja que estic complint el precepte de la *khalà* amb tot el meu cor, que es desperti la misericòrdia del Sant, beneit sia, per protegir-me del sofriment i del dolor cada dia, amén».

Un cop acomplert tot el ritual Bonafilla s'atansa a la cambra de Raquel, la seva sogra per portar-li un mica de brou de verdures que és l'única cosa que a la pobra dona li accepta l'estómac. Cada dia té més problemes per menjar i per moure's, encara que això varia segons el dia i també depèn dels canvis d'estació.

D'altra banda Ester està embarassada de quatre mesos i fins fa poc va tenir algunes pèrdues de sang; no té massa esma per ajudar a la casa, per això s'encarrega de netejar l'argent, feina que pot fer asseguda. Astruc i Bonafilla esperen amb molta il·lusió ser avis per primer cop; a veure si tot va bé, hi ha sort i és un nen. Així ja tindrien l'hereu de la família Bonafós.

També s'ha de tenir neta i polida la roba més elegant de les dones i també la dels homes. S'hauran de vestir amb el millor que tenen per rebre el *xàbat*, i tot ha d'estar a punt per al capvespre, quan es pon el sol i surt el primer estel, senyals que indiquen que ja és un nou dia i ha arribat el xàbat. En aquest moment ja ningú no podrà fer cap feina, i els homes hauran d'anar a l'escola, la sinagoga. Les dones no tenen cap obligació d'anar a resar i gairebé totes esperaran que els homes tornin a casa després del servei religiós.

Bonafilla s'exclama:

—Ai! Tant de netejar... el sol comença a estar alt i encara cal anar a comprar les viandes per fer el menjar d'avui i el de demà. Aixa, agafa els cabassos que ens n'anem a comprar.

Bonafilla baixa al carrer i abans de travessar el llindar de la porta toca amb la mà dreta la *mezuzà* col·locada en el brancal de l'entrada, i seguidament s'hi fa un petó als dits. Aquest és un gest que es repeteix sempre abans de sortir o entrar a casa, tot dient:

—«El Senyor cuidi la meva sortida i el meu retorn ara i sempre.»

Unes passes més enllà de casa seva té la parada on compra la carn caixer, carn procedent d'animals purs, sense cap defecte extern ni intern, sacrificats seguint el ritual i dessagnats completament, perquè la sang és símbol de vida i al llibre de Gènesi 9, 4, Déu prohibeix menjar carn amb la seva ànima, que és la sang.

—Bon dia, Xemuel, dona'm un pollastre, un bon tros de xai i un de vedella per posar en el guisat que he de fer per dissabte al migdia.

El carnisser Xemuel és un home corpulent que talla la carn amb lleugeresa i contundència. Té uns braços com cuixes, de tan grossos i forts. No se li resisteixen ni els ossos ni els tendrums, que ha d'escapçar i separar de la carn. Amb el tallant descarrega cops a tort i a dret, sense ni mirar tan sols la carn, dirigint el seu esguard a les clientes i vigilant que no se n'hi escapi cap.

Per sopar ha pensat a fer un peix al forn amb verdures.

—Bon dia Atzara, què tenim avui? Voldria un peix gros per fer al forn per al sopar i, ja ho saps, som sis i els dos homes mengen per quatre.

—Tinc un llobarro preciós, fresc i gros però... li sortirà una mica car, això sí.

—I aquest corball? És prou gran i potser no és tan car com el llobarro, encara que... un dia és un dia, i avui s'ha de celebrar el sopar de xàbat com cal.

El llobarro ha costat car, però n'hi haurà per a tots i encara potser en sobrarà; el farà al forn i el servirà també amb ous durs, a més de les verdures, així se'n traurà més profit. Ha de ser ben lluït, el sopar de xàbat .

El pa per dinar el compra al forn que hi ha just a la sortida de la porta del call. Com tots els jueus, Bonafilla no pot tocar-lo fins que no l'hagi pagat. Escull amb la vista el pa que més goig li fa, el paga i la venedora l'hi dona. Els jueus ja fa generacions que estan acostumats a ser equiparats a les dones públiques, que tampoc no poden tocar cap aliment fins que no l'han pagat; ja és un costum tan arrelat, que no en fan cas.

Com que la carnisseria i la peixateria són a tocar de casa, Bonafilla i l'esclava hi deixen la compra perquè Dolça vagi preparant la carn mentre elles tornen a sortir per anar a comprar les verdures i la fruita. La carn s'ha de polir de greix, nervis i tendrums; ha de quedar-hi estrictament només la fibra, i després, segons que explica Maimònides, cal rentar-la bé amb aigua, posar-la amb sal i deixar-la escolar en un colador perquè extregui les restes de sang que puguin quedar-hi. Finalment es renta bé amb aigua calenta fins que quedi blanca, cosa que indica que ja no té gens de líquid sanguinolent. Aquesta operació la fa tres cops per assegurar-se que la sang hagi desaparegut completament.

Bonafilla i l'esclava surten altre cop amb cabassos per anar a comprar les verdures i la fruita; aniran a la plaça del Blat, fora del call, on es ven, sobretot, el blat però on també hi ha parades de pageses. Abans de sortir de casa, Bonafilla s'ha de posar la capa amb la rodella groga que la identifica com a jueva. És una norma que els jueus ja tenen assumida, des que el papa Innocenci III, en el IV Concili Laterà de 1215, va instituir que els jueus havien d'anar vestits d'una manera diferent dels cristians per poder-los distingir, encara que hi ha hagut èpoques de permissivitat i els privilegis donats als jueus pel rei han propiciat que no sempre es complís aquesta llei eclesiàstica.

Arriben a la plaça del Blat i, Teresona, la pagesa a qui sempre compra i ja coneix, la fa esperar una mica però paga la pena. És una bona dona i no li ofereix la fruita tocada o becada ni les verdures pansides, com fan moltes d'altres amb els jueus. Com que Bonafilla no les pot tocar, la pagesa les hi escull.

—Que tingueu un bon dia Teresona.

—I vós, que tingueu un bon dissabte.

Omple els cistells que Aixa li atansa i, ben carregades, se'n tornen cap a casa.

Ara tocarà cuinar-ho tot. Primer el dinar d'avui, senzill, perquè el sopar ja serà prou important, amb un guisat de cigrons i verdures acompanyats de pa i formatge ja n'hi haurà prou per omplir la panxa als homes. Les dones aniran rosegant un mos de pa, una mica de formatge i unes nous tot treballant amunt i avall de la casa o a la cuina; tenen molta feina i no es poden entaular. Ja descansaran quan arribi el *xàbat*.

Cal preparar el sopar i el dinar de l'endemà. Bonafilla es posa a trenar les dues *khalot* bo i resant la benedicció del pa:

—«Beneït ets Tu, Senyor, Déu nostre, Rei de l'Univers, que treus el pa de la terra».

Quan les té trenades les pinta amb ou i les introdueix al forn ben calent. Quan estiguin fetes les traurà i aprofitarà per posar-hi el llobarro, que cap a mitja tarda ja estarà a punt per al sopar.

Mentrestant, Bonafilla prepara un tupí de fang on es cuinarà el guisat per a l'endemà: el *khamim*. Hi fica la carn de vedella, la de xai i el pollastre net de greixos i vísceres; porros, cebes, alls, bledes, naps, xirivies, ruca, espinacs, llenties, cigrons, castanyes, ous i un manat d'herbes: farigola, romaní, llorer, sàlvia, oli, safrà, pebre i altres espècies, i ho cobreix tot amb aigua. Hi posa la tapa també de fang, que té un petit forat, i la segella amb una pasta feta de farina i d'aigua perquè no evapori gaire líquid. Aprofitarà les brases del forn, que estan ben roents, per cobrir el tupí quasi del tot i ja no el tocarà fins l'endemà al migdia, quan ja estarà tot ben cuinat i encara calent.

Els jueus no poden fer cap feina des que es pon el sol el divendres, que és quan per a ells ja comença el *xàbat*, fins que es torna a pondre el sol el dissabte, que és quan acaba el dia de descans. És per això que Bonafilla ha de deixar que el dinar del *xàbat* es faci a poc a poc fins l'endemà, perquè no pot fer cap tipus de feina i no pot encendre foc ni apagar-lo; així aprofita les brases, que aniran cuinant el *khamim* fins que s'apaguin soles.

Ara que ja tot està força enllestit i la roba preparada perquè tothom es pugui vestir amb les millors gales, cal anar al *miqvé*, el bany ritual, una bassa amb escales on ha d'haver-hi prou aigua per tapar el cos, que se submergeix totalment sense cap peça de roba ni joia. L'aigua prové d'una deu subterrània i es renova contínuament. Els homes ja hi han passat fa estona; ja s'han purificat per quedar nets de cos i ànima per tal de rebre el *xàbat*.

Les dones, un cop purificades per l'aigua del *miqvé*, han tornat a casa per empolainar-se i ara han de preparar-ho tot per al sopar festiu i esperar que els homes tornin de l'escola.

Astruc Bonafós té l'Escola Major, la sinagoga, a tocar de casa, només ha de travessar el carrer. Encara que és la més gran de tot el call, incloent-hi la del call Menor, només té uns mil vuit-cents pams de superfície, mida que s'acosta al màxim permès. Juntament amb el seu fill Xelomó agafen el *tal·lit*, el mantell de les oracions amb els serrells, el barret i el *siddur*, el llibre d'oracions, i se'n van a fer la primera pregària del *xàbat*.

Aquest llibre d'oracions és una còpia del que el rabí Isaac ben Xelomó de Barcelona va encarregar a Amran, gaó de Babilònia, al segle IX i que encara avui, en ple segle XIV, utilitzen moltes comunitats d'arreu dels regnes catalans.

En arribar-hi es troben el pare i els germans d'Ester, els Avangema, i també el futur gendre i cunyat, Haïm, amb el seu pare Bonjuha Bonsenyor. Tots se saluden desitjant-se un bon *xàbat* en pau:

—*Xàbat xalom.*

—*Xàbat xalom.*

—*Xàbat xalom.*

Es diuen els uns als altres.

Astruc Bonafós aprofita per convidar Haïm i el seu pare, Bonjuha Bonsenyor, al dinar de demà, i així el noi podrà veure i parlar amb la seva futura muller, Sara, sempre, és clar, acompanyats d'algú. Fins ara només s'han vist pel carrer de passada però mai no han parlat; el matrimoni ha estat concertat pels pares d'ambdues famílies.

Entren tots a l'escola i se situen en els llocs que ja tenen adjudicats des de sempre. El rabí comença a recitar les oracions i de tant en tant ha de posar ordre, perquè segueixen arribant homes que fan tard.

El rabí agafa el rotlle de la *Torà* i, després de la lectura de la *paraixà*, la part que avui toca llegir de la *Torà*, que és el relat de la maldat del faraó vers els israelites, la salvació de Moisès gràcies a la filla del faraó i com Déu l'escull per salvar els hebreus de l'esclavatge, el comenta fent insistència en la voluntat de Déu de salvar el seu poble. Un cop acabades les oracions, tots surten de l'escola i aprofiten per xerrar una mica abans d'anar-se'n cadascú a casa seva per fer el sopar festiu.

Mentrestant, Bonafilla, Sara i Ester han parat la taula amb les millors tovalles, les dues *khalot*, el platet amb la sal i dues espelmes. Abans que arribi el *xàbat*, és a dir, abans que es pongui el sol, han d'encendre les làmpades d'oli de tota la casa i barrejar-hi sal perquè durin més temps enceses; com que durant el *xàbat* no es pot ni encendre ni apagar el foc, deixaran que s'apaguin totes soles.

—Au vinga! No us entretingueu que el capvespre ens encalça.

Finalment, Bonafilla encén les dues espelmes de damunt la taula i amb les mans per sobre fa la benedicció de les dues llums que els il·luminaran durant el sopar i que es deixaran enceses:

—«Beneït ets Tu, Senyor, Déu nostre, Rei de l'Univers, que ens has santificat amb els teus preceptes i ens vas ordenar l'encesa de les espelmes del *xàbat*».

Quan els homes tornen de l'escola, Astruc, seguint una tradició familiar, recita a la seva dona una oració laudatòria que es troba en el llibre de Proverbis. No tothom ho fa, però ell, seguint un costum familiar, tal com solia fer el seu pare, el seu avi i qui sap quants avantpassats abans que ell, recita a la seva muller:

—«De dona ideal qui en pogués trobar!
Val incomparablement més que cap perla.
El cor del seu marit confia en ella,
i no deixa de treure'n profit.
Li paga amb el bé i no amb el mal
tots els dies de la seva vida.
Busca sol·lícita la llana i el lli,
que les seves mans transformen en belles peces.
És com un vaixell mercant,
de lluny fa venir el seu pa.
Es lleva quan encara és de nit
i dona el menjar als de casa.
Examina un camp, i el compra.
Amb el fruit de les seves mans planta una vinya.
Se cenyeix els lloms vigorosament

i mou els braços amb energia.
S'engresca perquè el seu negoci va bé.
De nit el seu llum no s'apaga.
Allarga les mans a la filosa,
els seus dits aguanten el fus.
Obre la mà al pobre
i allarga el braç a l'indigent.
No li fa por la neu per als de casa,
perquè tota la família porta roba doble.
Fa els seus propis cobertors,
vesteix de bissus i porpra.
El seu marit és considerat a les portes,
quan seu entre els ancians de la ciutat.
Teixeix teles de lli, que ven,
i lliura cenyidors al marxant.
Força i dignitat són el seu vestit
i es riu del dia de demà.
Obre la boca amb saviesa
i té a la llengua una doctrina de pietat.
Té l'ull sobre el vaivé dels de casa,
no menja ociosa el seu pa.
Els seus fills s'aixequen per felicitar-la,
el seu marit per fer-ne l'elogi:
"Són moltes les dones que han fet proeses,
però tu les ultrapasses totes!"
La gràcia és enganyosa, i la bellesa és vana.
La dona que tem el Senyor és la que cal lloar.
Doneu-li el fruit de les seves mans,
i que les seves obres
proclamin a les portes la seva lloança».

Tot seguit s'asseuen a taula. Raquel ha baixat de la seva cambra, on ha descansat tot el dia per recuperar forces i poder celebrar el *xàbat* amb el seu fill Astruc, la seva jove i els seus néts. Fins i tot l'esclava Aixa és present a taula. Astruc recita el *quidduix*, la benedicció del vi, d'aquesta manera:

—«Dia sisè: Acabaren d'ésser creats els cels i la terra, i tots els seus exèrcits. I acabà Déu en el dia setè l'obra que havia fet, i descansà en el dia setè de tota la creació que havia fet. I beneí Déu el dia setè, i el consagrà, perquè en ell va reposar de tota la seva obra que havia creat Déu. Beneït ets Tu, Senyor, Déu nostre, Rei de l'Univers, que has creat el fruit de la vinya. Beneït ets Tu, Senyor, Déu nostre, Rei de l'Univers, que ens has santificat amb els Teus preceptes i que et vas delectar amb nosaltres; i amb amor i plaer ens has impartit el Teu Sant *Xàbat*, en commemoració de l'obra de la creació, perquè ell és el primer dels dies de Santa Convocatòria, record de l'Èxode d'Egipte, i el Teu *Xàbat* Sant ens has impartit amb amor i plaer. Beneït ets Tu, Senyor, que santifiques el *Xàbat*».

Beu un glop de vi i passa la copa al seu fill perquè també en begui, i tots els membres de la família faran el mateix, fins i tot Aixa. Un cop feta la benedicció del vi, Astruc es disposa a beneir el seu fill Xelomó, i posant-li totes dues mans sobre el cap, diu:

—«Vulgui Déu fer-te com Efraim i Manasé. Que Déu et beneeixi i et protegeixi, que resplendeixi el Seu Rostre cap a tu i et doni gràcia, que giri el Seu Rostre cap a tu i et concedeixi la pau».

Ara toca la benedicció a les dones:

—«Vulgui Déu fer-vos com Sara, Rivka, Raquel i Lea. Que Déu us beneeixi i us protegeixi, que resplendeixi el Seu Rostre cap a vosaltres i us doni gràcia, que giri el Seu Rostre cap a vosaltres i us concedeixi la pau».

Astruc es renta les mans tot dient:

—«Beneït ets Tu, Senyor, Déu nostre, Rei de l'Univers, que ens has santificat amb els teus preceptes i ens vas ordenar el rentat de les mans».

Finalment, amb les mans ja eixutes, pren els dos pans trenats, les *khalot*, i recita:

—«Beneït ets Tu, Senyor, Déu nostre, Rei de l'Univers, que extreus el pa de la terra».

Després parteix una de les dues *khalot*, en trenca un trosset, el suca al platet amb sal i es menja el mos; després va sucant a la sal els altres bocins de pa i els va passant a tots els qui estan al voltant de la taula, que se'ls menjaran. Un cop beneïts el pa i el vi, ja poden començar el sopar festiu.

—Que bo que és aquest llobarro, dona meva, espero que el dinar de demà sigui també ben lluït perquè he convidat el nostre futur gendre, Haïm, i el seu pare, en Bonjuha Bonsenyor i la seva muller Regina. És hora que els nois es vagin coneixent i res millor que celebrar el dinar de *xàbat* tots plegats.

—Marit meu, m'ho hauríeu d'haver dit amb temps. Ara no sé si tindré prou menjar per a tots... bé, potser sí... hi he posat tot un pollastre... la carn de xai, la de vedella... tenim molta fruita i pastissos d'ametlla i mel. Crec que me'n sortiré. Hem de quedar bé amb els consogres.

El sopar ha transcorregut tot parlant de la interpretació que ha fet el rabí de la *paraixà* d'avui. Ha comentat la impietat del faraó, el salvament de les aigües del Nil de Moisès i de com Déu s'apiada del seu poble, que és esclau a Egipte.

—La figura de Moisès, educat a la cort egípcia com un príncep i després erigit en salvador del seu veritable poble, és molt important per a nosaltres. Ell és qui ens ha fet arribar la Llei de Déu i qui ens va deslliurar de l'esclavatge. Això ens demostra que sempre hem de confiar en Déu i no hem de defallir mai davant les humiliacions. El Senyor a vegades ens posa a prova però sempre s'apiada de nosaltres i ens condueix cap al veritable camí de la salvació.

Tots escolten Astruc. A les dones els agrada molt el relat de la mare de Moisès, que el fica dins el cistell tot embetumat i llavors la filla del Faraó el troba i l'acull.

—Quina bona obra que va fer la princesa egípcia. Gràcies a ella, Moisès es va salvar —diu Ester.

—Són un cúmul de circumstàncies que es van aplegar per voluntat de Déu. No hi ha res que el Senyor no hagi previst —comenta Xelomó a la seva dona.

—I l'episodi de la veu del Senyor que li parla des de la bardissa en flames? No us sembla que és corprenedor? —diu Bonafilla.

—El que llegim a la *Torà* ens ha de fer pensar que totes les accions de Déu tenen un perquè i una finalitat concreta, i que hem de confiar sempre en Ell.

Tots continuen parlant menys Sara, que ha restat molt silenciosa des que ha sabut que el seu promès i els seus futurs sogres venen demà a dinar. S'ha posat vermella com una magrana perquè no sap si es comportarà prou bé, té molta vergonya i por del que puguin pensar d'ella la família dels Bonsenyor, de la qual aviat formarà part.

—Que no et trobes bé? Estàs molt silenciosa.

—Estic bé, mare, dec estar cansada.

—Doncs ara ens n'anirem tots a dormir i demà estaràs fresca com una rosa per rebre els teus sogres i el teu promès.

—«Només em faltava això. Ara no podré dormir per culpa dels nervis i demà faré ulleres i tindré la cara ben pansida!» —pensa Sara.

Un cop acabat el sopar, no queda res més per fer tret d'anar-se'n a descansar. Astruc es quedarà una estona al menjador per meditar sobre l'obra de Déu i resar. Durant el *xàbat* no es pot fer cap tipus de feina, ni tan sols llegir, activitat que fa sempre Astruc després de sopar excepte avui.

Bonafilla l'espera a la cambra, perquè avui és un dia per celebrar l'obra de Déu i Astruc ha de complir amb la seva muller, i... tot s'ha de dir: ho farà amb molt de gust, perquè després de tants anys junts no solament estima i respecta Bonafilla sinó que també continua veient-la tan bonica com el dia que la va conèixer. El seu matrimoni, com tots, va ser acordat pels pares d'ambdós, però els anys de convivència els han anat apropant cada cop més, fins que ara ja tenen una complicitat tan gran que, encara que no ho diguin obertament, sempre és present en tots els seus actes.

L'endemà al matí tothom mandreja una mica, atès que no s'ha de fer res. Ni tan sols l'esclava ha de treballar. Els plats del sopar ja es rentaran al final del dia juntament amb els del dinar.

Astruc i Xelomó es preparen per tornar a l'escola per fer-hi les oracions matinals. Aquest cop també hi aniran les dones. No tenen cap obligació de resar però és una bona ocasió per trobar-se amb les amigues i veïnes i fer una mica de safareig. La zona reservada a les dones està separada per un tendal, però això no impedeix que la seva xerrameca distregui els homes de les oracions i, de tant en tant, el rabí ha d'amonestar-les perquè callin una mica o almenys abaixin la veu.

Un cop acabada la cerimònia matinal, se'n tornen tots cap a casa després d'haver comentat les incidències de la comunitat, possibles aliances matrimonials o les excel·lències del nou rabí de l'escola del call dels francesos. Mai no parlen de negocis perquè es considera que és feina i, per tant, durant el xàbat està prohibit. La família dels Bonsenyor caminen junts amb els Bonafós per dinar plegats a casa dels darrers.

El *khamim* és al forn, on s'ha estat fent des del dia anterior, molt a poc a poc. La taula ja està parada, Aixa s'ha espavilat i posa a taula el tupí amb les viandes encara calentes.

Astruc es renta les mans i també ho fa la resta dels comensals; fa les benediccions del vi i del pa pertinents i comença el dinar. Primer Aixa serveix el brou amb els llegums, després mengen la carn i, per acabar, les verdures.

—Que bo que és aquest *khamim*. Les verdures i els llegums cuits al punt i la carn tan sucosa. Bonafilla, m'heu de dir què hi poseu perquè us quedi tan gustós! —diu Regina, la muller de Bonjuha Bonsenyor.

—No és cap secret. Hi poso uns brins de safrà i pebre blanc. Aquestes espècies d'Orient hi donen molt de sabor, i aquest color groc tan pujat és obra del safrà; no cal posarn'hi gaire, amb ben poc n'hi ha prou. També hi ha una mica de farigola i romaní —contesta Bonafilla.

Després d'aquest dinar, Astruc i Bonjuha s'asseuen en dues poltrones i, tot comentant les lectures del rabí, ha anat passant l'estona fins que Xelomó s'atansa.

–Pare, és hora d'anar a l'escola per les oracions del vespre. Si no ens espavilem farem tard i ja saps que al rabí el molesta que es faci enrenou quan ha començat l'oració.

Sara i Haïm han aprofitat la sobretaula juntament amb Bonafilla i Regina per parlar del seu futur casament. És una manera que es puguin anar coneixent l'un a l'altre. Haïm té disset anys i Sara quinze, són molt joves i no saben com comportar-se, especialment Sara, que té molta vergonya i s'enrojola cada cop que Haïm li dirigeix la paraula. Avui, però, s'ha posat les arracades de corall que li va regalar, tal com li ha dit la seva mare, perquè vegi que fa honor al seu present. Es casaran el proper mes de tevet, maig segons el calendari cristià. No s'ha decidit el dia exacte perquè la núvia ha d'estar lliure d'impureses i ha d'haver passat el temps necessari per purificar-se del període menstrual, i això no és tan exacte per poder-ho saber amb antelació.

Al capvespre, quan s'acabi el *xàbat*, abans no es pongui el sol i surti la primera estrella, els homes tornen a l'escola per fer l'última pregària del dia.

Un cop finalitzades les oracions, el rabí fa la cerimònia de la havdalà. Encén una espelma trenada amb sis blens que simbolitza la llum del *xàbat*, i després obre una capseta on hi ha espècies oloroses que simbolitzen la subtil aroma d'aquest dia.

Ara ja ha acabat la festa setmanal i ja es pot treballar, ja es pot encendre foc, ja es pot cosir, rentar els plats de tot el dia, i en sortir de l'escola els homes ja poden parlar de negocis i, fins i tot, fer transacció de diners, pagar deutes, etc.

De totes maneres ja és fosc, i molts volen tornar a casa per preparar-se per treballar l'endemà i començar a esperar amb alegria el proper *xàbat*.

Aixa ha preparat pa, formatge, vi i fruita per fer un mos per sopar, i després tots es retiren a les seves cambres respectives per descansar fins l'endemà.

3. El casament, *quidduixim*

*Déu creà, doncs, l'home a la seva imatge, el creà a la
imatge de Déu; creà l'home i la dona. Déu els beneí i els
digué: «sigueu fecunds i multipliqueu-vos, pobleu la terra
i domineu-la».*
Gènesi 1, 27-28.

Avui 24 de *tevet* de 5097, 6 de maig de 1337 del calendari
cristià, hi ha festa grossa a casa dels Bonafós. Finalment i
després de dos anys d'estar promesa en matrimoni, Sara,
la filla d'Astruc i Bonafilla, es casarà amb Haïm, fill de
Bonjuha Bonsenyor i Regina.

Ja fa un parell d'anys, Mairona, la matrimoniera més
preuada de la comunitat barcelonina, que té fama de
preparar matrimonis molt bons, va proposar als Bonafós
prometre Sara amb el fill dels Bonsenyor, Haïm, i després
de força converses i estira-i-arronsa sobre el dot, varen
posar-se d'acord ambdues famílies, els Bonafós i els
Bonsenyor, per portar a terme el matrimoni de Haïm i Sara
en un termini màxim de dos anys. Mairona hi ha guanyat
un bon pessic, amb aquest arranjament matrimonial, tant
per part d'una família com de l'altra i, a més a més, tots
han quedat contents, fins i tot els nuvis, que han trobat una
parella de si fa o no fa la mateixa edat i, per acabar-ho
d'arrodonir, la noia és bonica i el noi també fa el seu goig.

Tots dos són molt joves i, encara que pràcticament no
es coneixen, que han parlat poques vegades i sempre amb
la família al costat, estan il·lusionats de començar una
nova vida junts. Bonafilla ha insistit molt a Astruc sobre la
necessitat de fer signar a Haïm un document davant del
notari en el qual consti que no es casarà amb una segona

dona i que Sara serà l'única muller. Al principi la família dels Bonsenyor no creien que fos necessari, però s'hi han avingut davant la insistència dels Bonafós; no és una cosa que passi cada dia, això d'emparentar-se amb una família tan ben considerada a la comunitat, i per una nimietat no cal temptar la fortuna. Els matrimonis polígams no són freqüents als regnes cristians, però la llei judaica ho permet i amb aquest document Sara s'assegura que si Haïm volgués contraure unes altres noces per la raó que fos, aquest hauria de lliurar-li el document de divorci, el *guet,* i tornar-li el seu dot.

La futura sogra de Sara, Regina, és en realitat qui mana a la família. Bonjuha, el seu marit, i Haïm, el seu fill, fan el que ella diu. Té trenta-vuit anys i només ha tingut Haïm, i l'adora. És una dona baixa, grassa, amb cara rodona i uns ulls petits i negres que semblen dos caps d'agulla posats enmig d'un pa rodó. Els llavis fins i serrats sempre amb un gest d'amargor tret de quan es mira el seu fill. Va sempre molt empolistrada i enjoiada, potser massa, però li agrada demostrar que són rics.

Des d'ahir que tant el nuvi com la núvia fan dejuni. La vigília de la cerimònia matrimonial s'han presentat els pares de Haïm, Bonjuha Bonsenyor i la seva muller Regina, a casa dels Bonafós, on també han anat dos taxadors per veure l'aixovar de Sara i fer-ne la valoració que figurarà en el contracte matrimonial, la *ketubà.* Sara ha estat tres anys cosint i brodant roba per a la casa, vestits, vels, coixins, i ha anat guardant regals de joies, puntes i teixits brodats amb fils d'or i plata que també formaran part de l'aixovar. S'han intercanviat regals de noces; Haïm ha regalat a Sara un braçalet d'or amb incrustacions de corall, mentre que Sara ha fet per a Haïm, amb les seves pròpies mans, un cinyell brodat amb fils de plata i or.

Haïm és l'hereu de Bonjuha Bonsenyor, i com a tal heretarà la feina de coraller del seu pare. És un bon negoci, que dona molt bons guanys, i Haïm hi treballa des de molt jovenet. A Sara ja li agrada, aquesta situació, primer perquè Haïm és jove i fa goig, però també perquè té la botiga al mateix call de Barcelona i viuran a la casa dels Bonsenyor, que és força gran i l'han ampliada perquè els nuvis tinguin un pis per a ells sols. Sara viurà a tocar de la casa de la seva família i els podrà veure sempre que vulgui. Moltes de les seves amigues i cosines es veuran obligades a casar-se amb homes més grans que elles, i algunes se n'hauran d'anar a viure lluny dels seus pares. Pobretes. Com s'ho faran sense l'ajut i companyia de la mare?

Fa quatre dies que ha arribat la família Bonafós de Besalú; Natan, el germà petit d'Astruc, amb la seva dona Estel i els fills Elies, Astruga i Rubèn. Natan s'assembla força al seu germà gran, es porten cinc anys perquè, entremig, Raquel i Maimó varen tenir dos fills més que varen morir de petits, un nen i una nena. Té, doncs, quaranta anys. Encara fa goig; és alt, corpulent, té la barba i els cabells arrissats i clars. Va una mica coix perquè, quan tenia deu anys, tot jugant, va caure en un forat i es va trencar el maluc, i encara que li van curar força bé, li ha quedat una cama una mica més curta que l'altra. Es va casar en primeres núpcies amb Boneta, amb qui va tenir dos fills, Elies i Astruga, però malauradament, en infantar un tercer fill, ambdós varen morir: Boneta i el nen. D'això ja fa deu anys. Passat l'any de dol, Natan es va tornar a casar amb Estel, qui li ha donat un tercer fill, Rubèn.

Estel té vint-i-set anys, és alta, esprimatxada i un sac de nervis, té els cabells llisos i negres, sempre els duu ben recollits, camina molt dreta i té caràcter. Ha criat els fills del primer matrimoni de Natan amb afecte, com si fossin seus. S'estima el seu marit de veritat. Quan els seus pares la varen prometre tenia una mica de por de no saber tenir cura dels nens d'una altra dona; potser es pensarien que volia substituir la seva mare i no l'acceptarien. Però ho va superar ja de bon principi i va saber guanyar-se l'afecte d'Elies i Astruga.

A Estel, aquest casament l'ha posada molt nerviosa; vol ajudar en tot la seva cunyada Bonafilla, potser fins i tot s'hi escarrassa massa. Què passarà quan es casi Astruga? Ai! Qui sap si els nervis li costaran una malaltia.

Astruga té quinze anys. És alta, esvelta, cabell castany clar ondulat, bonica de cara, amb un nas una mica massa petit però que li dona un caire graciós; els llavis són molsuts i vermells, i destaquen damunt d'una pell fina, sedosa i molt blanca. A l'avantbraç hi té una cicatriu força gran. Va passar durant l'any de dol per la mort de la seva mare, mentre tenia cura d'ella i el seu germà una dona que s'atabalava molt amb els nens petits, i un dia una olla d'aigua bullint li va caure sobre el braç.

També han estat convidats la germana petita d'Astruc i Natan, Anna, que té la mateixa edat que Bonafilla. És tot el contrari d'Estel; baixeta i grassoneta, els cabells ondulats i bruns, sempre li cau alguna grenya. Té un caràcter molt tranquil, res no la posa nerviosa, i sempre diu:

—Tot es farà, no cal córrer ni preocupar-se, serà el que Déu vulgui.

Aquesta és la seva manera de fer; res no l'amoïna. L'acompanya el seu marit Iucef Alfanell i els seus quatre fills, Moixé, Nissim, Blanquina i Amoretes, aquestes dues últimes són d'edat molt propera a la de Sara, i formaran part del seguici de la núvia. Blanquina és molt bonica, ara té setze anys i està potser una mica massa prima, però amb el matrimoni i uns quants fills se li arrodonirà la figura. Els cabells de color atzabeja llargs i brillants li envolten una cara allargada, amb ulls ametllats foscos i penetrants. Ja fa tres anys que està promesa amb un comerciant i prestador de Liorna, un vidu de trenta anys amb dos fills i molt ric, amb qui es casarà aviat. Amoretes és pastada al seu germà bessó Nissim, i tots dos són com una còpia de la seva mare Anna, baixets, grassonets i amb els cabells bruns i ondulats. Tenen una cara arrodonida i, això sí, el nas l'han heretat del pare, Iucef Alfanell: un pèl gran, però no desentona gens amb la resta de la cara. Amoretes també està promesa i és un gran honor, perquè el seu futur marit és un estudiós del *Talmud* i aviat es convertirà en rabí. Els Alfanell han vingut de força lluny; viuen a Perpinyà, on Iucef es guanya la vida com a prestador i comerciant de vins.

Al casament hi estan convidats també els consogres d'Astruc i Bonafilla, els pares d'Ester, Vidal Avangema i Goig juntament amb el seu fill gran Khasdai i la seva muller Tolrana, així com també els fills d'ambdós, Vidalet, de dotze anys, Abigail, de deu i Moixé, que en té sis.

És de matinada i quasi tothom ja s'ha llevat i es prepara per al casament. Hi ha molta feina a fer.

—Afanya't Sara! —crida des de baix Bonafilla— Hem d'anar al *miqvé*. No t'entretinguis.

Les cosines de Sara són a la seva cambra i la xerrameca se sent per tota la casa. Estan nervioses i no paren d'anar amunt i avall sense fer res de profit. Sara s'ha vestit per anar al *miqvé* però s'ha canviat tres vegades de roba, primer perquè Astruga l'ha ajudat i li ha posat tot del revés; després Blanquina i Amoretes han donat la seva opinió: no els agradava com quedava la túnica blanca amb el sobretot verd, i primer li han fet canviar la túnica i després el sobretot. Ai! Quins nervis!

Finalment baixen totes i es reuneixen amb algunes amigues de Sara que l'esperaven també amb els nervis a flor de pell. Han estat tota l'estona fent molt enrenou; la casa sembla un galliner de tantes converses encreuades que hi tenen lloc.

Es forma el seguici de dones encapçalat per Bonafilla i Sara, després venen les tietes Estel i Anna, les cosines Astruga, Blanquina i Amoretes i finalment les amigues de Sara. Ester no s'ha vist amb cor d'acompanyar la seva cunyada, està ja molt grossa, li falta poc més d'un mes per parir i té les cames molt inflades. S'espera a casa per poder anar al casament i a la celebració posterior; ha de reservar forces, no fos cas que, per voler fer massa coses se li avancés el part.

Totes es preparen per acompanyar la núvia al bany ritual. És una cerimònia obligatòria i molt important. Sara s'ha de purificar abans de presentar-se davant del qui d'aquí poques hores serà el seu marit.

Arriben al *miqvé* i allà dins només Bonafilla i les dues tietes entraran a ajudar Sara. El seguici de dones s'esperarà a fora fins que acabi el ritual, per acompanyar la núvia altre cop a casa per preparar-se per a la cerimònia del casament.

Sara es despulla ajudada per la seva mare.

—Treu-te les arracades i l'anell, Sara —li diu la tieta Estel.

—Ai! Ja ho sé, tieta! Però és que estic tan nerviosa que no sé el que em faig! M'havia oblidat que les porto posades, les arracades; són les que em va donar Haïm com a regal de compromís. Oi que són molt boniques?

–Sí que ho són, de boniques, i el corall té un to rosat que et dona color a la cara, però ara ens hem de centrar en el que hem vingut a fer: la teva purificació. Au, acaba de despullar-te i no et distreguis més. Ja només et queda la camisa; treu-te-la. Aquesta ja no te la tornaràs a posar perquè és el símbol de la teva virginitat.

Sara s'atansa als esglaons del *miqvé* i posa el peu en el primer de tots. Que freda que està, l'aigua. S'hi va ficant a poc a poc. Finalment es decideix a submergir-s'hi totalment, encreuant els braços davant del pit. Bonafilla l'ajuda empenyent-li el cap fins que queda del tot coberta per l'aigua i, en tornar a treure el cap, recita la benedicció amb l'ajut de la mare i les ties.

—«Beneït ets Tu, Senyor, Déu nostre, Rei de l'Univers que ens has santificat amb els teus preceptes i ens has ordenat sobre la immersió.»

Se submergeix en l'aigua del *miqvé* tres cops, tal com diu la llei, i d'aquesta manera acompleix la cerimònia de la *tevilà*.

—Eixuga't bé, no agafis fred. Posa't la camisa nova.

La tieta Estel i Bonafilla l'ajuden a vestir-se. La tieta Anna no es pot estar de fer comentaris:

—Què bonica que estàs. Fas molt goig. El teu futur marit pot estar ben content; s'enduu la noia més bonica de la comunitat, el teu pare et dona un bon dot i, a més a més, has estat molt ben ensenyada per la teva mare. Saps cuinar, ets endreçada i neta i ja saps portar una casa. Segur que sereu molt feliços.

—Au va, no ens entretinguem més que el seguici fa estona que ens espera aquí fora —diu Estel— i tu, Bonafilla, deixa de plorar; ja sabem que estàs emocionada i que Sara és una núvia preciosa, però pensa que es queda al call, a poca distància de casa teva, i que la veuràs contínuament, no com Blanquina, que quan es casi d'aquí mig any se n'anirà ben lluny, a Liorna, i Anna potser no la veurà mai més.

Arribats a aquest punt es posa a plorar l'Anna, i per nervis i empatia també Sara comença a deixar caure unes llagrimetes i a fer sanglots.

—Vaja... ja he xerrat massa. Com sempre. No n'he sabut mai, de mossegar-me la llengua. Això no sembla pas un dia feliç, totes aquí plorant com magdalenes. Va, prou de plors i eixugueu-vos les llàgrimes, que això ja no sembla un casament: sembla un enterrament!

—Tu sempre tan dura i expeditiva. No canviaràs mai —li retreu la seva cunyada Bonafilla.

—Si no fos per mi, aquí res no rutllaria. Esteu totes molt emocionades, ja ho entenc, però s'hi ha de posar una mica de seny. I tu, Bonafilla, amb tant de caràcter que tens i tan bé que dirigeixes aquesta família, avui estàs desconeguda. No tens ni esma per posar una mica d'ordre.

—Potser tens raó, però no cal que ens barallem per això; avui no és el dia.

De mica en mica l'ambient es va encalmant i surten a fora, on les noies del seguici ja començaven a impacientar-se. Les dones han estat menjant pastissos, cantant i ballant mentre esperaven Sara a la sala d'entrada del bany, però tan bon punt han desaparegut els dolços, han començat a preguntar-se què hi passava, allà dins. Quan veuen aparèixer la núvia, totes s'hi atansen per acompanyar-la fins a casa un altre cop, on es vestirà per a la cerimònia.

Es posen en marxa. Quan arriben a casa, Sara, Bonafilla i les tietes pugen a la cambra i l'ajuden a vestir-se. Primer, sobre la camisa nova el vestit, blanc, amb mànigues i brodats daurats, un cinyell ample amb pedreria ajustat sota el pit, un vel de seda tan fi que llisca entre els dits. S'ha de notar que Astruc és comerciant de teixits i vels de seda. Sara es posa les arracades de corall i també un collaret d'or molt treballat que li ha regalat l'àvia Raquel. És el que ella va portar al seu casament, i ha anat passant per totes les dones de la família des de fa moltes generacions. Bonafilla li ha posat un braçalet, també d'or, amb penjolls de diversos amulets que espera que li serveixin per portar-li sort en la nova vida que enceta al costat del seu marit. La tia Estel li dona un anell amb una turquesa que ella també va dur el dia del seu casament, i la tia Anna li posa un braçalet farcit de pedretes semiprecioses que ha comprat a l'orfebre del call de Perpinyà. Un barretet amb brodats de pedreria lligat sota la barbeta és l'última cosa que es posa perquè faci de suport al vel. Surt finalment de la cambra, i a baix l'esperen totes les dones del seguici nupcial per acompanyar-la fins a la casa del nuvi, on es faran les esposalles.

—Que bonica que estàs!

—Quin vestit més esplendorós!

—Amb la cara ho dius tot. Si en seràs, de feliç!

—Quina pena que, amb el vel, no se't vegi la cara tan formosa!

—No diguis això! El vel a la cara encara li dona un aire més misteriós i de noia com cal.

—El recollit del cabell està perfecte. Posa't aquesta pinta d'ivori per subjectar millor les trenes.

—Té, aquest mocador l'he brodat per a tu.

—Posa't també aquest amulet que jo vaig portar en el meu casament; et durà sort en el matrimoni.

—Aquest perfum de tarongina és perfecte per la frescor de la teva pell.

—Dones, no l'atabaleu tant —diu Bonafilla—, que ja està prou nerviosa. Vinga, anem. El nuvi deu tenir les cames tremoloses de tant esperar.

Totes riuen nerviosament perquè s'imaginen el nuvi amb tremolins i els fa molta gràcia. Bé, estan disposades a riure per qualsevol cosa; avui és un dia d'alegria.

Es preveu que els convidats seran nombrosos, a part dels tafaners, que sempre n'hi ha i volen assistir a un esdeveniment joiós, i més en aquest cas, on ambdues famílies són benestants i s'endevina un casament força luxós.

El seguici acompanya Sara amb cants, balls, panderetes, llaüts i petits platerets que porten lligats als dits del mig i polze. Les cançons són força significatives; parlen de les relacions matrimonials i de com s'ha de comportar la dona amb el marit. Tenen un contingut moral d'una banda i clarament sexual de l'altra, i aquestes estrofes fan riure atès que les canten en un to joiós i molt picardiós. N'hi ha de dedicades a la núvia però també al nuvi, i donen consells tant a l'una com a l'altre. Totes les noies riuen descaradament.

—«Cantem una cançó,
cantem a la núvia
una nova cançó.
Clares com el mirall fareu tres coses
i mai no us faltarà l'ajut de Déu.
Que l'home no hi escatimi treball.
La dona que tem el Senyor serà lloada.

Pel que fa a l'honor sereu neta
quan vindreu en la cambra del vostre senyor,
neta més que el cristall i l'or,
car el Precepte és un gresol i la Llei una llum.
Quan sereu tots dos en l'amor
dins la cambra, sens remor,
el tambor feu-li tocar.
Com diu el Càntic:
les meves mans regalimaven mirra.
Quan sereu sota el pinyó a la nit,
guardeu-vos-en de dir no.
És el nuvi que ha de dir si vol o no vol.
El meu estimat entrarà al seu jardí».

—«Nuvi, primer que no feu res,
lloeu el Senyor i digueu
humilment i suau:
"He guardat les mans pures als teus ulls".
Si m'escolteu, fareu allò que us és avantatjós.
Dona estranya no us valgui un ou.
Creieu que el sarró o sac nou no val res.
La bagassa està a l'aguait a cada cantonada.
Vulgueu estimar la vostra dona,
i nodrir-la i vestir-la i calçar-la com cal.
No sigueu pas avar de cercar-li l'honor,
que és glòria de reis tenir present les coses.
Nuvi, si no podeu fer allò,
mengeu esturió, o cervell de pardal,
o confit de taronja o bargalló.
Així, potser, el podrem derrotar.

Haïm Bonsenyor espera la núvia a casa. El rabí David
ben Adret és qui oficiarà la cerimònia, va camí dels

seixanta anys i ja en fa dos que es va quedar vidu. Té sis fills i ja no pensa a tornar-se a casar, encara que la matrimoniera massa sovint insisteix a presentar-li dones. Moltes estarien contentes de ser la parella d'un rabí, però ell es veu ja massa vell, prefereix gaudir dels néts. El seu fill mitjà i la jove tenen cura d'ell perquè el seu fill gran és rabí a Tàrrega. Les quatre noies són totes casades i viuen fora de Barcelona. És un home de cabells i barba grisos, ulls petits i molt vius que retornen un esguard intel·ligent. Astruc li té molta estima i agraeix els seus consells, que sempre han resultat valuosos. És qui oficia a l'Escola Major i també qui dirigeix totes les cerimònies a les quals la família Bonafós li demana de participar.

Finalment arriba Sara, tapada amb el vel, acompanyada de la seva mare, les tietes i tot el seguici de parentes i amigues. Com que tot és molt a prop, el seguici ha fet una volta per tots els carrers del call per poder gaudir una estona més de l'alegria i les cançons, i també perquè tothom qui ho vulgui tingui oportunitat de veure la núvia.

Haïm va vestit amb una camisola de lli fins als genolls i un saial de vellut morat amb brodats platejats a la vora i a les mànigues. El duu cenyit amb el cinyell que li ha brodat Sara amb fils d'or i de plata, i porta el cap tapat amb una còfia com quasi tots el homes del seguici; la seva, però, és del mateix vellut morat que el saial. Rep Sara sota la *khuppà*, que en aquest cas és un *tal·lit* que els amics de Haïm subjecten pels quatre cantons alçant-lo per sobre el cap dels nuvis. Simbolitza el sostre on des d'ara viuran plegats el nou matrimoni. Sara va agafada per la mà dreta amb la seva mare, i per la mà esquerra amb la seva sogra; totes dues l'acompanyen mentre fa set voltes al voltant del nuvi. Després, el rabí ben Adret diu, aixecant una copa de vi:

—«Beneït ets Tu, Senyor, Déu nostre, Rei de l'Univers, creador del fruit de la vinya».

Els nuvis comparteixen la copa de vi, i després d'unes reflexions del rabí sobre la vida en comú que ara comencen, Haïm li posa un anell d'or que ha fet el seu pare, amb incrustacions de corall, i que representa l'edifici d'una sinagoga, i alhora diu:

—«Heus ací que amb aquest anell tu estàs consagrada a mi, segons la Llei de Moisès i Israel.»

Ara és el moment de la lectura de la *ketubà*, on queda per escrit la taxació de l'aixovar de la núvia i la suma del dot que aporta Sara: 3.500 croats barcelonins de plata que el marit haurà de tornar a Sara si es divorcia d'ella. Per part seva, Haïm suma a aquesta xifra 500 croats més, el que fa un total de 4.000 croats barcelonins. Aquest document és molt important per deixar ben situada la dona si el matrimoni com a tal fracassés, i la quantitat és realment adequada. També hi figuren els deures del marit envers la muller; la fidelitat, protecció i el manteniment econòmic. Finalment, Haïm, Sara i els testimonis signen la *ketubà*. Aquest document Sara el guardarà com una possessió molt preuada en una caixa dins l'arca on té els vestits i les joies. El *sofer*, l'escriba, que l'ha redactat damunt d'un pergamí, l'ha decorat amb garlandes de fulles i flors que emmarquen el text i, a dalt de tot, hi ha pintat una *menorà* daurada.

El rabí Ben Adret es disposa a recitar les set benediccions alçant una copa de vi:

—«Beneït ets Tu, Senyor, Déu nostre, Rei de l'Univers, creador del fruit de la vinya».

—«Beneït ets Tu, Senyor, Déu nostre, Rei de l'Univers que vares crear-ho tot per la Teva glòria».

—«Beneït ets Tu, Senyor, Déu nostre, Rei de l'Univers que vas fer l'home».

—«Beneït ets Tu, Senyor, Déu nostre, Rei de l'Univers que vas fer l'home a la Teva imatge, a imatge concebuda segons el Teu pla i vas preparar un estructura que perduri sempre més».

—«Que es complagui la terra estèril i s'alegri de la reunió dels seus fills, quan tornin a ella amb alegria. Beneït ets Tu, Senyor, que alegres Sió i les seves filles».

—«Alegra aquests fidels estimats com vares alegrar la Teva obra en el jardí de l'Edèn. Beneït en temps passats. Beneït ets Tu, Senyor, que alegres el nuvi i la núvia».

—«Beneït ets Tu, Senyor, Déu nostre, Rei de l'Univers que vares crear la complaença i l'alegria al nuvi i la núvia, la joia, la lloança, la benaurança, la ventura, l'amor i la germandat, la pau i la companyonia. Que molt aviat, Senyor, se senti en les ciutats de Judà i en els carrers de Jerusalem la veu de la joia i la veu de l'alegria, la veu del nuvi i la veu de la núvia, la veu de la benaurança dels nuvis en el seu casament i dels joves cantant cançons en els banquets. Beneït ets Tu, Senyor, que alegres el nuvi i la núvia».

—«Et beneeixi l'Etern i et protegeixi, t'il·lumini amb la llum del Seu rostre i et concedeixi gràcia, giri l'Etern el Seu rostre vers tu i et concedeixi la pau».

Com a colofó de la cerimònia, Haïm trenca un got amb el peu en record de la destrucció del Temple de Jerusalem metre recita unes paraules del Salm 137:

—«Si mai t'oblidava, Jerusalem, que se'm paralitzi la mà dreta; que se m'encasti la llengua al paladar, si deixés d'anomenar-te, si deixés d'evocar el teu record, per inspirar els meus cants de festa».

Esclaten crits de felicitació i tots a l'uníson comencen a cantar cançonetes relatives a la vida en parella mentre Haïm i Sara es retiren a la seva habitació per consumar el matrimoni.

Tots canten per animar els nuvis mentre pugen les escales cap a la cambra:

—«Dona, vegeu el marit sovint,
Serviu-lo bé, com millor sapigueu.
Tant si és gran, jove o nen, digueu:
"Tinc el meu estimat que reposa entre els meus pits".
Si es vol casar amb una altra dona,
us passeu lentament la mà pel cos
I li dieu: "Senyor, veniu aquí,
Aquí teniu el meu divan amb els millors cobertors"».

Sara està tan vermella i avergonyida que ha tancat els ulls i fins i tot ha ensopegat amb un esglaó, sort que Haïm l'ha pogut agafar a temps abans no caigués.

Tothom riu i això encara els empeny més a cantar estrofes cada cop més pujades de to:

—«Després al nuvi vull pregar
que escolti tot el que li he de dir,
que vull mostrar-li bons ensenyaments
de saviesa i d'alt honor.
Quan haureu fet el que cal en llevar-se,
alçant els ulls, la cara i les mans,
pregueu al Senyor que formà el món,
que a la boca del just hi creix la saviesa.
Quan aneu cap a dinar,

feu bell semblant, bell ull i clar.
Saludeu la muller: "Dona, Déu vos guardi,
sou com una aurora".
Tingueu sempre present la dona.
Dia i nit vetlleu pel seu benestar.
I cal que el nuvi el primer any
no s'endormisqui ni s'adormi.
Vulgueu servir la vostra dona,
calceu-la bé i vestiu-la com cal.
Feu com pugueu quant a la resta:
arrenqueu herbes de l'erm de la vida.
Nuvi, si no podeu fer allò,
us preneu el rovell de l'ou,
o peix saget, o bargalló:
així, potser, l'enganyarem i el vencerem!
A la nit, quan jaureu tots dos,
jugant, rient, com qui no ho veu,
gaudireu dels pessics d'amor,
que són lleials els blaus dels qui s'estimen».

El pare de Haïm, Bonjuha Bonsenyor, els empeny a tots cap a la sala on hi ha preparat el menjar per celebrar el casament i així allunyar-los dels nuvis per tal que aquests puguin anar a complir amb el seu deure de marit i muller; després dos testimonis aniran a la cambra a certificar que el matrimoni s'ha consumat, però ara se'ls ha de deixar tranquils que tot aquest enrenou no els privi de poder finalitzar les noces tal com està prescrit.

El banquet és a punt, amb tot tipus de menges salades i dolces, hi ha també músics per amenitzar la festa, i es cantarà i es dansarà durant hores. La celebració, en realitat, continuarà durant tota la setmana.

A taula hi ha un tupí amb mandonguilles de peix amb una salsa de ceba i mel, ous durs, tot tipus de verdures, empanades farcides unes de carn, i altres de cabell d'àngel i nous. Bols amb ametlles i cigrons torrats, bunyols, codonyat, boletes de massapà i pinyons, rosquilles amb canyella i mel, fruita variada. Un bé de Déu de menges exquisides. El vi tampoc no hi pot faltar. Una bóta gran, plena de vi negre que les dones s'encarreguen d'anar abocant en gerres i barrejar-lo amb canyella, mel i aigua per treure'n el gust tan fort i aspre. Els Bonafós han portat, expressament per a l'ocasió, una bóta de vi dolç molt preuat per tothom que, malauradament, no ha durat gaire.

L'endemà de la cerimònia la festa segueix i tots aquells qui vulguin visitar els nuvis seran molt ben rebuts, i se'ls obsequiarà amb dolços. Ara, però, Haïm i Sara no podran tenir relacions sexuals durant set dies i per això Regina ha preparat una cambra per a la Sara.

—Hauràs de dormir durant set dies en aquesta habitació. Haïm ja sap que no pot tocar-te, el costum normal és que jo dormi entremig de tots dos però prefereixo que cadascú tingui la seva intimitat, i per això t'he preparat aquesta cambra que espero que sigui del teu gust. Ara estàs impura pel vessament de la sang de la teva virginitat, i fins que passin els set dies no pots anar a purificar-te al *miqvé*. Les lleis sobre la puresa en el *Talmud* són molt clares i estrictes.

—Moltes gràcies. Sí que n'és, de bonica, la cambra. I el llit sembla molt tou. Hauré de portar les meves coses aquí.

—Bé, no t'hi amoïnis gaire, només són set dies i Haïm té feina al taller. Podràs entrar i sortir de la vostra cambra sempre que vulguis, només tingues present que Haïm no hi ha de ser. Els joves sou massa fogosos i no me'n refio, dels bons propòsits. Au, ara anem que tinc feina a la cuina; no para de venir gent a felicitar-vos i no se'n poden anar sense haver tastat la meva especialitat, els dolços d'ametlla i mel. Mentrestant tu pots anar a comprar fruita, i també hem de tenir una bona provisió d'avellanes, ametlles, nous, figues i olives. Demà és *xàbat* i cal que tinguem menjar per a tothom qui vindrà a saludar-vos, i també per al teu pare, la teva mare i el teu germà amb la seva dona, que estan convidats a sopar. Tenim molta feina a fer.

L'endemà al capvespre Haïm, per rebre el *shabat* encapçalarà una corrua de parents i amics des de casa fins a l'Escola Major. A banda i banda l'acompanyen Bonjuha i Astruc, tots cofois pel protagonisme que avui tenen les dues famílies. Haïm tindrà l'honor de llegir la *Torà* a l'escola. Pare i sogre seran al seu costat a la *bimà* mentre llegeix la *paraixà*, la part corresponent de la *Torà* que cal llegir avui.

Finalment han passat els set dies, i Sara pot anar a fer el bany ritual al *miqvé*. Avui podrà tornar a la cambra matrimonial amb Haïm i començar la normalitat de la vida conjugal que espera sigui llarga, venturosa i beneïda amb un munt de fills.

4. La circumcisió, *berit milà*

Déu digué a Abraham: «...Aquesta és la meva aliança que serà observada entre jo i vosaltres, i la teva descendència després de tu: tot mascle d'entre vosaltres serà circumcidat. Circumcidareu la carn del vostre prepuci, i això serà el senyal de l'aliança entre jo i vosaltres. Quan tinguin vuit dies, tots els mascles seran circumcidats en totes les generacions.
Gènesi 17, 9-12.

Avui, Ester, la jove d'Astruc Bonafós i de Bonafilla, s'ha aixecat una mica empiocada i Bonafilla, en veure-la amb la panxa tan grossa, les cames inflades i la cara que fa de cansada, li ha preparat un brou calent i l'ha enviat un altre cop al llit. Al cap d'una estona puja al pis on viuen Ester i Xelomó i se'n va cap a la cambra per veure com es troba la seva jove. Just quan obre la porta sent un gemec i es troba Ester mig arraulida; ha trencat aigües.

—Bé, ja arriba el primer nét de la família Bonafós. Esperem que tot vagi pels camins normals i... que Déu ens ajudi.

Bonafilla sap, per experiència, que el part pot ser fàcil o difícil, i com que recela, crida l'esclava.

—Aixa, ves a buscar la llevadora. No t'entretinguis. Corre, dona.

La llevadora viu quatre cases més enllà i, si no té cap urgència, arribarà de seguida. Bellida és bona en el seu ofici, com quasi totes les llevadores jueves, que són molt apreciades tant per jueus com per cristians. És neta i coneix bé el cos de les dones, va sempre vestida amb roba de lli molt polida. Normalment l'ofici de llevadora es transmet de mares a filles; n'aprenen acompanyant-les des de molt jovenetes a assistir les parteres. La filla gran de Bellida, que ara té tretze anys, ja l'ajuda i ha perdut la por i l'espant que el primer dia li va causar aquell munt de sang i líquids que sortien amb la criatura, i els xiscles de dolor que feia la dona.

També crida Dolça, la minyona:

—Ves a avisar la mare d'Ester, Na Goig. Digues-li que la seva filla ja va de part.

Goig té trenta-vuit anys, un més que Bonafilla, i és una dona molt activa. No és gaire alta, però ho és dos dits més que el seu marit Vidal i per això sempre va amb escarpins de sola molt fina i mai no porta barretet, només vels i còfies que li tapen uns cabells rogencs sempre recollits en trenes entortolligades al clatell. Té la pell molt blanca, quasi se li transparenten les venes i la cara ben espurnejada de piguetes molt clares que a Goig no li agraden gens. Sempre s'hi posa pólvores blanques per dissimular-les.

Goig també ha de ser-hi present i ajudar la seva filla en el que calgui. Després ja avisaran el futur pare Xelomó, i els avis Astruc i Vidal; els homes no hi fan cap falta, en aquestes circumstàncies, més aviat fan nosa.

Bonafilla no se separa del costat d'Ester i crida Dolça, la minyona, perquè vagi posant olles amb aigua al foc. Comencen els dolors de part, però encara falta molt; això no anirà gaire de pressa. La noia és forta però els dolors la fan recaragolar-se i cridar.

—Quin mal que fa!

Ester, amb els seus disset anys, no ha vist mai cap naixement d'una criatura i, per molt que t'ho expliquin les amigues i parentes, patir-ho en pell pròpia és diferent. Ja ho crec si n'és, de diferent!

—Aaaaaaaaaaah!

Un altre dolor.

Arriba Bellida, la llevadora, i examina Ester.

—Encara en té per força estona però la criatura arriba de cap, no crec que hi hagi problemes.

Se'n va perquè aquí, ara, no hi pot fer res, i vol deixar preparat el menjar dels de casa per si el part s'allarga. Deixa dit a Bonafilla que l'avisi si la freqüència dels dolors augmenta. Bonafilla ha tingut fills i ja sap com va, això.

Goig, la mare d'Ester, arriba tota preocupada. Ha sortit de casa amb el que duia posat, no s'ha entretingut a canviar-se i s'ha descuidat de posar-se les pólvores blanques per tapar-se les pigues, però ja veu que la seva filla està en bones mans. De totes maneres, la companyia de la mare és fonamental per tranquil·litzar Ester, que de seguida s'hi agafa perquè té un altre dolor.

—Aaaaaaaaaaaaaah! Mare... això és terrible!

Goig la consola.

—Tot va bé, filla meva, això és normal. Has de passar-ho i pensa que després tindràs una criatura preciosa que farà feliç a totes dues famílies i, especialment, al teu marit Xelomó, i seràs una mare cofoia i feliç amb el teu fillet. Déu vulgui que sigui un nen.

Amb tot l'enrenou, els homes de la família ja se n'han assabentat. Tant els de la família Bonafós com els Avangema s'han reunit a baix, al menjador, i esperen amb neguit. No saben què passa, però els crits d'Ester se senten fins i tot dos pisos més avall. Se'ls posa la pell de gallina. Veient el tràfec de l'esclava i la minyona, procuren no fer xivarri ni moure's gaire. Per als homes el part de la dona és un misteri que, sentint-ne els crits, els fa molt respecte, i prefereixen no ficar-s'hi.

Ha passat gairebé mig dia i ara els dolors són més freqüents; és hora de tornar a cridar la llevadora. De nou, Aixa és l'encarregada d'anar a casa de Bellida. La troba preparant diferents estris, tisores, un davantal, fil i venes, perquè ja s'imaginava que s'apropava el moment.

—Aixa, agafa aquesta cadira de parir i porta-la a casa dels Bonafós. Jo vinc darrere teu.

Ester, asseguda ja a la cadira de parir, que han transportat de casa de la llevadora, comença a tenir els dolors amb ganes d'empènyer.

—Empeny! Amb força! —diu Bellida.

La criatura comença a coronar i el pitjor de tot és quan surti el capet. Ester empeny, empeny i finalment surt una mica el caparró. Bellida l'agafa i ajuda Ester a treure la criatura.

—Vinga! Un altre esforç! Empeny! Empeny! Que això ja està fet!

—Aaaaaaaaaaaaaaaaaaaaaaah!

—És un nen!

Quina alegria! Bonafilla ho anuncia pel forat de l'escala perquè el pare i els avis sàpiguen que ja ha arribat el primogènit de la família Bonafós. La llevadora talla el cordó umbilical i li fa un lligat amb fil, fent-li el melic al nen. El neteja mentre Goig continua tenint cura d'Ester, que està molt cansada però encara ha de treure la placenta.

—Ja ha passat tot, filla. Has donat un mascle a Xelomó, el teu marit estarà molt orgullós de tu.

Ester, esgotada per les hores de dolor i per l'esforç, reclama veure el seu fill, i la seva mare li dona.

—El meu nen. Que bonic que és, que petit, quines manetes més xiques. Gràcies, Déu meu, per aquest regal tan meravellós!

La mateixa llevadora penja de seguida un amulet al nadó perquè ara és el moment que més perill hi ha que Lilit l'assetgi. L'amulet duu representats els tres àngels: Senoi, Sansenoi i Semangelof, que Déu va enviar a Lilit per fer-la tornar amb Adam, però ella s'hi va negar i aquests són els àngels que han de protegir tot nounat de les urpes de la primera dona. El nen, si bé ha plorat amb molta fortalesa quan li ha picat l'esquena i sembla un noi ple de vigor, encara no forma part del poble d'Israel, i és fàcil que algú malintencionat li faci un malefici. Se l'ha de protegir tant sí com no.

Xelomó i els avis pugen a veure el nounat. Quina alegria! Ester dona el nen a Xelomó, qui no acaba de creure's que això tan petit sigui el seu fill. Els avis sentencien que el nen és un mascle fort i vigorós i que donarà moltes alegries a les dues famílies.

L'avi Vidal és un dels millors metges del call, i fins i tot el rei i la seva família són clients seus i, de retruc, molts dels nobles barcelonins. El cabell i la barba ja li blanquegen; les mans fines, llargues i molt ben cuidades es veuen avesades a palpar el cos humà per trobar-hi els mals, i també a cosir, curar i posar els ossos a lloc. Vidal encarrega a Iucef Cresques, un reconegut astròleg, la carta astral del nét, que dirà quines perspectives té en aquest món; és bo tenir-ho clar per saber cap on poden anar les coses en la vida futura del nadó. La data del naixement és el 25 de *sivan* de 5097, dilluns 3 de juny de 1337 del calendari cristià.

Ara Ester està impura per tota la sang que ha vessat. Xelomó, el seu marit, no la pot tocar perquè s'impurificaria. Han de decidir si lloguen una dida o si Ester mateix li dona el pit. Tant les dues àvies com Ester estan d'acord a esperar a veure com va tot plegat i, si pot, l'alletarà ella mateixa tot i que potser més endavant llogaran una bona dida. En el call n'hi ha de netes i bones.

Han passat set dies des del part i avui Ester ha d'anar al *miqvé* a purificar-se. L'acompanyen la seva mare, Goig i la seva sogra, Bonafilla. Un cop arribades al bany, l'ajuden a despullar-se completament i també a submergir-se tres cops recitant cada vegada la benedicció corresponent a la purificació amb l'aigua del *miqvé*:

—«Beneït ets Tu, Senyor, Déu nostre, Rei de l'Univers, que ens has santificat amb els Teus preceptes i ens has ordenat fer la immersió».

Avui és la vigília de la circumcisió del nen; quan es pon el sol ja és el dia vuitè i se celebra a casa d'Astruc la cerimònia de la «nit de vijola». Vesteixen el nen de blanc i el posen en un gibrell amb aigua i uns granets d'or, plata, alguna perla, blat i civada, el renten amb tot això per evitar el mal d'ull i perquè el nen tingui fortuna. No es tracta d'un ritual religiós, és un costum purament supersticiós per evitar que els mals esperits s'apoderin d'un ésser fràgil com és un nounat. Astruc no hi creu, en aquestes coses, però deixa fer a les dones perquè no fan cap mal i és una tradició bonica, i una ocasió més per fer xerinola.

Aixa i Dolça s'han passat el dia preparant pastissets per als convidats del vespre. Han fet unes crestes farcides; unes de cabell d'àngel i unes altres de figues i ametlles, i també n'hi ha de formatge fresc amb menta i mel, bunyols, massapans i pastissets de codonyat. A taula també hi haurà albercocs, prunes, cireres, meló i síndria.

La festa s'allarga durant tota la nit, i els convidats mengen dolços i tothom canta i balla, acompanyats de llaüts, timbals i panderetes; com més soroll millor. Així, els mals esperits no s'acosten ni al nen ni a la mare. Al migdia serà circumcidat i ja formarà part del poble d'Israel. És un gran dia i res no ho pot espatllar.

De bon matí, Bonafilla, Dolça i Aixa han de fer neteja. Després de la celebració d'anit, el menjador del primer pis, on s'ha fet la festa, està brut i desendreçat; hi ha una pila de plats i copes per polir. I s'ha de deixar que el nen i la mare descansin abans d'anar a l'escola perquè li facin la circumcisió. Serà un dia molt emocionant i ple de satisfaccions per a tothom, i un cop acabada la cerimònia tornarà a haver-hi un gran dinar per a tota la família, amics i veïns; són un munt de gent. N'han vingut fins i tot de fora de Barcelona, parents que han viatjat des de ben lluny i que cal tractar convenientment.

Tota la família s'ha empolainat i ja està preparada per sortir en comitiva. Un cop a l'escola, els padrins són els protagonistes juntament amb el nen i el *mohel* de la cerimònia. El rabí els rep a l'entrada, els fa passar i els recorda a tots el que diu el *Talmud*, la llei oral.

—«La circumcisió és tan gran que ultrapassa tots els preceptes de la *Torà*, la llei escrita».

També recita el capítol 17 de *Gènesi*, versets 8 a 12, on queda establert el pacte entre Déu i Abraham mitjançant la circumcisió de tots els mascles del poble de Déu:

—«Déu digué a Abraham: ...Aquesta és la meva aliança que serà observada entre jo i vosaltres, i la teva descendència després de tu: tot mascle d'entre vosaltres serà circumcidat. Circumcidareu la carn del vostre prepuci, i això serà el senyal de l'aliança entre jo i vosaltres. Quan tinguin vuit dies, tots els mascles seran circumcidats en totes les generacions».

El *mohel* és qui farà la circumcisió; ha de ser una persona pietosa i especialitzada a tallar el prepuci del nadó. El pare del nen, Xelomó ben Astruc Bonafós, ha escollit el rabí David ben Adret, que és el millor *mohel* de la comunitat. Així doncs, rabí i *mohel* són, en aquest cas, la mateixa persona. Es considera un gran honor i distinció ser escollit com a *mohel*. No tothom ho pot fer, atès que cal conèixer molt bé la tècnica per no causar cap mal al nadó que pogués resultar irreversible.

La padrina, Goig, l'àvia materna del nen, és qui el porta a coll; entra a l'escola i tots els presents s'alcen dient:

—«Beneït el qui ve en nom del Senyor».

El *mohel* recita la benedicció especial per aquesta ocasió:

—«Beneït ets Tu, Senyor, Déu nostre, Rei de l'Univers, que ens has santificat amb els Teus preceptes i ens has ordenat fer la circumcisió».

La padrina dona el nen al seu pare, Xelomó, i aquest deixa que passi a coll del seu sogre, del seu cunyat i d'altres homes de la família, que així tenen el privilegi de sostenir-lo fins que torna a coll de Xelomó i aquest el dona al seu pare, Astruc Bonafós, que és el padrí, *sandaq*. Aquest el posa uns instants damunt la cadira reservada al profeta Elies, qui ha de ser present en totes les circumcisions, i per tal que el profeta no tingui cap objecció a assistir-hi, Déu perdona tots els pecats als presents i així el poden rebre purificats. La presència del profeta és una circumstància especial, que tothom pot aprofitar per dir-li pregàries i demanar-li algun favor, perquè aquesta cerimònia és un dels moments de màxima elevació espiritual en el judaisme. En posar el nen sobre la cadira on s'asseu el profeta Elies, és com si aquest li donés una protecció especial.

Després Astruc s'asseu i immobilitza el nen posant-se'l entre els genolls perquè el *mohel* pugui fer-li la circumcisió. Mentre prepara els estris, Astruc recita una altra benedicció:

—«Beneït ets Tu, Senyor, Déu nostre, Rei de l'Univers, que ens has santificat amb els Teus preceptes i ens vas prescriure fer entrar els nostres fills en el pacte d'Abraham, el nostre Patriarca».

El *mohel* ja està preparat i comença la cerimònia amb la *milà*; amb unes pinces, separa la pell de sobre el prepuci, l'estira i la talla amb un ganivet molt esmolat. Després fa la *perià*, agafant la resta de pell i descarnant el penis fins que la corona del gland surt lliure de tota cobertura; i, finalment, el *mohel* fa la *metsitsà*, és a dir, succiona la sang del penis amb la boca i l'escup. Aquesta sang és «la sang del pacte» que es vessa com a senyal del pacte entre Déu i Abraham. Recullen unes gotes d'aquesta sang en un grapat de terra que després s'enterrarà al cementiri juntament amb la pell del prepuci, però Bonafilla, que és força supersticiosa, hi intervé i agafa, sense que ningú no se n'adoni, aquest trosset de pell. El vol deixar assecar i el guardarà en una bosseta. És un bon amulet per a les dones que no poden tenir fills, i potser algun cop farà falta. De moment, a la família dels Bonafós no hi hagut cap problema d'infertilitat, però val més guardar-lo per si arribés el cas que fos necessari. Sara encara no està embarassada i no se sap mai... D'altra banda, Ester encara haurà de tenir més fills. Aquest amulet es posa sota el coixí, al costat on dorm la dona, i això fa que es quedi embarassada quan marit i muller estiguin junts.

«Els amulets sempre són necessaris per protegir la vida i ajudar la naturalesa», pensa Bonafilla.

Ja està feta la circumcisió; el nen plora i esclaten crits d'alegria i cançons que només s'encalmen quan el rabí David ben Adret aixeca una copa de vi i posa el nom al nen, bo i recitant:

—Déu nostre i dels nostres pares, preserva la vida d'aquest nen per a la felicitat del seu pare i de la seva mare i que el seu nom sigui, a Israel, Maimó ben Xelomó.

Fins aquest moment ningú no ha dit el nom del nen, només Xelomó l'ha xiuxiuejat al rabí, perquè hi ha la creença que pronunciar el nom abans pot portar desgràcies a la criatura.

Tot seguit el rabí mulla els llavis de Maimó amb una gota de vi i lliura la copa a Xelomó, el pare, qui se la beu tota; després agafa el seu fill i fa l'honor de deixar que l'agafin uns instants la resta de familiars que han assistit a la cerimònia. Això es fa per recordar que antigament, quan encara existia el Temple de Jerusalem, els sacrificis que s'hi feien passaven per les mans de tot l'estol de sacerdots, els *cohanim* i levites.

La copa de la benedicció del vi és el regal del padrí i avi del nen, Astruc, que l'ha encarregat al millor argenter de la comunitat, Xemuel Cofen. Està feta de plata molt ben treballada, amb una perleta incrustada preciosa. Aquest argenter és tan reconegut que fins i tot ha fet reliquiaris, calzes i custòdies per a esglésies d'arreu del regne. Maimó conservarà aquesta copa i amb ella farà el *quidduix*, la benedicció del vi, en les seves noces i també cada cop que el reciti en les diverses circumstàncies i celebracions al llarg de la seva vida.

Una celebració així no pot acabar sense un bon àpat a casa dels Bonafós, que volen demostrar l'alegria que tenen amb el seu primogènit i tot és poc. De moment, Astruc Bonafós ha fet *tsedaqà*, caritat. Ha donat un bon gruix de diners a l'hospital de la comunitat perquè tothom pugui celebrar l'esdeveniment, fins i tot els més pobres.

A casa la taula ja està preparada, plena de menges exquisides que esperen l'arribada dels convidats. Hi ha de tot. Carn, peix, verdures, ous, llegums, tot guisat i cuinat amb espècies molt preuades com el safrà i el pebre; pastissos de tota mena, fets amb ametlles, pinyons i regalimant mel, fruites del temps i fruits secs: figues, ametlles, nous i avellanes. No hi falta de res. Quina taula més ben parada. Els convidats no tindran cap queixa, i un fet tan important com la circumcisió d'un fill s'haurà celebrat com cal.

Un cop acabat el dinar, Bonafilla crida Dolça i Aixa:

—Aixa, Dolça: veniu. Deixeu el que esteu fent. Ja netejareu després, porteu tot el menjar que ha sobrat a baix, que hi ha pobres a la porta que s'esperen i primer són ells.

Han passat trenta-un dies des del naixement del petit Maimó i és el moment de «rescatar» el fill; és la cerimònia que es denomina *pidion ha-ben*. És un costum molt antic, prové de quan encara existia el Temple de Jerusalem i tot primogènit havia de ser donat al Temple, fos humà o animal, perquè tot primogènit pertany a Déu segons que es diu en el llibre d'*Èxode* capítol 13, versets 1-2: «El Senyor parlà així a Moisès: consagra'm d'entre els israelites tot primogènit, les primícies del si matern, sigui home o bèstia, perquè és meu».

En el cas dels animals no era cap problema; es duia al Temple el primer nat d'una vaca, ovella o cabra. Però en el cas dels nens, o bé es donaven per al servei de Déu i del Temple o es podien «rescatar» lliurant alguna cosa a

canvi. Podien ser animals, xais, cabrits, aviram, ocells...
sacs de blat o civada o encens per cremar al Temple, oli
per a les làmpades o fins i tot or o plata. Tothom donava el
que podia segons les seves possibilitats. El més normal era
rescatar el fill primogènit.

El costum es manté, encara que ja no hi ha Temple.
Els diners del rescat els donarà al rabí de la seva escola i
ell els destinarà a obres de caritat, *tsedaqà*.

Xelomó es disposa a anar a veure el rabí amb el seu
petit Maimó per fer la cerimònia del rescat, i un seguici de
familiars l'acompanya. Arriben tots a l'escola i Xelomó
diu al rabí:

—Aquest és el primogènit de la meva muller.

El rabí li contesta:

—Què prefereixes, lliurar-me el teu fill o redimir-lo?

Xelomó respon:

—Redimir-lo.

I, agafant cinc monedes de plata, recita la benedicció:

—«Beneït ets Tu, Senyor, Déu nostre, Rei de
l'Univers, que ens has santificat amb els Teus preceptes i
ens has ordenat el rescat del fill».

Segueix una altra benedicció:

—«Beneït ets Tu, Senyor, Déu nostre, Rei de
l'Univers, que m'has fet viure i m'has fet arribar a aquest
moment».

Tot seguit lliura les monedes al rabí i, aquest, bo i
passant les mans amb les monedes per sobre el cap del
nen, recita:

—«He rebut de tu aquestes cinc monedes pel rescat
del teu fill. Mitjançant aquestes monedes, ell queda
rescatat segons la llei de Moisès i d'Israel».

Seguidament guarda les monedes i, alçant les mans per sobre el cap del nen, recita una benedicció que els *cohanim*, els sacerdots, solien dir:

—«Déu et beneeixi i et cuidi. Déu il·lumini el Seu rostre cap a tu i et doni gràcia. Alci Déu el Seu rostre cap a tu i t'atorgui pau».

Finalment, amb una copa de vi es recita el *quidduix*, la benedicció del vi, i tothom en beu un glop. Avui també és un dia de celebració, perquè el nen ha estat rescatat i, encara que només serà en família i amb les amistats més properes, hi haurà un bon àpat per cloure la celebració.

Passats quaranta dies del naixement de Maimó, Ester ja es podrà considerar purificada del tot. Antigament, quan encara no s'havia destruït el Temple, les dones, després de la quarantena, hi anaven amb un present tal com mana la Llei i com s'explica detalladament en el llibre de *Levític*, capítol 12, versets 1 a 8:

«El Senyor va dir a Moisès: "Parla així als israelites: si una dona embarassada té un fill, serà impura set dies, com és impur el temps de la menstruació. El dia vuitè, circumcidaran el prepuci del nen. I durant trenta-tres dies es quedarà encara a casa per purificar-se de la seva sang. No tocarà res de sagrat ni anirà al santuari, fins que hagin passat els dies de la seva purificació. Si té una filla, serà impura dues setmanes com durant la menstruació, i es quedarà encara a casa seixanta-sis dies per purificar-se de la seva sang. Acomplerts els dies de la purificació, portarà al sacerdot, a l'entrada de la tenda de l'oracle, un anyell d'un any en holocaust i un colomí o una tórtora en sacrifici del pecat. El sacerdot l'oferirà davant del Senyor i farà expiació per a ella; així serà purificada del seu fluix de sang. Aquesta és la llei sobre la qui té un fill o una filla. Si no està al seu abast d'adquirir un anyell, prendrà dues tórtores o dos colomins, l'un per a l'holocaust i l'altre per al sacrifici del pecat, el sacerdot farà expiació per a ella, i serà purificada».

Avui Ester s'ha de presentar davant del rabí, però com que és *xàbat* espera que es pongui el sol perquè acabi el dia de festa. Tot just ha acabat el servei religiós a l'escola que Ester ja hi arriba i demana per parlar amb el rabí, a qui finalment comunica que han passat els quaranta dies; el rabí la beneeix posant-li les mans sobre el cap i Ester ja es pot considerar purificada. Avui, doncs, Ester i Xelomó ja podran estar plegats en el mateix llit i podran fer-se aquelles carícies i moixaines, i gaudir de la relació de la qual han estat privats tants dies. A veure si ben aviat donaran un germanet a Maimó.

5. Dia 9 del mes de *av*, *Tixà be-av*

El mes cinquè, el dia deu del mes (és l'any dinou de Nabucodonosor, rei de Babilònia), el comandant de la guàrdia, Nabuzardan, servidor del rei de Babilònia, anà a Jerusalem i incendià el temple del Senyor, el palau del rei i totes les cases de Jerusalem.
Jeremies 52, 12-13.

El dia 8 d'*av* de 5097, dilluns 13 de juliol de 1337 segons el calendari cristià, és la vigília del dia més trist per al poble jueu. Aquest vespre comença el dol per a tots els jueus del món, dol rigorós a la comunitat jueva de Barcelona i, evidentment, a casa dels Bonafós. Tothom recorda que va ser el dia 9 del mes d'*av* de l'any 3338,[1] que Nabucodonosor va manar destruir el Temple de Salomó, i que en la mateixa data però de l'any 70 dec., 3830 del calendari jueu. Titus també va fer enderrocar el segon Temple, el que Zorobabel havia fet reconstruir el 515 aC. També es commemoren altres desgràcies ocorregudes al poble d'Israel el 9 d'*av*, data en què tradicionalment es diu que Déu decretà que la generació dels que varen sortir d'Egipte no poguessin entrar a la terra d'Israel per no haver confiat en Ell. L'altre esdeveniment va ocórrer durant el regnat de l'emperador Adrià, quan els romans enderrocaren la fortalesa de Betar i van massacrar tots els jueus que s'hi refugiaven, 1313 aC. L'altre fet luctuós es va produir en el 131 aC. quan el

---

[1] N. de l'autora: data de l'any jueu que es dona tradicionalment i que no coincideix amb la de la destrucció de Jerusalem i el seu Temple en època de Nabucodonosor, que es va produir el 586 aec. (abreviatura de "abans de la era comú").

general Turnus Rufus va fer llaurar l'àrea del voltant del Temple i les seves ruïnes i varen canviar el nom a Jerusalem pel d'Ilia Capitolina, i prohibiren als jueus l'entrada a la ciutat.

Bonafilla ha preparat un àpat de dol, d'entrada a aquesta jornada trista. Abans que es pongui el sol i surti el primer estel menjaran llenties i ous durs acompanyats de pa i aigua. Ester, com que està alletant Maimó, no farà el dejuni estricte; beurà aigua però menjarà poc, només un platet de llenties durant tot el dia. Raquel, com que avui no es troba gens bé, s'està a la seva cambra i, encara que el rabí els ha dit que estaria disculpada de fer dejuni, tampoc no té gana. Potser algun got de llet i una mica d'aigua serà l'únic que avui prendrà. Pel que fa a la resta, ni aigua ni menjar de cap mena.

—Aixa, que Dolça t'ajudi a enretirar la taula i les cadires, i en el seu lloc posa-hi les estores de cànem. Menjarem asseguts a terra com cada any per aquesta data; com que també dormirem a terra, no hi haurà prou estores. Ves a buscar les que hi ha a les habitacions dels convidats i reparteix-les per les habitacions.

Quan es fa fosc i ja ha començat el dia del dejuni per la pèrdua de la Casa Santa tot queda a les fosques, ningú no encén cap llum d'oli, i tot restarà fosc en senyal de dol.

A l'escola tampoc no s'han encès les làmpades, només un llum petit d'oli per poder llegir.

Com en qualsevol dia de dol, ningú no es vesteix amb robes bones, ni es renten ni es pentinen, ni usaran perfums ni ungüents; tothom va calçat amb espardenyes o esclops. Astruc ni tan sols s'ha pentinat la barba arrissada que es cuida sempre amb molta cura. S'han retirat les cadires i bancs de l'escola i seuran a terra, sobre les estores. El *khazan,* amb veu trista, anuncia:

—Han passat 1.759 anys des de la destrucció del Temple.

Es reciten les oracions normals de cada dia, però avui la lectura obligada és la del llibre de les *Lamentacions* de Jeremies, que està escrit en un rotlle i que es guarda per a la lectura d'aquest dia.

—«Ah, com seu tota sola
la ciutat tan poblada!
S'ha tornat com una vídua,
la gran entre les nacions.
La princesa entre les metròpolis
està subjecta a tribut.
Passa les nits plorant
i les llàgrimes li cobreixen les galtes.
No n'hi ha cap que la consoli,
de tots els qui l'estimaven.
Tots els seus amics l'han traïda,
se li han tornat enemics
Judà ha emigrat per la misèria
i la dura servitud.
Habita entre les nacions,
no hi troba el repòs.
Tots els qui el persegueixen l'atrapen
als passos estrets».

La lectura és llarga i els assistents a l'escola llegeixen per torns.

L'endemà al matí, Astruc es vesteix amb la roba vella que portava al vespre i es calça les espardenyes tot recitant les benediccions habituals abans de dirigir-se a l'escola per a les oracions matinals. A part de les pregàries habituals, també llegeixen les *Lamentacions* de Jeremies i entonen amb veu trista algunes *quinot,* complantes, tràgics poemes que descriuen la pèrdua del Temple.

Un cop acabades les oracions matinals, Astruc i Xelomó, com molts d'altres, van al cementiri per visitar la tomba de Maimó, el pare d'Astruc, així com també la tomba dels seus avis paterns. Els pares de Raquel, la mare d'Astruc, estan enterrats a Valls, on va néixer i viure Raquel fins que en va marxar per casar-se amb Maimó.

Després de la caminada en tornar del cementiri, Astruc i Xelomó van a l'hospital a deixar unes monedes, perquè Astruc segueix les recomanacions dels savis que varen dir que la recompensa per al dejuni arriba mitjançant la caritat. Després se'n van cap a l'escola per fer-hi les pregàries de la tarda.

Mentrestant, Bonafilla ha convidat unes quantes veïnes a reunir-se a casa seva i, assegudes a terra, es lamenten de la destrucció del Temple tot cantussejant una *quinà*. Aquesta és del poeta Xelomó Girondí.

Comença Bonafilla:

—«Embriaga't, i no de vi, les teves panderetes llença!

Rasura't i castiga la teva faç.

Exhala dels teus llavis una elegia.

Recorre tots els teus predis

i plany davant el Senyor per la ruïna dels teus

pòrtics».

La resta de dones contesta:

—«Per la caiguda dels teus fadrins, eleva cap a Ell les teves mans».

Amb una cantarella trista, Goig recita:

—«Com vingué l'adversari contra Sió, la ciutat reial?

Per què el peu dels superbs oprimeix la terra elegida?

Quan vingueren, trobaren els levites,
fidels custodis del culte sagrat,
i restaren vetllant sense abandonar els seus llocs,
fins que la seva sang fou vessada com aigua
d'extermini
i l'impur i l'incircumcís creuà el vel del Santuari,
lloc on el Summe Sacerdot entrava temorós.
Trencaren els teus rams i il·lustres finestrals».

Totes responen:
—«Per la caiguda dels teus fadrins, eleva cap a Ell les
teves mans».

És el torn d'Abigail, veïna de la casa del costat dels
Bonafós:
—«La veu dels plors de Sió se sent des de lluny que
gemega, com el gemec d'Hesbon, i clama com el
clam de Meffat.
Ai! He begut el meu calze i exhaurit la meva copa.
Dents de lleó m'han esquinçat, talls de queixals.
Els fills de Babel, la perversa, els bastards d'Edom,
l'abominable.
Per què plores oh, Sió! Si el meu pecat és ben
conegut?
La mida de la teva culpa s'ha manifestat molt
profunda.
Car has abandonat els teus profetes
per consultar els teus bruixots».

Totes:
—«Per la caiguda dels teus fadrins, eleva cap a Ell les
teves mans».

Ester:

—«No t'alegris, enemiga meva, de la pèrdua del meu vigor,

encara que he caigut, m'aixecaré i el Senyor serà el meu ajut,

Em congregarà, l'Omnipotent que m'ha dispersat.

I de tu em rescatarà la Roca que m'havia lliurat.

En veritat, em perdonarà el meu Déu que m'havia castigat».

Totes acaben la *quinà* cantussejant l'estrofa final:

—«Per la caiguda dels teus fadrins, eleva cap a Ell les teves mans».

Quan arriba el vespre, un cop surt el primer estel, ha finalitzat el dia i ja es pot trencar el dejuni.

—Aixa, Ester, ajudeu-me a posar la taula i les cadires una altra vegada al seu lloc.

—Ja paro taula jo —diu Ester.

—Primer encén els llums d'oli, que ara ja podem il·luminar la casa.

Bonafilla té preparades verdures, gallina i cigrons bullits en un brou força condimentat que s'ha anat coent durant tot el dia. El cos els demana sobretot líquid més que no pas carn, i aquest brou és molt concentrat. Conté molt d'aliment i, a més, els proporcionarà l'aigua que necessiten.

—Em sembla que tots tenim força gana. Pujo a portar una tassa de brou a l'àvia Raquel i, quan arribin Astruc i Xelomó, ja podrem seure a taula.

—Jo tinc més set que gana, però no faré fàstics a un bon tros de gallina. De moment beuré aigua...

—No te la beguis gaire de pressa, que et podria fer mal, i millor que hi posis una mica de vi i mel; així podràs esperar més tranquil·lament que arribin els homes.

—Aprofito per preparar la gerra de vi amb canyella, mel, pell de llimona i aigua per posar-la a taula.

Un cop arribats els homes de la casa, Aixa els porta el gibrell perquè es rentin les mans mentre reciten la benedicció:

—«Beneït ets Tu, Senyor, Déu nostre, Rei de l'Univers, que ens has santificat amb els teus preceptes i ens vas ordenar el rentat de les mans».

Un cop recitades totes les benediccions del pa i del vi, ja poden començar a prendre's el brou i a degustar les verdures i la gallina. Havent sopat, s'entretenen una mica tots, les dones desparant la taula i endreçant. Astruc i Xelomó pregaran junts abans de retirar-se a les seves cambres respectives, per al descans nocturn i per tornar a la feina l'endemà.

6. Cap d'any, *Roix ha-Xanà*

El Senyor va dir a Moisès: «Parla als israelites i digue'ls: el més setè, el dia primer del mes, tindreu repòs, memorial a toc de corn, assemblea al santuari. No fareu cap treball servil i oferireu una combustió al Senyor».
Levític 23, 23-25.

Dimecres 4 de setembre de 1337, per als cristians, per a la família Bonafós i per a tots els jueus escampats pel món és la vigília de *Roix ha-Xanà*; demà celebraran el dia 1 de *tixrí,* que és Cap d'any, i començarà l'any 5098.

Els preparatius per a aquesta celebració fa dies que duren. El primer dia de l'any és una data per reflexionar sobre tot el que s'ha fet l'any anterior i veure si s'han complert tots els propòsits.

Fa dies que Astruc es reclou a la seva cambra, al capvespre, per reflexionar. És el moment per recordar tot el que no ha fet i també el que creu que pot haver fet malament, com per exemple un cobrament excessiu, o pressionar massa un deutor, ofendre un amic, parent, la dona, els fills... S'havia posat la fita de no cobrar l'interès més alt permès a gent amb poc poder adquisitiu, i en alguns casos no ho ha complert, potser per la deixadesa de no esbrinar més a fons la situació econòmica de qui li demanava el préstec i a raó de què. Haurà de plantejar-se d'arranjar aquests casos. Astruc reflexiona sobre això i sobre el penediment:

«Tal com diu Maimònides, s'han d'eliminar els trets negatius del caràcter com la ira, l'odi, l'enveja, la frivolitat, el desig de riqueses, l'ànsia d'honors, la gola... Tot això són defectes molt humans i és difícil corregir-los, però el nostre deure és fer tot el possible per portar a bon port aquesta tasca: no és impossible.»

Des del segon dia del mes d'*elul*, el 8 d'agost del calendari cristià, que Astruc recita, de matinada, abans que surti el sol, les *selikhot*, pregàries de súplica i perdó que l'ajuden a penedir-se sincerament d'allò que no ha fet bé. La seva preferida és una que va escriure Abraham ben Xemuel ibn Khasdai:

«A qui, d'entre els vindicadors de la sang, clamaré
si les meves mans han vessat la meva sang?
Vaig experimentar els cors plens d'odi
i cap d'ells m'ha odiat més que mon cor.
Moltes són les ferides i vulneracions dels enemics
i no hi ha cap feridor com la meva ànima.
Homes malvats m'han incitat a prevaricar
i no hi ha incitador ni seductor com els meus ulls.
He anat vagant sobre brases i espurnes
i cap foc m'ha abrasat com l'ardor de la meva passió.
He estat presoner en llaços i paranys
i no hi havia pitjor llaç que la meva llengua.
M'han mossegat serps i escorpins
i cap va mossegar la meva carn com les meves dents.
Amb celeritat m'han perseguit prínceps
i no hi hagué cap perseguidor com els meus peus.
Els meus sofriments han ultrapassat i vençut les meves forces,
però no hi hagué sofriment semblant a la meva rebel·lió.
S'han multiplicat els qui angoixaven el meu cor,
però a tots ells han excedit els meus pecats.
A qui clamaré i per qui?
Si els meus exactors han sorgit del meu si!

No he trobat, oh Déu! millor cosa per mi

que refugiar-me dins l'ocult de les teves misericòrdies.

Prodiga-les sobre els cors dels mesquins.

Oh Déu!, rei assegut sobre el tron de les misericòrdies».

La resta de la família també han de pensar en totes les fites que s'havien proposat i que no han aconseguit. Bonafilla s'havia proposat no ser tan rondinaire ni manaire amb la gent de l'entorn familiar, i això no ho ha aconseguit; en part, però —es diu a si mateixa— és força normal, no solament perquè aquest és el seu caràcter sinó també perquè és ella qui porta les regnes de la casa i de la família, i això comporta haver de manar a uns i altres.

«Que difícil que m'ho posen, tots plegats!», pensa Bonafilla. «Com puc no ser rondinaire i manaire si per poc que afluixo tot va pel pedregar! Bé, enguany tornaré a intentar-ho. És una fita difícil però no impossible, sobretot si els altres també s'hi esforcen una mica, és clar».

Hi ha una cosa que Bonafilla no acaba de pair bé, i és que Astruc s'alliti de tant en tant amb Aixa. I, tot i que prefereix aquesta situació a la d'una possible segona esposa, no acaba de sentir-s'hi còmode. En aquests dies de reflexió ja fa dos anys que es proposa prendre-s'ho amb absoluta normalitat, però no ho acaba d'aconseguir. Ja se'n fa de reflexions, ja, però...

«Aixa és bona noia i treballadora. Jo, al cap i a la fi, sóc la senyora de casa i Astruc no es fica mai en com porto les regnes de la llar. Si Astruc tingués una segona muller, tot seria més difícil i complicat; llavors sempre hi ha enveges i rancúnies. Aixa és solament una esclava i, si algun dia té un fill, no tindrà els mateixos drets que els meus. Astruc compleix amb mi com s'escau i l'esclava no deixa de ser una concubina de qui de tant en tant se serveix per esbargir-se. Val més que m'ho agafi amb filosofia! Aquesta serà altre cop la meva fita per al nou any».

A casa dels Bonafós hi ha enrenou, com sempre que se celebra una festivitat important. Bonafilla porta tot el pes de la casa damunt les espatlles i vol que tot sigui perfecte per començar el nou any amb bon peu. De totes maneres, avui, vigília de *Roix ha-Xanà*, no sembla que estigui de gens bon humor i molts cops se li escapa algun crit a Aixa o a Dolça. La cosa s'agreujarà amb el dejuni, perquè això de no poder menjar res de res i especialment no poder beure ni tan sols aigua durant vint-i-quatre hores, la fa estar de mala lluna.

«Ui!», pensa Aixa, «això no va per bon camí, serà millor que procuri no fer-la enfadar, que si no encara rebré. És bona dona i no em podia tocar una senyora millor, però quan té mal dia fins i tot l'amo tremola».

Cal tenir la casa neta i polida com si fos un *xàbat* i s'ha de preparar el sopar previ al dejuni. Bonafilla segueix el costum d'espolsar els vestits i la roba de casa sobre l'aigua del riu que passa enllà de les muralles que encerclen el call, perquè els pecats se'ls ha d'endur l'aigua. No li agrada fer-ho sobre el pou del pati; Bonafilla tem que puguin quedar dins l'aigua. Després tots en beuen i… qui sap si els pecats no tornarien cap a dins de casa.

—Aixa, Dolça. Agafeu tota la roba de casa i porteu-la al riu per espolsar-la. Si no podeu entre totes dues en una vegada, feu-ho en dues tandes, però no us entretingueu que hi ha encara molta feina a fer.

—Els vestits també? —pregunta Aixa.

—He dit «tota la roba»! O és que no m'heu entès? Que no parlo prou clar?

—I els que portem posats?

—«I els que portem posats?» repeteix Dolça en to sorneguer— No siguis tanoca! No anirem pas despullades, oi? Tot té el seu límit. Va, que si no, no acabarem mai. Tinc una família, jo, i amb tants homes a casa em toca a mi fer tota la feina després de treballar aquí el dia sencer. No com a tu, que vius molt tranquil·la.

—Vaja! La perspectiva del dejuni tampoc no et prova, a tu. Quin mal humor. Ja veig que serà millor que calli.

—Doncs sí, calladeta fas més goig!

La celebració fora d'Israel dura dos dies, l'1 i el 2 de *tixrí*, però el dejuni només es fa el primer dia. Encara bo.

Bonafilla ha fet posar a taula les menges pròpies del sopar de *Roix ha-Xanà*. Algunes, com ara els caps de peix, són purament simbòliques, per recordar que sempre s'ha de ser «cap» i mai «cua»; sempre s'ha d'anar endavant. No hi poden faltar les pomes amb mel, per propiciar un any nou bo i dolç, dàtils, espinacs, magranes.... Ha de ser un sopar lluït, perquè fins l'endemà al vespre no podran menjar res més. Ester està alletant el seu fill i cal que s'alimenti convenientment, i també ha de beure a fi de tenir llet per a Maimó. D'altra banda, Raquel, la mare d'Astruc, com que està malalta i ja té setanta anys, també podria no fer dejuni. Però en realitat, pobreta, sempre en fa. Menja molt poquet perquè l'estómac no li aguanta gairebé res. Caldrà donar-li aigua i haurà de menjar alguna cosa, encara que només sigui un brou de verdures, que és el que normalment més bé li accepta el cos.

Abans no arribi el capvespre, Astruc i Xelomó s'han vestit amb camises blanques i túniques senzilles de llana sense brodats ni adorns, s'han calçat unes espardenyes i s'han tapat el cap amb una còfia blanca. És imprescindible anar vestit de blanc tant avui com en el dia del Perdó —

Iom Kipur—, com a símbol de puresa. La roba senzilla i el calçat, que no ha de ser de cuir, són senyal que comença un període de reflexió i penediment que no pot ocupar-se amb coses frívoles com joies, adorns, vestits luxosos, riquesa… Pare i fill van, com sempre, a les pregàries vespertines de l'escola, on el servei religiós és l'habitual de cada dia.

Ha arribat el capvespre i Bonafilla es disposa a beneir les espelmes, perquè avui és com si fos *xàbat*; és *iom tov* —«dia bo»— i se segueixen totes les normes pròpies del dissabte menys la prohibició de cuinar. I com que tothom fa dejuni, només cal deixar menjar cuinat per a Raquel i per a Ester.

—«Beneït ets Tu, Senyor, Déu nostre, Rei de l'Univers, que ens has santificat amb els teus preceptes i ens vas ordenar l'encesa de les espelmes de *xàbat*».

Astruc i Xelomó arriben de l'escola.

—Tothom a taula —Astruc recita ara la benedicció sobre la copa de vi.

S'aboca aigua a la mà dreta i després a l'esquerra, tot dient:

—«Beneït ets Tu, Senyor, Déu nostre, Rei de l'Univers, que ens has santificat amb els teus preceptes i ens vas ordenar el rentat de les mans».

Tot seguit, Astruc fa com és habitual en *xàbat* i agafa els dos *khalot*, els pans trenats, i llavors recita:

—«Beneït ets Tu, Senyor, Déu nostre, Rei de l'Univers, que extreus el pa de la terra».

N'agafa un mos i, en lloc de sucar-lo a la sal com es fa sempre quan és *xàbat*, avui el suca en un bol de mel i se'l menja. Aleshores repeteix el gest i a don bocins de pa sucat a tots els comensals. Un cop beneïts el pa i el vi, és el torn de les menges simbòliques de Cap d'any, amb les corresponents benediccions.

—«Beneït ets Tu, Senyor, Déu nostre, Rei de l'Univers, que vas crear el fruit dels arbres» —recita Astruc, tot agafant el plat de dàtils. Després beneeix tots els plats un per un, començant pel que conté espinacs, que simbolitzen el desig que s'allunyin els adversaris. Tot seguit agafa un bocí de porro per desitjar que els enemics siguin destruïts. També hi ha carbassa, que simbolitza l'anul·lació dels actes dolents i la proclamació dels mèrits davant de Déu.

Llavors es menja una fava perquè aquests mèrits creixin, després uns grans de magrana com a senyal de plenitud; l'home ha de ser com aquesta fruita i ha d'estar ple de bones accions simbolitzades per les llavors. Finalment, Astruc suca un tall de poma en un bol de mel, com abans ha fet amb el pa, per propiciar que aquest any que comença sigui dolç.

Bonafilla ha volgut fer un sopar una mica «fortet» perquè tots aguantin bé la jornada sencera sense menjar ni beure. Ha preparat vi amb aigua, canyella, gingebre, pebre i mel per acompanyar les viandes i també una gerra de vi negre sense barrejar. Una sopa de verdures amb pastanagues, bledes i ceba, escabetx de sardines, un tupí amb cigrons i trossets de carn de pollastre cuit amb brou i all, ceba, julivert, farigola, llorer i romaní, un puré d'albergínies amb clau i gingebre, magranes, pomes, ametlles, nous i figues. Un àpat força complet.

L'endemà, pràcticament tothom assisteix a les pregàries de l'escola, les dones també, perquè té lloc una de les cerimònies més colpidores del judaisme i que es repetirà el dia de *Iom Kipur*, el Dia del Perdó dels Pecats: el toc del *xofar*.

—Qui tocarà el *xofar,* avui? —pregunta Ester a Xelomó.

—Amb el permís del pare, ja fa dies vaig demanar al rabí ben Adret que preguntés als altres membres de la *khaburà*, la comunitat, si estaven d'acord que el toqués jo, i sembla que han dit que sí.

—Quin honor! Ja ho sap la teva mare?

—Suposo que sí, que ja l'hi deu haver dit el pare.

—Doncs aquest matí no me n'ha dit res. Sí que ho dúieu en secret.

—Suposo que volien donar-te una sorpresa, però com que m'ho has preguntat... no et puc dir cap mentida ni amagar-t'ho.

—Per això, quan he dit a la teva mare que em quedaria amb en Maimó a casa i faria companyia a la Raquel, m'ha suggerit que donés el pit a Maimó, el deixés amb l'Aixa i anés amb ella a l'escola.

—Ara deixa'm, Ester, que m'he de concentrar i no vull distreure'm, no fos cas que no pugues obtenir la *cavanà*: la concentració necessària per arribar a fer els tocs amb pietat.

Durant tot el mes anterior ha estat a l'escola cada dia tot practicant els diferents tocs del *xofar*, tal com prescriu la tradició, exceptuant el darrer dia del mes d'*elul*, perquè l'endemà ja és *Roix ha-Xanà*. Xelomó està força nerviós, no solament per la responsabilitat que suposa haver de tocar bé el *xofar*, cosa que no tothom sap fer, sinó també perquè vol aconseguir arribar a aquell punt de concentració des d'on pugui perdre de vista tot l'entorn i connectar-se amb la *Xekhinà*, la presència de Déu, és a dir, la *cavanà*. És molt difícil, pràcticament impossible, però es vol preparar per, com a mínim, intentar-ho, i els nervis no hi ajuden gaire.

L'escola està plena de gom a gom. Comencen les pregàries i, després de la lectura de la *Torà,* tothom espera el *baal tequià,* que és com es denomina aquell qui té l'honor de tocar el *xofar.* Xelomó s'alça i puja a la *bimà,* l'estrada. Tothom resta en silenci; es podria sentir el vol d'una mosca, ni tan sols se sent la remor dels vestits de les dones.

Xelomó inicia la benedicció.

—«Beneït ets Tu, Senyor, Déu nostre, Rei de l'Univers, que ens has santificat amb els Teus preceptes i ens has ordenat escoltar el so del *xofar»* —Llavors ve la següent benedicció:— «Beneït ets Tu, Senyor, Déu nostre, Rei de l'Univers que ens has donat la vida i ens has fet existir i ens has conduït fins aquesta data».

Es concentra uns instants i comença a tocar. Primer un toc llarg, la *tequià,* que s'interpreta com el so que s'utilitzava per despertar al poble que dormia en les seves tendes al desert, i simbolitza el fet de despertar de la rutina diària. Després fa sonar els *xevarim,* tres sons breus que indicaven que s'havia d'aixecar el campament i, d'una manera simbòlica, s'interpreta que el poble ha de trencar amb el passat. Segueix la *teruà,* una sèrie de sons extremament breus i tocats amb molta rapidesa que servien per preparar la marxa i indicar que el poble, penedit, plora pels seus pecats. Aquesta primera part es clou amb la *tequià,* i tot plegat es repeteix tres vegades.

Descansa uns instants sense perdre la concentració i comença una altra sèrie de tocs, que també es repetiran tres vegades però seguiran un ordre diferent; primer toca la *tequià,* després els x*evarim* i per últim retorna a la *tequià.* La tercera tanda consisteix en la *tequià,* seguida de la *teruà* i acabada altre cop amb la *tequià,* i de nou tot es repeteix tres vegades. Finalment, Xelomó, que té bons pulmons, agafa aire per tocar la *tequià guedolà*, un so molt llarg, tant com pugui aguantar el *baal tequià*, que és el toc final que indicava el canvi de direcció, símbol de la victòria sobre el pecat i de la determinació de dirigir-se cap al bon camí. Aquests 100 tocs serà el so que es sentirà amb l'arribada del Messies.

No es pot negar que Xelomó ho ha fet tan bé i amb tant sentiment que fins i tot algunes dones, mare i muller incloses, han plorat emocionades en recordar el passat del poble hebreu, quan recorrien el desert per poder arribar a la Terra Promesa. El toc del *xofar* produeix un sentiment profund de pertinença a un poble escampat arreu i que sempre va a la recerca de la terra dels seus avantpassats.

Tothom ha quedat embadalit fins a tal punt que quan el rabí David ben Adret ha començat l'oració del *musaf*, a tots els ha costat una mica afegir-se a la pregària. Xelomó està molt content perquè ha aconseguit que la seva ment es buidés de tot contacte terrenal i es dirigís solament i exclusiva als sons del *xofar*, que l'han transportat a les boires dels temps passats i a percebre un hàlit místic proper a la presència de Déu. Ha estat una experiència inoblidable i potser irrepetible.

Un cop acabat el servei religiós, Astruc ha estat el primer a abraçar Xelomó, amb l'orgull del pare que ha vist com el fill arribava a la *cavanà*, cosa que ell mateix no ha pogut experimentar tret d'una sola vegada.

«Probablement avui serà un dia per al record més íntim de Xelomó», reflexiona Astruc.

Les dones se'n van cap a casa mentre els homes es queden una estona al pati de l'escola, comentant i felicitant Xelomó per haver tocat tan bé el *xofar*. Molts d'ells no s'han adonat que gran part del mèrit és la bona preparació espiritual i mental; creuen que només és qüestió de tècnica. De totes maneres, Xelomó accepta les felicitacions de bon grat.

—*Xanà tovà*! Bon any! —És la frase que es repeteixen els uns als altres. Tothom es desitja un bon any.

Quan arriben a casa, es troben Bonafilla i Ester esperant poder abraçar Xelomó i felicitar-lo, tal com han fet ja els homes de la congregació. Elles, però, ho fan amb l'orgull de ser la mare i la muller del *baal tequià* d'aquest 1 de *tixrí* de 5098. *Xanà tovà*! Bon any!

7. Dia del perdó, *Iom Kipur*

El Senyor va dir a Moisès: «Però el deu d'aquest mes setè és el dia de l'expiació. Tindreu convocació al santuari, dejunareu i oferireu una combustió al Senyor. Aquest dia no fareu cap treball, ja que és el dia de l'expiació, per tal d'expiar per vosaltres davant del Senyor, el vostre Déu».
Levític 23, 26-29.

Entre la celebració de *Roix ha-Xanà* i *Iom Kipur* hi ha deu dies, els anomenats «deu dies de penediment». Són jornades de reflexió per penedir-se de les males accions i augmentar les bones. Déu és més proper a l'home, en aquests dies, i l'ajuda a millorar el seu comportament. El *Talmud* diu, sobre l'esmentat període, que «el veredicte de les persones queda pendent des de *Roix ha-Xanà* fins al *Iom Kipur*».

El tercer dia del mes de *tixrí* se celebra el dejuni de Godolies per recordar aquest personatge, jueu lleial que els babilònics varen anomenar governador de Judà. Els jueus que dubtaven de la seva lleialtat varen assassinar-lo, la qual cosa provocà una desgràcia total per al Regne de Judà, atès que va desembocar en la destrucció del Temple i la deportació del 586 aC.

El llibre de *Jeremies* diu així: «El mes setè, Ismael fill de Natanies, fill d'Elisamà, d'estirp reial, anà amb deu homes a trobar Godolies a Masfà. I mentre feien un àpat junts, Ismael s'aixecà amb els seus deu homes i mataren Godolies, que el rei de Babilònia havia nomenat governador del país, tots els jueus que eren amb ell i els caldeus que s'hi trobaven». (*Jeremies* 41, 1-3).

El dejuni es fa amb la finalitat d'estimular la reflexió, l'auto examen i la penitència que prepara per al penediment. Com diu el *Talmud*:

«Això ens ensenya que la mort dels justos és equivalent a l'incendi de la casa del Senyor, perquè així com s'ha ordenat un dejuni per commemorar la destrucció del Temple, també s'ha ordenat un dejuni per commemorar la mort de Godolies».

Divendres 13 de setembre de 1337 segons el calendari cristià, aquest vespre ja serà el 10 de *tixrí* de 5098, *Iom Kipur*, dia del Perdó dels pecats.

«Tot just acabem de passar fa uns dies el dejuni de Cap d'any i el de Godolies que ja hi tornem a ser», pensa l'esclava Aixa. «Un altre cop tocarà aguantar el mal humor de la senyora per la manca de menjar i beure i, a més a més, tot l'enrenou de la celebració posterior al dia del Perdó. La tardor és un no parar. Hi ha quatre celebracions seguides i només somio que s'acabin: *Roix ha-Xanà*, *Iom Kipur*, *Sucot* i *Simkhat Torà*. Bé, aquesta última com a mínim no em dona gaire feina».

Abans que arribi el capvespre i amb ell el dia del Perdó, tothom aprofita per anar al *miqvé* i purificar-se, menjar i beure tant com poden per tal de tenir prou reserves per al que vindrà després: tot un dia de dejuni, igual que varen fer el passat dia de Cap d'any. És difícil, però és el que la Llei diu que cal fer. Com aleshores, ni Ester ni Raquel no hauran de seguir aquest manament, l'una per poder mantenir la lactància del petit Maimó i l'altra per la seva edat i malaltia. La resta de la família hauran de seguir les normes, com a bons jueus. Aquest dia no es renten, no es pentinen, ni es posen ungüents perfumats ni joies.

Bonafilla busca dins la seva cambra la túnica més senzilla i vella que té; ja ha preparat a Astruc el que s'ha de posar: anirà vestit amb un saial blanc i, al damunt, durà la mateixa túnica marró que portava per Cap d'any, sense cap tipus de guarniment ni brodat; tot molt senzill. El calçat no pot ser de cuir i tothom es posa espardenyes perquè és dia de penediment, el que suposa captenir-se de manera estricta i tenir el pensament concentrat de manera exclusiva en la reflexió sobre els pecats comesos en el decurs de l'any.

Astruc es retira a resar i meditar.

«Senyor, sóc un pecador i reconec les meves faltes. Ajudeu-me a millorar el meu comportament, les meves debilitats són moltes i sovint no són voluntàries. Procuro no caure en les transgressions però potser no m'adono que estic fent mal als altres. Ja fa molts dies que he posat fil a l'agulla per retornar el cobrament d'alguns préstecs amb interessos excessius. També he demanat perdó a qui hagi pogut ofendre amb les meves paraules. Potser he fet mal a Bonafilla allitant-me amb Aixa. Sé que a la meva dona no li agrada, però no diu res. La carn és dèbil i quan Bonafilla no pot jaure amb mi per raons d'impuresa... bé, tot s'ha de dir: la joventut d'Aixa m'atrau i em dona vida», reflexiona Astruc, mentre la seva dona, pel seu cantó, també pensa en els propis pecats.

«Sóc massa dura amb Dolça i Aixa. Ja ho sé. El meu caràcter és una mica fort... bé, potser més que no pas una mica... Ja he dit a Dolça que procuraré ser menys cridanera. És clar que ella també m'ha confessat que sovint està cansada i fa la feina que li encarrego amb desgana, sense mirar-s'hi gaire. No la puc culpar. Quan arriba a casa seva havent dinat, cansada de la feina que li faig fer, ha de preparar el menjar i netejar casa seva, i tenir cura de la seva família; se'n va a dormir molt tard. Hauré de dir-li que marxi una mica abans... És clar que la feina bé s'ha de fer, i llavors Aixa haurà de carregar amb més feina... També hauré de comportar-me millor amb ella... és una esclava, i Astruc la va comprar perquè m'ajudés amb la casa... encara que crec que hi va haver una altra raó. És jove i guapa, però això no m'ha d'enterbolir els ulls. No puc retreure-li a ella que Astruc s'hi alliti; no en té cap culpa. Fa el que li mana l'amo».

Astruc i Xelomó van a l'escola per la primera pregària del *Iom Kipur*. Es treuen els rotlles de la *Torà* de l'armari, l'*aaron ha-qodeix*. L'escola és plena, però tothom tindrà el privilegi de sostenir uns instants un dels rotlles.

Es recita tres cops amb una cantarella trista i impregnada de penediment el *col nidré*, la pregària que palesa els propòsits que durant l'any cadascú s'havia fet.

—«Ens penedim de l'incompliment de tots els vots que vàrem formular, de les obligacions que vàrem contreure, dels anatemes en què vàrem incórrer i dels juraments que vàrem fer davant de Déu, des d'aquest Dia del Perdó fins al pròxim Dia del Perdó que ens arribi per bé. De tots ells ens penedim. Siguin tots ells absolts, nuls i sense valor».

També reciten altres oracions de penediment i tota una llista d'errors en els quals els homes incorren. Tothom s'acusa en primera persona d'aquestes faltes, les hagin fet o no. Tots són responsables dels pecats; dels propis i dels comesos pels altres.

Un cop acabades les oracions, tornen a casa per dormir i preparar-se per a l'endemà. Astruc i Xelomó passaran pràcticament tot el dia a l'escola resant i meditant. Les dones també, però ho faran a casa. Durant el dia del Perdó no es pot realitzar cap feina; resar i demanar perdó són les úniques activitats permeses.

Al matí, després de llevar-se i fer les pregàries, Astruc busca Bonafilla. La troba en el pati. És molt orgullós, i això també és un pecat. Li costa molt expressar el que li vol dir, però ho fa a la seva manera.

—Esposa meva, saps que t'estimo i et respecto, i jo sé, també, que tu em permets algunes accions que potser t'ofenen i no t'agraden. Tingues present que intentaré ser més respectuós amb tu.

—Sóc una mica manaire i tu també em permets algunes transgressions... A la fi som humans i solem ensopegar sempre amb la mateixa pedra. Hem de saber perdonar-nos mútuament. Ho hem fet al llarg de tota la nostra vida en comú i continuarem fent-ho. No podia desitjar un marit millor.

—Ni jo una muller com tu.

En aquest moment senten una remor a l'escala. Baixen Xelomó i Ester amb Maimó a coll.

—Pare, mare —diu Xelomó, inclinant-se davant els seus pares—, vull demanar-vos perdó per les ofenses que us hagi pogut fer, i us demano la vostra benedicció.

—Jo també us vull demanar perdó —diu Ester— per les vegades que us he desobeït i us he ofès.

—Teniu la nostra benedicció —respon Astruc, posant-los una mà damunt del cap. És de llei demanar perdó i també concedir-lo. Xelomó i Astruc, agafen els *tal·lit* i el *siddur*— no ens espereu en tot el dia. Serem a l'escola, resant i meditant. Us aconsello que feu el mateix. Retireu-vos a les vostres cambres i pregueu.

A l'escola, a part de fer les oracions, també es recorda que el *Iom Kipur* era l'únic dia en què el Summe Sacerdot podia entrar al *Mixcan ha-Edut,* el *Sancta Sanctorum* del

Temple, i pronunciar el Nom de Déu. La gent congregada a l'exterior queia de genolls. De la mateixa manera, Astruc, Xelomó i tota la resta s'agenollen i, amb les mans a terra, s'inclinen fins a tocar la rajola amb el cap. Com que aquesta és de pedra i semblaria, doncs, que ho fan per idolatria a les pedres, han posat tot de catifes de joncs per tapar-les.

Avui l'escola està plena de gom a gom. Tothom vol que Déu li perdoni els pecats, i avui hi són fins i tot els qui no van als serveis religiosos gaire sovint. Sort que la comunitat de Barcelona té altres escoles; si no, no hi cabrien. Tot i així, hi ha gent fins i tot a fora, al pati. Hi ha famílies que tenen un lloc reservat, però n'hi ha que no s'ho poden permetre o no hi van amb freqüència i s'han de conformar amb quedar-se drets als passadissos i a fora, al pati.

La cerimònia de tancament del Dia del Perdó es clou amb els tocs del *xofar*, tal com es va fer per Cap d'any. Aquesta vegada ho fa un altre membre de la comunitat. Xelomó ja en va tenir ocasió; és just que ara la tingui un altre. Tots surten i se saluden, però poc o molt, tothom té pressa. Toca anar a sopar; les vint-i-quatre hores sense beure ni menjar s'han fet molt llargues. Tenen més set que gana.

En arribar a casa, després de tocar la *mezuzà* i fer-se un petó als dits, agafen les gerres d'aigua que els ofereixen Ester i Bonafilla tot just travessar el portal. Xelomó beu amb golafreria.

—Aaaaaah! Quina set que tenia! —s'exclama Xelomó.

—Sí, però siguem moderats i no caiguem en la temptació del pecat de gola —diu Astruc, bevent amb més moderació que el seu fill—. Tot just venim de penedir-nos i hem d'intentar romandre lliures de pecats. Aquest jovent és massa impetuós— diu, dirigint-se a Bonafilla.

—Això es cura amb els anys, Astruc. Recorda't de quan tenies la seva edat. Ja tenim el sopar a taula; esperem que sigui del vostre grat. Hi ha un bon brou de verdures, corball al forn acompanyat de cebes, bledes i ous durs, formatge, magranes i pomes.

—Doncs no ens entretinguem més, no fos cas que es refredés.

8. Festa dels Tabernacles, *Sucot*

El dia quinzè del mes setè, quan hàgiu recollit els productes de la terra, celebrareu set dies de festa del Senyor. El dia primer i el dia vuitè hi haurà repòs. El dia primer us procurareu fruita ufanosa, fulles de palmera, branques d'arbres frondosos i de salzes de torrent, i fareu festa durant set dies davant del Senyor. És un estatut perpetu per les vostres generacions. La celebrareu el mes setè. Durant set dies viureu en tendes. Tot nadiu d'Israel viurà en tendes, per tal que els vostres descendents sàpiguen que jo vaig fer habitar en tendes els israelites, quan els vaig fer sortir del país d'Egipte.
Levític 23, 39-43.

«Una altra celebració. La tardor no s'acaba mai», pensa Aixa, «tot són festivitats una rere l'altra. Sort que el dia de les Cabanes no obliga a fer cap dejuni. Tothom estarà més tractable. De totes maneres, la senyora, des del Dia del Perdó que no em crida tant i no he rebut cap calbot, fins i tot m'ha donat un mantell vell de la seva sogra. Espero que duri. De feina n'hi ha, perquè avui estic ajudant l'ordinari Bonjuha a construir la cabana al pati; però ja m'agrada, així surto de la monotonia dels fogons i la neteja».

És dimecres 18 de setembre de 1337 segons el calendari cristià, vigília del primer dia de la festa de *Sucot*. Aquest vespre, quan surti el primer estel, ja serà el 15 de *tixrí* de 5098 i la celebració durarà fins al capvespre de dimecres vinent, el dia 22 de *tixrí*.

—Voleu dir que s'aguantarà bé, la cabana, Bonjuha?

—No us amoïneu, Na Bonafilla, en la meva vida n'he fet moltes. L'he construïda amb branques que he clavat al terra del pati, i el sostre és de canyís, perquè no pesi.

—Gràcies, Bonjuha —Bonafilla li dona unes monedes.

—Gràcies a vós. Que tingueu bon dia.

Bonjuha és home de poques paraules, força tímid però molt bon home. Va sempre encorbat perquè sovint els encàrrecs que fa consisteixen a traginar coses pesants d'un cantó a l'altre; fins i tot ha arribat a carregar, a les espatlles, arques plenes de roba. Astruc li dona petites feines i així guanya unes monedes per tirar endavant la seva nombrosa família. Està casat amb Dura, dona molt treballadora que es dedica a rentar i sargir la roba de la gent rica del call. Tenen quatre fills encara petits.

—Dolça, Aixa, baixeu les teles que tenim guardades dins l'arca que hi ha en el recambró de dalt, les de coloraines. Serviran per cobrir la carcassa i perquè això tingui una aparença d'habitacle. La roba hi donarà un to alegre i no s'hi sentirà tant la fresca del vespre. Ester, avui m'acompanyaràs tu a comprar. Prefereixo que Aixa i Dolça s'encarreguin de la neteja i endrecin la *sucà*. Ah! Poseu una taula i cadires dins la cabana, i llums d'oli.

Ester i Bonafilla es posen les capes i, després de passar la mà per la *mezuzà* i fer-s'hi un petó, se'n van a comprar viandes i fruites.

—Que ben acompanyada que aneu, avui —diu la Teresona, la venedora de fruita de la plaça del Blat.

—Si ja la coneixeu; és la meva jove Ester.

—És clar que sí, que la conec. També venia a comprar amb la seva mare abans de casar-se amb el vostre fill, però com que quasi sempre veníu amb la vostra esclava...

—És que quan estava embarassada preferia que no portés pes, no fos cas que perdés la criatura.

—Quina sogra que teniu. Sí que es preocupa per vós, no com altres que conec, que tracten les seves joves com a minyones.

Ester està una mica avergonyida però s'anima a dir alguna cosa, tement que Bonafilla s'ofengui si no diu res.

—Sí, he tingut molta sort. Ara també es preocupa de donar-me llet, dolços i molta fruita perquè estic alletant el nen.

—No teniu dida? Vós que us la podeu pagar, és més còmode.

Aquí intervé Bonafilla.

—Ester ha volgut alletar Maimó ella mateixa. Jo també vaig donar el pit a Xelomó i a Sara. Si no tingués prou llet... però de moment sembla que en té prou i el nen està creixent fort i sa. A veure, anem per feina. Doneu-me pomes i magranes.

—Us agraden, aquestes pomes? Les he collit aquest matí. No estan gens macades i tenen un color vermell ben pujat.

—I les magranes? Obriu-ne una i veurem si són prou madures... no dubteu, Teresona, que ja sabeu que també us pagaré la que obriu.

—Què us sembla, aquesta? —diu, mostrant-li les dues meitats—. Doncs totes fan el mateix goig.

—Poseu-me deu magranes i una dotzena de pomes.

Bonafilla i Ester entren dins del call i veuen que ja hi ha cabanes en alguns dels carrers més amples. No tothom té un pati per posar-hi la *sucà*, i llavors s'han de conformar a utilitzar les que es fan a càrrec de la comunitat. Al pati de l'escola també n'hi ha una, i en el de l'hospital també se n'ha fet una altra. Tothom qui ho vulgui pot anar a qualsevol d'aquestes *Sucot* per fer-hi un àpat un cop al dia durant els set dies que dura la celebració.

De camí cap a casa passen també per la parada de carn del call i compren dues lliures de xai a Xemuel; després compren al taulell de la peixatera Atzara una dotzena i mitja de rogers, i arriben a casa ben carregades. Han de deixar els cabassos a terra per poder tocar la *mezuzà*, es besen els dits i entren. Ara caldrà preparar el sopar.

Quan són a dins es troben, dreta a l'entrada, la dona de l'ordinari. Té molt més caràcter que el seu home, és molt baixeta i tan prima que se li marquen els ossos fins i tot a través del vestit. Té unes mans grans i vermelles de tant fregar i refregar la roba que renta. Se la veu pobra perquè vesteix túniques gastades i velles que li donen, però sempre les porta polides. Mai ningú de la família porta llànties; pobres, sí, però nets.

—Bon dia, Dura, què us ha portat fins aquí? —li pregunta una mica sorpresa Bonafilla.

—Ai! Na Bonafilla. Us vinc a tornar els diners que heu donat al meu marit. Aquest home meu és un pocapena. Com se li ha acudit cobrar-vos la construcció de la cabana?

—No us equivoqueu; he sigut jo, qui li ha donat els diners. Ell no m'ha demanat res.

—Però no hauria d'haver-los agafat. Vós i la vostra sogra sempre ens heu protegit. Gràcies a la família Bonafós no ens falta mai ni menjar, ni roba ni les medecines per a la nena. Com voleu que acceptem un pagament per un treball que a Bonjuha no li ha costat res?

—Vinga, dona, que això no sigui un motiu de baralla entre vosaltres...

—No, si quan m'hi he enfadat ha acotat el cap com fa sempre que sap que tinc raó.

—Us agafo les monedes però em permetreu que us faci un regal, oi?

—Si això és del vostre grat així sia, Na Bonafilla, i moltes gràcies. Que Adonai us ho pagui.

—Aixa —crida Bonafilla—, porta una gerra de vi, un saquet de cigrons i un cistell amb ametlles, nous, avellanes i figues. Ah! I uns quants pastissets d'ametlles i castanyes, això els agradarà, als nens.

«Vaja», pensa Aixa, «ara hauré de picar més ametlles torrades i castanyes seques per fer més pastissets per aquest vespre».

L'esclava no triga gaire a portar tot el que li ha encomanat Bonafilla.

—Aquí ho teniu, senyora.

—Dona-ho a Dura.

—Moltes gràcies. Sou molt generosa. Avui els nens estaran molt contents amb tot aquest bé de Déu de llaminadures.

«Sí, sí... Però jo... apa: més feina!», rondina Aixa, per dintre.

—S'ha de celebrar com cal, la festa de les Cabanes. Cal recordar els temps en què el nostre poble errava pel desert. Aneu-vos-en pau, Dura.

—La pau sigui amb vós i amb la vostra família.

Aquest vespre, els Bonafós soparan dins la cabana, i ho faran tots i cadascun dels dies que dura la festa de *Sucot*. Fins i tot Astruc aprofitarà les poques estones que té de lleure per passar-les xerrant amb els amics i veïns dins la *sucà* de l'escola. Bonafilla i Ester també aprofitaran per cosir, brodar i xerrar dins la seva cabana o en la dels pares d'Ester, o bé en la d'alguna veïna o amiga. Cada *sucà* té la seva decoració i estil propis. La dels Avangema és feta de plafons de fulles de palma i joncs entrellaçats que formen una xarxa, i el sostre està tot cobert amb branques de salze. La dels Bonafós està coberta de roba perquè, com a comerciants de teixits que són, sempre tenen retalls que no poden vendre però que es poden aprofitar per a altres menesters.

—Que bonica que és la vostra cabana, Goig —diu Bonafilla a la seva consogra, un dels dies que hi ha anat a fer petar la xerrada mentre broden.

—Els plafons els guardem d'un any per l'altre, durant dos o tres anys; l'estructura de fusta aguanta molt de temps i només cal anar substituint la xarxa de palmes i joncs. Entra força llum, no us sembla?

—Sí, en ser la xarxa poc espessa, és lluminosa. La nostra, en canvi, ja heu vist que coberta de roba és més fosca.

—Però és molt més alegre, amb totes les coloraines dels diferents teixits.

—La qüestió és que el sostre sigui poc espès i deixi passar l'aire i la llum; sobretot, com sempre insisteix el meu marit, perquè pugui entrar-hi la *Xekhinà*, la Presència de Déu.

—Que així sia —responen a l'uníson Ester i la seva mare.

Astruc, com la resta d'homes de totes les comunitats jueves del món, passen aquests dies de la festa de *Sucot* traginant a les mans contínuament un petit ram fet d'una branqueta de desmai, una de poncemer, una de palmera i tres de murtra, que els recordarà la vegetació pròpia de la terra d'Israel i de la vida rural del poble jueu en temps passats. Quan reciten el *hal·lel*, agiten aquestes branques en direcció als quatre punts cardinals, recordant així que Déu és present arreu. A Astruc li agrada especialment el salm 117, que és un dels que es llegeixen en el *hal·lel*.

«Lloeu Adonai, tots els pobles,
glorifiqueu-lo totes les nacions.
És immens el seu amor per nosaltres,
La fidelitat d'Adonai durarà sempre.
Al·leluia!»

Bonafilla s'encarrega de recordar-li, quan surt de casa, que agafi el ramet.

—Astruc, agafa les branques. No te'n descuidis.

—Què síííí, que ja me'n recordo. Digue-ho al teu fill, que va molt atabalat, i a mi deixa'm en pau.

—A Xelomó ja l'hi recordarà la seva dona. Jo no li aniré pas al darrere.

—I doncs, per què m'hi vas a mi?

—Perquè tu ets el meu marit i és la meva obligació procurar per a tu.

—Vaja. Aquesta discussió no té ni cap ni peus, és una ximpleria. Deixem-ho estar. Agafo les branques però no m'ho tornis a dir més, d'acord? De totes maneres, quan vaig a l'escola no les he de portar.

—D'acord —«Si se les deixa a casa, no seré pas jo qui li digui res», pensa Bonafilla.— Sempre procurant per als uns i per als altres, i encara rondinen —diu, molt baixet.

—Que em deies res?

—Jo? No, res de res.

—Doncs me'n vaig. Després de la feina aniré a les pregàries a l'escola i m'hi quedaré una estona. Aquest vespre aprofitaré per fer un mos a la cabana de l'escola amb David ben Adret i alguns dels dirigents de l'aljama. Tenim uns quants problemes que hem de discutir. Vosaltres podeu sopar sense la meva presència. Xelomó ja farà de cap de família.

—Bé, t'espero desperta?

—No cal, tu descansa. Segurament vindré tard.

«Sí... i primer passaràs per la cambra d'Aixa. Que no és el primer cop que ho fas», pensa Bonafilla, força empipada. «Com sempre, em toca callar i aguantar. Podria ser pitjor. N'hi ha que van amb dones de mala vida. Aquí, al call, n'hi ha unes quantes que en saben molt, de treure'ls els diners, als homes», es diu, per consolar-se.

Astruc ha estat convocat perquè forma part del Consell de Trenta, organització similar al Consell de Cent i que serveix perquè les aljames es regeixin internament. El rabí David ben Adret ha reunit alguns membres influents de la comunitat per plantejar-los problemes de caire religiós que sovint queden al marge dels assumptes que es discuteixen al Consell de Trenta. Pràcticament tots els dirigents de l'aljama barcelonina són rics i amb tendències racionalistes, poc curosos en els temes de religió. David ben Adret vol pressionar Astruc perquè proposi al Consell de Trenta que es revisin les penes i càstigs a qui no compleixi amb la Llei jueva.

Astruc és un home molt respectuós amb la Llei i força equànime, però considera que aquests temes són competència dels *beroré aberot*, els jutges encarregats dels delictes religiosos de les comunitats, igual que els *beroré tebiot* són els encarregats dels delictes de tipus civil, i no creu que ell sigui la persona indicada per promoure una acció més contundent contra els delictes religiosos.

Ha escoltat el rabí i altres membres de la comunitat i els ha donat la seva opinió sincera. Ha promès fer el que pugui a la propera reunió del Consell de Trenta, però ja els ha advertit que l'última paraula la tenen la resta dels consellers, dels que no en sap la reacció, i dels jutges de delictes religiosos, que, a la fi, són els que imposaran les penes pels delictes.

Mentre se'n torna cap a casa, pensa en la reunió.

«Sóc religiós i també sóc partidari que es compleixi la Llei, tal com varen fer els nostres pares i avantpassats, però jo entenc més de comptes que no pas de càstigs. Sóc comerciant, jo. En el Consell de Trenta puc discutir molt millor sobre la quantitat que ha d'aportar cada família per pagar l'impost reial que no pas sobre qüestions religioses».

Arriba a casa i, en entrar, decideix passar a fer «una visita» a Aixa per escampar cabòries; sempre és una alegria, poder gaudir d'un cos jove. No és que Bonafilla no el satisfaci, però... Aixa no li fa fàstics i sempre ha estat disposada a fer el que Astruc vol. Segons què no s'atreviria a demanar-l'hi, a Bonafilla; amb ella compleix com a bon marit, tal com diu la Llei, però ni tan sols s'ha atrevit mai a veure-la despullada completament. Aixa és una esclava i... això són figues d'un altre paner.

Ja han passat gairebé els set dies de la festa de les Cabanes. Ha estat una celebració alegre i de molta convivència entre famílies, amics i veïns. Les estades a les *Sucot* de cada casa han propiciat el bescanvi no solament de menjar sinó també d'històries, experiències, tafaneries familiars i de la comunitat, fins i tot confidències. L'ambient ha estat d'alegria i festa cada dia fins a l'arribada de la següent celebració, la *Simkhat Torà*, al endemà de concloure la festa de *Sucot*.

9. Alegria de la *Torà, Simkhat Torà*

El vuitè dia tindreu una assemblea. No fareu cap treball servil.
Nombres 29, 35.

Per no acabar l'ambient d'alegria creat amb la festa de *Sucot*, l'últim dia d'aquesta ja es prepara la comunitat jueva —i especialment els homes— per celebrar el dia de *Simkhat Torà*, l'alegria de la Llei. Aquesta jornada rep el nom de *Xeminí Atzeret*, vuitè dia de l'assemblea, i ja no forma part de la celebració de la festa de les Cabanes.

—Aixa, Dolça —mana Bonafilla—, recolliu les robes que cobreixen la cabana, renteu-les i demà, quan siguin seques, les plegueu i les torneu a posar allà on eren. Serviran per a la *sucà* de l'any que ve.

Avui hi ha tràfec en el call, perquè tothom desmunta les cabanes. També es preparen per a la celebració de *Simkhat Torà*. Els homes ja han decidit en cada escola qui serà el *khatan Torà*, el nuvi de la *Torà* i el *khatan be-Reixit*, el nuvi del Gènesi. A l'Escola Major han escollit com a nuvi de la *Torà* Iacov ben Aaron Benvenist, el més ancià d'aquesta congregació. Té setanta-vuit anys i se'l veu encara un home amb una gran personalitat; va amb un bastó, però tothom creu que el porta més aviat per la respectabilitat i autoritat que li confereix, no pas per necessitat. Dret com una vara, els cabells i la barba blancs com la neu; sempre l'acompanyen a l'escola el seu fill Aaron i el seu nét Iacov.

L'honor de ser el nuvi del Gènesi recaurà aquest any en Bonhom ben Cresques Bondia, el fill més petit de la família Bondia, que es va casar fa un mes. Té disset anys i continua la nissaga familiar com a comerciant de vins. Aviat es traslladaran ell i la seva muller a Vilafranca, on la família té unes vinyes i una casa, per dedicar-se a la producció de vi sota la direcció del seu germà mitjà.

Fora d'Israel, el dia de l'Alegria de la *Torà* se celebra justament després de *Xeminí Atzeret*, el 23 del mes de *tixrí*, divendres 27 de setembre de 1337 segons el calendari cristià. Sembla que no s'hagi acabat la festa de les Cabanes; l'ambient festiu continua dins del call. L'únic que ha canviat és que ja no es faran xerrades i àpats a la *sucà,* però tothom té encara en el cos el record dels set dies de trobades d'uns i altres. Això no vol dir que no hagin treballat; és clar que ho han fet, la feina és la feina. Però el canvi de costums per uns dies els ha proporcionat energia i alegria. Ara aquesta alegria s'expressarà en la festa de *Simkhat Torà*.

Les dones pràcticament no hi participen, és eminentment una celebració masculina i que es fa a l'escola. Astruc i Xelomó van a l'Escola Major. S'han vestit amb les millors túniques. Avui és dia d'alegria perquè acaba la lectura anual de la *Torà* i es comença un altre cicle de lectures. La *Torà* està dividida en cinquanta-quatre parts, les *paraxiiot,* que es llegeixen al llarg de l'any setmanalment. En els anys embolismals, en els que s'afegeix un mes, *adar shení,* s'ha de repetir alguna lectura per poder arribar al dia de *Simkhat Torà* amb la recitació de la darrera *paraixà,* l'últim capítol del llibre de *Deuteronomi* anomenat *Devarim*.

Es treuen tots els rotlles de la *Torà* guardats en una arca, l'*aaron ha-qodeix;* a l'Escola Major n'hi ha cinc i tots els congregats tindran l'oportunitat d'agafar un rotlle i tenir-lo a coll durant una estona. Cal fer set voltes al voltant de l'escola. Les dones contemplen des de les finestres o des del carrer com els homes salten amb els rotlles feixucs a coll i fan sonar les campanetes dels *rimonim* que decoren, juntament amb la corona, *keter*, els estoigs on es guarden els rotlles.

Bonafilla ha convidat les seves consogres, Goig i Regina, que han vingut amb Tolrana, la jove de Goig, i amb Sara, la filla d'Astruc i Bonafilla, per veure des de les finestres la processó.

Bonafilla s'exclama:

—Quina joia veure fins i tot ancians que, amb les seves barbes blanques o grises, salten com jovencells! Amb quina alegria canten i ballen, carregant tot el pes de la *Torà* com si fos lleugera com una ploma! I amb aquests estoigs de plata tan bonics però que deuen pesar una cosa de no dir!

—Mireu Iacov Benvenist —diu Sara tot rient—. Sembla que tingui molles als peus.

—Voleu dir que no li agafarà un ofec? Ja és molt gran per fer aquest esforç —comenta Regina.

—Sí, pobre, està ben suat —Goig se'l mira amb una mica de pena.

—Però no veieu quina cara de felicitat que fa? Això li dona més vida. Segur.

—Mira Ester, allí tens Xelomó! També porta una *Torà* a coll.

—Sí, ja el veig. Que guapot que està. I quina energia! Ara l'ha passada al meu germà.

—Dona! Si ell no té energia... ja m'explicaràs. Ai sí! Ara la porta el meu fill.

—Mare, mare! Allí hi ha el pare. Ara li han passat una *Torà* —diu Sara a Bonafilla.

—S'ho pren amb tranquil·litat. A veure si podrà... ahir li feia molt mal el braç... Va fer un mal gest agafant una peça de roba molt grossa... Vaja! Doncs sembla que avui no se'n senti, mireu com sacseja la *Torà*. Ves que no li caigui a terra. El Senyor no ho vulgui!

Un cop acabades les set voltes, els homes tornen a l'escola i les dones a les seves tasques. Avui és divendres i cal preparar el sopar i el dinar del *xàbat*. Sara i Regina s'acomiaden de Bonafilla agraint-li que hagin pogut gaudir de la processó. Goig besa la seva filla Ester i també s'acomiada de Bonafilla.

—Gràcies per haver-me convidat. Ha estat molt bonic i he pogut veure el meu fill i el meu marit ballant i cantant amb els rotlles de la *Torà* a coll. Des de casa se sent la remor però no es pot veure res.

—Sí, veritablement tenim una situació privilegiada. Som quasi davant per davant de l'escola i, si obrim les finestres, sentim fins i tot les oracions.

Els homes ja han entrat a l'escola per continuar les pregàries. S'han guardat dos dels rotlles i els altres tres resten damunt la taula de lectura. El rabí crida Iacov ben Aaron Benvenist, que ha estat escollit per ser el nuvi de la *Torà* d'enguany, perquè pugi a la *bimà*, l'estrada.

—Iacov ben Aaron, pugeu a llegir la *Torà*.

Recolzat al seu bastó i en el braç del seu fill, puja els tres esglaons. Un cop davant la taula de lectura, desenrotlla el primer rotlle de la *Torà*, busca l'últim capítol del llibre de *Deuteronomi*, al final de tot del rotlle. El rabí David ben Adret li atansa el *iad*, el punter de plata, per resseguir el text, i comença la lectura amb la seva veu greu i potent. Sembla mentida que sigui tan ancià.

—«Aleshores Moisès pujà de l'Arabà de Moab al Nebó, al cim de Fasgà, davant de Jericó, i Adonai li va fer veure tot el país: Galaad fins a Dan, tot Neftalí, el país d'Efraïm i Manasés, tot el país de Judà fins al mar Occidental, el Nègueb, la plana de la vall de Jericó, ciutat de les palmeres, fins a Segor. I Adonai li va dir: Aquest és el país que vaig prometre amb jurament a Abraham, a Isaac i Iacov, quan els vaig dir: El donaré a la teva descendència. Te l'he fet contemplar amb els teus ulls, però no hi passaràs. Moisès, servent d'Adonai, morí a la terra de Moab per ordre d'Adonai».[2]

Iacov Benvenist segueix llegint fins que acaba el llibre de *Deuteronomi*. Ara sí que se'l veu cansat. Els anys hi són, per molt bé que es duguin. A més a més, carregar la *Torà* tot saltironejant ha estat molt feixuc. Ara cal que segui i descansi. Torna al seu seient, el que ha estat del seu pare i també del seu avi i que serà del seu fill quan ell traspassi.

Tot seguit li toca llegir al nuvi del Gènesi, i el rabí el crida:

—Bonhom ben Cresques, pugeu a llegir la *Torà*.

El jove Bonhom s'atansa a la tarima de fusta on hi ha la taula de lectura i puja els esglaons, orgullós d'haver estat escollit per a la lectura del primer capítol de *Gènesi*, la primera *paraixà* de la *Torà*. Desenrotlla la segona *Torà* que hi ha a la taula i, amb el punter a la mà, comença la lectura amb una cantarella clara i molt entonada.

—«Al principi, Déu creà el cel i la terra. La terra era caòtica i desolada, les tenebres cobrien l'oceà i l'esperit d'Adonai batia les ales sobre l'aigua».[3]

Continua fins a acabar el tercer verset del segon capítol. Ara és el torn de Vidal Avangema, que ha estat escollit com a *Khatan Maftir*, el nuvi que conclou, i que

---

[2] Deuteronomi 34, 1-5.
[3] Gènesi 1, 1-2.

llegirà des del verset 35 del capítol 29 fins al verset 1 del capítol 30 del llibre de *Nombres*, *be-Midbar*, que tracta de les ofrenes addicionals que s'oferien en el Temple en el dia que avui se celebra. El rabí el crida:

—Vidal ben Perfet, pugeu a llegir la *Torà*.

Vidal puja a la tarima i comença a llegir la tercera *Torà* amb la seva característica cantarella, que ningú altre fa com ell. Allarga el final de les paraules produint diferents tons molt ben modulats.

—«El vuitè dia tindreu una assemblea. No fareu cap treball servil. Oferireu en holocaust, en combustió de perfum suau a Adonai, un vedell, un moltó i set anyells d'un any sense tara».

Vidal ben Perfet contínua la lectura i un cop acabada la sessió de pregàries, tota la congregació està convidada a casa de Iacov Benvenist, que com *khatan Torà*, vol celebrar amb tothom que ha estat escollit com a nuvi de la *Torà*.

«Qui sap si aquest honor que m'han fet és per designi del Senyor, perquè ja vol que vagi a reunir-me amb els meus avantpassats», pensa Iacov. Poques coses el retenen ja en aquest món; ja ha enterrat dues esposes i la seva segona dona fa força anys que va morir. Els seus fills estan tots ben establerts, els néts ja tenen també família i li han donat entre tots cinc besnéts. El seu pas per aquesta terra ja s'ha acomplert.

Ha estat una gran celebració de *Simkhat Torà*. Totes les escoles del call han tingut la seva festa i tothom ha pogut gaudir-ne. Les processons al voltant de les escoles han congregat una munió de gent als carrers i hi ha hagut alegria general en celebrar el final i el començament de la lectura anual de la *Torà*. Aquesta festa també ha estat una expressió de joia perquè Déu va donar la Llei al seu poble, i per aquesta raó es balla. Així, el cos —i no només l'intel·lecte— gaudeix del regal del Senyor.

10. Festa de les Llums, *Khanucà*

*Ple d'orgull, va entrar al santuari i se'n portà l'altar d'or
dels perfums, el lampadari amb tots els seus accessoris, la
taula dels pans d'ofrena, els vasos per a les libacions, les
copes, els encensers d'or, els cortinatges, les corones, i
arrencà totes les plaques d'or que adornaven la façana
del Temple. A més, arreplegar la plata, l'or i tots els
utensilis de valor, s'endugueren els tresor amagats que
pugué trobar.*
1 Macabeus 1, 21-23.

Es prepara festa grossa a tota la comunitat jueva de
Barcelona i, és clar, també a casa dels Bonafós. La festa de
les Llums és motiu d'alegria, perquè recorda la purificació
del Temple després de la victòria dels Macabeus sobre els
selèucides. Antíoc IV Epifanes havia imposat la religió
grega als jueus i molts no acceptaren la conversió a la
religió politeista grega. Entre ells hi havia la família dels
Asmoneus, que varen dirigir la revolta per alliberar-se del
jou selèucida.

Tot el call fa olor de l'oli amb el qual es fregeixen els
bunyols típics d'aquesta festivitat. Avui, 24 de *kislev* de
l'any 5098, dimarts 26 de novembre de 1337 del calendari
cristià, comencen els vuit dies de celebració de *Khanucà*,
la festa de les Llums. Abans que es pongui el sol tot ha
d'estar preparat per a un bon sopar de festa, i des de bon
matí Bonafilla dona ordres a unes i altres. Aixa i Dolça
van de bòlit netejant i cuinant.

—Mentre jo netejo la *khanuqiia*, traieu la pols,
escombreu i aneu cuinant les verdures per al migdia —diu

Bonafilla a Aixa i Dolça, mentre frega ben fort amb vinagre i sal la làmpada de vuit recipients per a l'oli. És d'aram i té un paravent molt treballat al darrere. Recorda la seva mare, que l'hi va regalar quan preparava el seu aixovar per casar-se amb Astruc. Els oncles, joiers de Mallorca, li regalaren pel seu casament una *khanuqiia* de plata, però a Bonafilla li agrada més posar la d'aram perquè té un valor sentimental molt més valuós per a ella que l'econòmic. La de plata la va donar a la seva jove Ester, que cada any la treu i l'encén en el pis de dalt.

—A més de les verdures, què es fa per dinar? —pregunta Dolça.

—Posarem olives, formatge, nous, figues i pa, que sucat amb vi i una mica de mel és molt bo. És sobretot del sopar, que hem de preocupar-nos, i de fer els bunyols. Aixa, ves a comprar oli, no voldria que féssim curt, oli per a les llànties i la *khanuqiia*, que d'oli per cuinar ja en tenim de sobra a la tina del rebost. Recordeu-vos de posar sal als recipients, que així duren més temps enceses les làmpades i es gasta menys oli.

De seguida es posa a preparar la massa dels bunyols amb farina, ous, llavors de fonoll, llevat i canyella. Un cop ben barrejat, ho deixarà reposar una llarga estona prop de la llar de foc, tapat el recipient amb un drap humit perquè la massa augmenti el doble del seu volum; després abocarà culleradetes de la massa en una cassola amb oli molt calent. Un cop daurats, els unta amb mel i els empolvora amb llavors de sèsam. Després cal preparar el sopar festiu.

«Aquest vespre podria fer una empanada de carn de xai acompanyada de pomes al forn, i per postres els bunyols. Vaig a comprar la carn ara mateix», pensa Bonafilla.

Surt al carrer i se'n va a al taulell d'en Xemuel, a poques passes de casa.

—Bon dia tingueu Na Bonafilla. Què voleu que us posi, avui? Tinc uns pollastres molt grossos i una vedella que se us desfarà a la boca.

—No, Xemuel, res de pollastre ni vedella, avui vull xai per fer una empanada. Posa'm carn del coll que m'anirà prou bé per picar-la.

—Ara mateix vos ho preparo. Treuré tots els trossos de greix que jo tinc eines més esmolades i ho faré més de pressa.

Bonafilla es dirigeix a casa per preparar la vianda i la resta del menjar. La carn s'ha de netejar bé de totes les restes de sang que pugui haver-hi.

—Dolça, deixa el que estiguis fent i que ho faci l'Aixa; tu posa la carn en sal, després la neteges amb aigua i això ho repeteixes dos cops més. Fes-ho en el gibrell de la carn, no fos cas que contaminessis amb la sang la pica on rentem els plats i les verdures.

—Sí senyora. «Aquesta dona sembla que no s'adoni que jo també sóc jueva i conec perfectament les normes de la *caixrut*. Què s'ha pensat? Que sóc una cristiana?»

—Ester, tu prepara la massa per a l'empanada de carn, que cal deixar llevar perquè sigui flonja i suau, i això vol hores al costat de l'escalfor del foc.

—No us amoïneu, ara m'hi poso, de seguida que hagi donat el pit a Maimó, que ja comença a plorar de gana. Com xucla aquesta criatura, si fins i tot em fa mal!

—Això és bo. Està creixent molt i s'està fent molt fort i formós. Ai que n'és de bonic, el nen de la iaia! —diu Bonafilla, tot fent una moixaina al nadó. Està molt orgullosa del seu primer nét, i té ganes de tenir-ne una rècula.

Els homes estan treballant; enllesteixen una partida de robes que han de carregar al vaixell que l'armador Roger Muntanyar, soci i amic d'Astruc, està preparant per fer un viatge a Gènova i Liorna on podrà vendre aquests preuats teixits i comprar espècies procedents de l'Orient, per vendre-les aquí. Els guanys estan assegurats sempre que el vaixell pugui anar i tornar sense cap entrebanc. Ara no és bona època per a la navegació, ja és moment de tempestes marines, i travessar el Golf de Lleó sempre té riscos; les naus semblen closques de nou quan es troben amb onades de quatre metres d'alçada. De totes maneres, Roger Muntanyar no pensa anar més enllà de Liorna. Els viatges llargs, cap a l'Orient, els deixa per a la primavera i l'estiu. Hi ha encara un altre perill, que són els pirates, però aquests també deixen els seus atacs a vaixells i les incursions a pobles de la costa per als mesos de calor.

A Roger, el sol li ha aclarit els cabells llargs i la barba, i també té les mans i la cara torrades per l'efecte dels seus raigs potents, als quals s'exposa durant els viatges que fa per mar. Baix i prim, al rostre se li veu una cicatriu, al costat de l'ull dret, produïda per un enfrontament amb un malfactor en una taverna portuària; li ha deixat la parpella una mica caiguda. Des de fa anys és bon amic d'Astruc, a qui considera quasi com un germà gran. És una persona que no es deixa influir per ningú i que té les idees molt clares. És cristià però no li agraden els capellans que acusen els jueus de deïcides perquè consideren que varen ser els causants de la mort de Jesús. Per a ell, tots els homes, siguin cristians, jueus, musulmans o creguin en el que creguin, tenen dret a pensar el que els plagui sempre que es comportin com bones persones i no com animals. En canvi la seva dona, Maria, es deixa influir pels sermons dels capellans. No li agrada gens que el seu marit sigui amic d'un juevot, però d'altra banda, com que és espantadissa i una mica pobra d'esperit, no s'atreveix mai a contradir en Roger. És el seu marit, qui mana a la família.

Al capvespre, abans d'anar a la sinagoga, per *Khanucà* Astruc té el costum de llegir els dos llibres dels Macabeus, i després sempre vol explicar la història del miracle de l'oli. El problema és que li agrada tenir públic. Com que Bonafilla ja ho sap de sempre, ho ha deixat tot a punt per poder escoltar el seu marit, i ha convocat també Ester que, amb el nen a coll i al costat de Xelomó, s'asseuen per escoltar-lo.

Bonafilla, tot s'ha de dir, com que aquesta història ja la té ben sabuda, hi és present però el seu cap barrina sobre tot el que encara té pendent de fer per al sopar. Suposa que Aixa ja ha desgranat les magranes i les ha preparat amb canyella i mel, i li arriba el soroll de l'oli que fregeix els bunyols.

«A veure si els fa coure massa i els crema. Jo hauria de ser allí a la vora i no pas aquí escoltant una història que ja conec prou. Ai! Aquesta mania d'Astruc de voler-nos ensenyar coses a tots com si ell fos l'únic que en sabés. Prou que ja hem estat ensenyats. Quines ganes tinc de tenir molts néts que l'envoltin, a veure si els ho explica a ells, tot això. Així jo ja no hauré de fer-li de públic i podré anar per feina».

Astruc comença el relat.

—Diu la *Guemarà* que quan els Macabeus alliberaren Jerusalem varen trobar-se que el Temple havia estat profanat fent-hi sacrificis de porcs a Zeus. El Summe Sacerdot havia de consagrar-lo de nou a Adonai i purificar-lo. Totes les reserves d'oli consagrat per la làmpada del temple havien estat utilitzades pels sacerdots de Zeus, tret d'una gerra petita que encara contenia una minsa quantitat d'oli consagrat i amb el segell del Summe Sacerdot encara intacte. N'hi havia només per cremar durant un dia. El nou oli consagrat trigaria vuit dies a poder-se preparar, però varen decidir que, mentrestant, es posaria dins la làmpada el que havien trobat dins la gerra segellada, encara que només durés unes hores. I llavors es produí el miracle, perquè va estar cremant els vuit dies necessaris per tenir a punt el nou oli consagrat. Avui i durant vuit dies recordarem que els Macabeus varen derrotar al monarca selèucida Antíoc i que es va produir el miracle de l'oli, i per això cada dia encendrem una llàntia més de la *khanuqiia* fins a arribar als vuit dies durant els quals va romandre encesa la làmpada del Temple. Ara anem-nos-en tots a encendre la primera llum.

—Encara bo que ha durat poc —comenta Bonafilla a la seva jove en veu baixa, perquè Astruc no la senti.

Ester no s'està de riure però fluixet.

—Pobre, li fa il·lusió; forma part de la festa. Ja veuràs com l'any que ve a Maimó li agradarà sentir-lo. Bé... potser haurem d'esperar un parell d'anys, perquè el nen ho entengui. Vaig a deixar-lo amb l'àvia Raquel, ara que ja ha mamat i està ben adormidet, i si vols ens atansem a l'escola per veure com encenen la primera llàntia.

Bonafilla posa la *khanuqiia* a l'ampit de la finestra.

—Porta també la nostra, Ester, i acompanya l'àvia Raquel fins aquí baix —diu Xelomó.

L'àvia Raquel està malalta però li fa molta il·lusió aquesta celebració i s'ha empolainat per baixar i després poder fer el sopar festiu amb tota la família. Mentre Bonafilla i Ester van a la cerimònia religiosa a l'escola, ella es quedarà amb Maimó i aprofitarà per cantar-li cançonetes. Raquel pensa:

«Quin goig que Déu m'hagi donat vida per conèixer el meu besnét, que és l'hereu dels Bonafós. La vida continua, els qui neixen ocupen el lloc dels qui moren, com el meu pobre difunt marit. Li hauria agradat tant, veure's envoltat de quitxalla! I seria feliç de veure que han posat el seu nom al nen».

Astruc i Xelomó reciten a la vegada les tres benediccions abans de procedir a l'encesa de la primera llàntia. A partir de demà, només recitaran les dues primeres, abans d'encendre les llànties pertinents.

—«Beneït ets Tu, Adonai, Déu nostre, Rei de l'Univers, que ens has santificat mitjançant els Teus preceptes i ens has ordenat encendre la llum de *Khanucà*».

—«Beneït ets Tu, Adonai, Déu nostre, Rei de l'Univers, que vas fer miracles per als nostres pares en aquesta mateixa data en els temps antics».

—«Beneït ets Tu, Adonai, Déu nostre, Rei de l'Univers, que ens has fet viure, ens has mantingut i ens has fet arribar fins avui».

Tot seguit encenen la primera llàntia de les dues *khanuqiiot* i Xelomó agafa la seva per posar-la a la finestra de la seva cambra.

—Bé —diu Astruc—, ara ja ens en podem anar a la pregària de l'escola, on també encendrem la primera llum. Anem, Xelomó. Les dones ja hi aniran pel seu compte.

—Passo a veure com van els bunyols i marxem —diu Bonafilla—. Saps si també hi va la teva mare, Ester?

—Si no m'erro, també hi serà. És tan bonica, aquesta festa!

—Saps què? Podem dir-li que vinguin a sopar el dimecres, i així celebrem l'última encesa de les llums tots plegats.

—Ai, que bé. Gràcies, em fa molta il·lusió.

—De res, noia. Li direm que també vingui el teu germà amb la seva dona i els nens. No els deixarem pas a casa celebrant sols el final de *Khanucà*. I ara som-hi, que si no arribarem tard.

Mentre es preparen per sortir, Ester pregunta a la seva sogra:

—I Sara?

—Sí, és clar, també podem convidar els Bonsenyor.

—Ai sí! Així podré xerrar amb Sara. Últimament no la veig gaire.

—Jo tampoc, i mira que viu dos carrers més enllà. Ni que visqués en un altre call! Regina la té sempre molt ocupada i no la deixa sortir gaire de casa. Jo no m'atreveixo a anar-hi de visita, no fos cas que hi fes nosa. La meva consogra no és gaire sociable. Al principi, quan Haïm i Sara es varen casar, vaig anar-hi un parell de cops per veure si podíem reunir-nos per brodar plegades a casa de l'una o de l'altra, però em va semblar que a Regina no li agradava gaire aquesta idea. Potser es va pensar que em volia ficar a casa seva i vigilar què feia amb la meva filla... no ho sé... no hi tinc gaire confiança. A veure si volen venir. Ho provarem.

Cada dia es reuneix tota la família al voltant de les *khanuqiiot* per encendre un llum més. L'encesa sempre es fa amb el *xamaix*, el servidor, el novè recipient d'oli, que només serveix per encendre els altres. El *xamaix* també és útil perquè sota la seva llum es pot fer qualsevol feina; en canvi, el llum de la *khanuqiia* només ha de servir per recordar el miracle diví, i la seva resplendor no pot utilitzar-se per fer cap mena de tasca.

Han anat passant els dies i ja és l'últim de la festa de les Llums. Avui venen a sopar els consogres dels Bonafós, tota la família Avangema: Vidal i Goig, els pares d'Ester, i el seu fill gran que viu amb ells, Khasdai, amb la muller, Tolrana, i els tres fills Vidalet, Abigail i Moixé. Tolrana estava embarassada un altre cop però, malauradament, va perdre el fill que esperava. Sort va tenir del seu marit que, essent metge com el seu pare Vidal, va evitar que morís dessagnada a conseqüència de l'avortament. Ara ja fa quatre mesos d'aquest mal tràngol i està recuperada, tot i que possiblement no podrà tenir més fills.

També hi estaven convidats els Bonsenyor, però al final han enviat l'encàrrec que Regina no es troba gaire bé i no podran venir. Bonafilla comenta a Ester:

—Es veu d'una hora lluny que és una excusa. Aixa l'ha vista aquest matí quan feia cua a la peixatera, i es veu que no parava de cridar perquè, segons deia, el peix era estantís i molt car. Aquesta dona és força antipàtica.

—Pobra Sara.

—Sí, la veritat és que no m'imaginava que em pogués penedir d'haver concertat aquest matrimoni. De totes maneres, sembla que Haïm se l'estima. A veure si d'un cop s'atreveix a enfrontar-se amb la manaire de la seva mare.

La família es reuneix al voltant de les *khanuqiiot* i les encenen com han fet durant tots aquests dies, recitant les dues benediccions. Ara, però, ja tenen els vuit llums encesos.

La família Avangema, que va camí de casa els Bonafós, aprofita per passejar una mica pels carrerons com fan altres veïns del call. Quin goig la lluminària que es veu a cada casa! Qui no té una *khanuqiia* a la finestra, la té a la porta, i n'hi ha que en tenen dues o més. Tot brilla amb les llums que recorden el miracle que Déu va fer.

Bonafilla ha organitzat un bon sopar i Goig, la mare d'Ester, li porta els *sufganiot*, bunyols que ella prepara.

Cada casa els fa a la seva manera i cadascú hi posa uns ingredients diferents. Goig els prepara amb farina, ous, llevat i canyella però hi posa, també, essència de tarongina, una mica de pell de llimona i un gotet de vi dolç.

Truquen a la porta i Ester va a rebre els seus pares, el seu germà, la cunyada i els tres nebots.

—Gràcies per convidar-nos, Astruc —diu Vidal Avangema—. Us he portat aquesta gerra de vi, que espero us agradi; me'l porta el meu cunyat d'unes vinyes que té prop de Vilafranca. És un vi amb cos però passa molt bé, no cal barrejar-lo amb aigua ni amb mel ni espècies. Veureu que és molt bo beure'l tal com raja.

—Gràcies Vidal; tastem-lo, doncs. Voleu fer vós la benedicció?

—I ara! És clar que no. Sou a casa vostra. Només caldria!

El sopar que han preparat Bonafilla i Ester és molt variat. Un bon bol de brou per entonar, perquè la nit és freda, carxofes fetes al caliu i farcides de puré de cigrons, mandonguilles de peix, ous ferrats amb ceba i carn picada, olives, empanades de codonyat, ametlles, nous i avellanes i, com a colofó, els bunyols que ha portat Goig.

Després de sopar, mentre les dones parlen de les tafaneries de la comunitat i els homes comenten algunes problemàtiques de l'administració de l'aljama, i també de xafarderies, encara que mai no ho voldran reconèixer, els nens s'entretenen tot jugant.

Astruc els porta una baldufa d'ivori de quatre cares que té guardada per a la celebració de *Khanucà*, amb la qual va jugar Xelomó i espera que juguin també els seus néts. És el *sevivon*. Amb aquest tarannà docent que el caracteritza, no es pot estar d'explicar a Vidalet, Abigail i Moixé el significat d'aquest joc i el seu origen.

—Seieu al meu voltant, que us explicaré una història que us agradarà.

Bonafilla se'l mira amb afecte. Com li agrada fer d'avi! encara que sigui amb els nets dels altres, de moment. Aviat ho podrà fer amb Maimó i els que vinguin.

—Fa moooolt de temps, a la nostra estimada i enyorada terra d'Israel, hi dominaven els grecs, una gent que creien en molts déus i no com nosaltres, que creiem en un de sol i que és l'Únic i veritable.

—Llavors aquests grecs eren dolents, oi? —diu el petit Moixé, de sis anys.

—Van ser dolents amb nosaltres perquè ens volien obligar a convertir-nos a la seva religió, a abandonar les nostres tradicions, i varen prohibir l'estudi de la *Torà* als nens.

—Doncs sí que n'eren, de dolents! A mi m'agrada molt anar a l'escola per aprendre totes les històries que hi ha a la *Torà*.

—Calla, nap-buf! Si tot just has començat aquest any, a anar a l'escola! —li diu el seu germà que, amb dotze anys i a punt de fer el *bar mitsvà*, ja se sent tot un home.

—Calleu tots dos! Vull saber com continua la història —els diu Abigail que, amb deu anys, és una nena assenyada amb molt caràcter i fa callar fins i tot el presumit del seu germà gran. S'assembla molt al seu pare físicament, però té el caràcter de la seva mare, encara que potser té un punt una mica més afectuós que Tolrana.

Els grans riuen i Vidalet es posa tot sorrut, avergonyit per la seva germana. Finalment, tothom calla per seguir escoltant Astruc.

—Com que els grecs no volien que els nens estudiessin la *Torà*, anaven a les escoles per veure si s'obeïen les seves ordres. A les escoles, quan sentien que entraven els soldats, amagaven els estris d'estudi i treien baldufes per fer veure que estaven jugant; els enganyaven i així marxaven. És per això que, durant els vuit dies de *Khanucà,* es juga amb aquesta baldufa especial.

—Vinga! Juguem, juguem! —crida Moixé —. Jo seré el primer de fer-la girar.

—No, Moixé, ho farem a sorts! —diu Abigail.

Vidalet, que encara està de mala lluna, no diu res i de primer es nega a jugar, però en veure els dolços que han preparat Bonafilla i Ester com a moneda, decideix també afegir-se al joc. Els dolços són unes boletes de pasta d'ametlla i codonyat amb pinyons que deuen ser boníssims.

—A veure, començarà el qui tregui la palleta més curta, i l'últim serà el qui la tregui més llarga —diu Ester, que les prepara.

El primer a agafar-la és Vidalet; ell és el gran i ho vol demostrar. Després n'agafa una altra Abigail i li surt més curta que la de Vidalet, i finalment Moixé veu que la seva és la més llarga de totes; serà l'últim a fer girar la baldufa.

—Ja sé que sabeu jugar-hi, però sabeu el significat de la lletra que hi ha a cadascuna de les cares de la baldufa?

—Jo sí —diu tot orgullós Vidalet—. Ja ho explico jo als petits —diu, donant-se aires d'importància.

Abigail se'l mira amb cara de paciència i ho deixa estar, però Moixé es mira el seu germà gran com si fos el savi Salomó, amb una admiració tal que Vidalet es queda tot cofoi.

—En aquesta cara de la baldufa, hi ha la lletra *nun*, que és la inicial de la paraula *nes* que en hebreu vol dir «miracle». En la segona cara hi ha la lletra *guimel*, la inicial de la paraula *gadol*, que vol dir «gran». La següent cara té gravada la lletra *hei*, que és la inicial del verb *haiah*, que es pot traduir per «va ser» o «va succeir». I l'última cara té inscrita la lletra *xim*, inicial de la paraula *xam* que significa «allí». Tot junt forma la frase «un gran miracle va succeir allí».

—I saps què significa, aquesta frase? —pregunta Astruc a Vidalet.

—Sí, es refereix al miracle de la gerreta d'oli que va cremar durant vuit dies en el Temple de Jerusalem, quan només hauria hagut de cremar un dia —respon Vidalet.

—Molt bé, Vidalet, però perquè diem «allí»?

Aquí Vidalet es queda sense paraules; no ho sap.

—Doncs jo us ho explico. Els jueus que viuen a Israel, en les seves baldufes, en lloc d'una *xim* hi ha una *pe*, que és la inicial de la paraula *po*, «aquí». El miracle es va produir a Israel i per això els qui viuen a Israel poden dir «un gran miracle va succeir aquí». Però els jueus que vivim fora de la terra dels nostres avantpassats hem de dir «un gran miracle va succeir allí».

—Vinga. Aquí teniu deu dolços per a cadascú, comenceu a jugar —diu Bonafilla.

Tots tres posen un pastisset de la seva bossa en un plat central i Abigail fa girar la baldufa. Li surt la *xim*, que indica que ha de posar un altre dolç al plat. Mala sort! Vidalet tira i la baldufa queda amb la cara del *hei* enlaire; es posa tot content perquè s'endú la meitat dels pastissets. Moixé tira i veu que en el plat només en resten dos. La baldufa queda amb la cara superior de la *xim*, igual que a la seva germana. Ha de posar un dolç al plat. A Moixé no li agrada gens renunciar als seus dolços. Ara és el torn d'Abigail

—A veure què em surt, ara... No! La *nun*. No em toca res! Bé, tampoc és que hi hagi gran cosa, al plat.

—Ara tiro jo... La *guimel*. M'ho enduc tot.

—Ben mirat... només has guanyat un pastisset. L'altre l'hauràs de deixar per fer el pot —li diu Abigail.

—Ho dius per despit. Com que tu no has guanyat encara res! I a més a més, ara tu i en Moixé heu de posar un dolç al plat.

En Moixé no vol posar res de la seva bossa, entre altres coses perquè ja s'ha menjat uns quants pastissets i cada cop n'hi queden menys. Ester, que està a l'aguait, dona d'amagat al petitó un parell de dolços més, mentre Vidalet i Abigail es van punxant l'un a l'altre. Ester es veu obligada a calmar els ànims dels seus nebots.

—Va nens, hi hagi pau. Això és un joc i us heu de divertir, no pas barallar-vos; sempre n'hi haurà un que guanyarà i un que perdrà, però us prometo que de dolços no us en faltaran, i en tot cas també hi ha els bunyols que ha fet l'àvia.

Continuen jugant-se els pastissos una mica més tranquils. De tant en tant, surt també la *hei* i algú s'endú la meitat del pot, i també surt la *guimel*, i l'afortunat arreplega tots els dolços del plat. Després han de tornar-ne a posar un cadascú. El joc es va allargant fins que Moixé, ja tip de menjar i cansat, es queda adormit. És hora que els Avangema marxin cap a casa.

—Gràcies per aquesta vetllada tan bonica. Ha estat un bon fi de la festa de les Llums —diu Vidal Avangema a Astruc.

—I quin sopar més bo que heu preparat, Bonafilla —diu Goig.

—Doncs els vostres bunyols eren deliciosos, me n'haureu de donar la recepta. A mi no em surten tan flonjos.

—Els nens estan esgotats; Moixé ha quedat ben adormit. Agafa'l tu, Khasdai, que per a mi ja pesa massa—diu Tolrana. — Vidal, Abigail, doneu les gràcies a Astruc, Xelomó, Bonafilla i a la tieta Ester.

—Gràcies —diuen tots dos a l'uníson.

Ja s'ha acabat *Khanucà* i ara «la propera festa serà *Purim*, també una celebració alegre i... amb molts dolços!», pensen el nens, que en porten unes bosses plenes. La de Moixé és l'única que està quasi buida, els pastissos són a la seva panxa. Demà li hauran de donar una purga.

11. *Purim*

Després envià cartes a tots els jueus que habitaven les províncies del rei Assuer, tant als de prop com als més allunyats, ordenant-los que celebressin cada any els dies catorze i quinze del mes d'Adar, perquè aquests dies els jueus quedaren tranquils dels seus enemics, i aquest mes l'aflicció se'ls tornà alegria, i el plany dia de festa. Determinaren, doncs, fer-ne dies de convit i d'alegria, obsequiar-se mútuament amb porcions i fer donatius als pobres.
Ester 9, 20-22.

Aquest any 5098 és embolismal. S'hi ha afegit el mes d'*adar xení*. Haver de conciliar el calendari lunar amb el cicle solar, que regula les feines agrícoles, té aquesta conseqüència. Encara que l'any comenci amb la celebració del *Roix ha-Xanà*, és el *Pésakh*, la Pasqua, que ha de celebrar-se amb la lluna plena següent a l'equinocci de primavera, el que determina la cadència del calendari. La festa de *Purim* coincideix amb el dia 14 del mes d'*adar*, però com que aquest any hi ha aquest segon mes, es trasllada a *adar xení*.

La vigília de la festa de *Purim*, a la cuina dels Bonafós hi ha feina. Cal començar a preparar el menjar, i especialment els dolços per al dia següent. Avui tothom dejuna, a excepció de l'àvia Raquel, que està malalta, però com que el seu problema és de l'estomac, tampoc no menja gaire. Gairebé tot li fa mal, el seu cos només accepta brous, en els que Bonafilla sempre hi fa posar una mica de pollastre o peix bullits ben picadets i verdures triturades.

Fan dejuni, igual que tots els jueus del món, en commemoració del que varen fer la reina Ester i tots els jueus de Pèrsia per purificar-se abans que ella s'adrecés al rei Assuer, amb qui estava casada, per deslliurar els jueus de la persecució que havia decretat el general Haman.

Demà ja podran treure el ventre de pena, i com! A més a més, hi haurà molta celebració a tota la comunitat. Tot són visites als amics i els veïns, tot el call fa olor dels dolços que les dones preparen per demà, no solament per menjar-los a casa sinó també per dur-los com a present quan van de visita. La bodega també ha d'estar ben proveïda; demà tothom beu més del compte.

Bonafilla, Ester, Dolça i Aixa estan preparant pastissos amb una gran quantitat d'ingredients: farina, ous, canyella, ametlles, pinyons, nous, avellanes, mel, essència de tarongina, llimona... En faran molts perquè n'han de portar a veïns, amics i parents. No es poden descuidar de ningú, no fos cas que algú s'ofengués.

—Voleu dir que no estem fent massa dolços? —diu Ester a Bonafilla.

—Val més pecar per massa, que per massa poc.

—Amb aquestes oloretes és francament difícil fer dejuni —rondina Dolça.

—Doncs pensa que demà en gaudiràs —respon Aixa, afegint-hi unes paraules en àrab dedicades a Dolça que ningú no entén però que, pel to, sembla que no diuen res de bo.

Avui, ja de bon matí, s'han barallat perquè no es posaven d'acord en què havia de netejar cadascuna. Bonafilla ha fet un parell de crits i tot s'ha arreglat; bé, arreglat allò que es diu arreglat, no. Però els ha repartit les feines. Dolça pensa que, com que Aixa és una esclava, li toca fer les tasques més pesades de la casa, i Aixa, per la seva banda, pensa que el marit de Dolça cobra cada setmana el sou que li paga l'amo Astruc per la feina de la seva muller.

«Jo no cobro res de res», pensa Aixa, «només alguna moneda que em dona l'amo d'amagat de Bonafilla. A mi em varen comprar, no sóc lliure. No solament faig les feines de casa sinó que a més l'amo disposa de mi quan li va bé. Em deixen fer les meves oracions i seguir alguns dels meus costums musulmans, però sempre que no interfereixin amb els seus ni amb la feina de la casa. Bonafilla a vegades em crida, però no em pega gairebé mai. Bé, algun clatellot o alguna bufetada, però mai no m'ha bastonejat ni fuetejat. Suposo que ho fa perquè a l'amo no li agradaria que em maltractés; al cap i a la fi, el serveixo força bé, al llit. Faig el que no pot fer Bonafilla per decòrum i, així, l'amo s'estalvia haver d'anar a buscar dones que li podrien encomanar malalties i que, a més, no el farien quedar bé davant la comunitat. I mira que n'hi ha, de jueves que es dediquen a aquests menesters! Si algun dia li dono un fill, encara tindré una posició més bona a la casa, encara que sigui un bastard. Això sí, a Bonafilla no li farà cap gràcia».

Dolça treballa tot el dia a casa dels Bonafós, i quan acaba ha de fer la feina de casa seva, cuidar el marit i els quatre fills. A més a més, tots són mascles i no té cap filla que l'ajudi. És cert que tots treballen i són fora de casa tot el dia, però ella ha de fer els llits, netejar la casa, comprar i cuinar. Sort que de vegades Bonafilla la deixa anar a fer una escapadeta per comprar, i també deixa que s'endugui el menjar que sobra. A vegades no li cal fer el sopar perquè el porta de casa els Bonafós, però alimentar cinc homes que arriben al vespre afamats és difícil. A més, si no s'atipa prou el seu marit es posa de molt mala lluna. Alguna vegada li ha clavat una pallissa per aquesta raó. En el fons té una mica d'enveja d'Aixa.

«És jove i bonica, i com que l'amo Astruc de tant en tant, diguem-ho clar, s'hi allita, no rep mai cap cop. Potser esbroncades de Bonafilla, però bastonades, mai. No és pas que rebi, jo, no; la senyora no és d'aquesta mena, però he perdut la vida darrere el marit i els fills, i treballant com una mula, i se suposa que sóc lliure, no una esclava. Ja m'agradaria, ja, fer la vida d'esclavatge de l'Aixa», pensa Dolça.

Aquestes són les coses que sovint fan difícil la convivència entre Dolça i Aixa, i Bonafilla s'ho ensuma. No sap exactament què pensen l'una de l'altra, però que entremig hi ha rancúnies i enveges, ho té força clar, i sempre procura que facin la feina per separat. Però és quasi impossible distribuir les tasques de manera que totes dues estiguin satisfetes. Ja se sap, la feina és la feina. Una és una esclava i l'altra una minyona que cobra un sou; que facin el que els pertoca i prou de bestieses.

—Astruc, recorda't de passar per l'hospital per fer un donatiu; els pobres i orfes també han de celebrar *Purim*.

—Creus que m'has de recordar una cosa així, dona? Ara me n'hi vaig. «Després de tants anys de casats i encara em tracta com si fos una criatura», pensa Astruc.

«Si no l'hi dic, segur que se'n descuida. Sempre he d'estar per tot, jo. Ara aniré a veure els Maier; la meva sogra m'ha encarregat que els doni un sou i dolços per a les criatures, i també m'aproparé a l'hospital a veure Ximó, que està tot sol i no té diners ni per a un got de vi i ja se sap que per Purim cal beure, i molt», reflexiona Bonafilla.

—Ester, posa't la capa i vine amb mi. Agafa aquest farcell de roba usada que jo agafaré uns dolços per portar als Maier.

Surten totes dues i es dirigeixen cap al carrer de la Volta; en un dels carrerons que en surten, al final, a tocar de la muralla, hi viuen els Maier. No és una casa, és una habitació on cuinen, mengen i dormen tota la família: el matrimoni, Bonjuha i Dura, en un llit, i els quatre fills, dos nens i dues nenes, en l'altre. La petitona és molt malaltissa. Truca a la porta i obre un nen d'uns set anys, escanyolit però amb uns ulls vius i una carona molt espavilada.

—Bon dia, senyores. La mare està a punt d'arribar, ha anat amb la meva germana a buscar roba per rentar. Jo estic cuidant la meva germaneta petita, que està malalta.

—No ens podem esperar, però quan arribi fes-me el favor de donar-li això —li dona unes monedes —, aquests pastissets, aquesta gerra de vi i aquest farcell amb roba.

El petit obre uns ulls com unes taronges quan veu els dolços, però de seguida recupera la parla i diu:

—La roba per rentar ja la podia venir a buscar jo o la meva germana gran, senyores.

—No, bufó, aquesta roba no és per rentar, és per a vosaltres. La teva mare ja ho entendrà. Digues-li que és de part de Raquel, de cal Bonafós.

—Moltes gràcies. La mare estarà molt contenta amb tot això!

—Apa, que celebreu bé *Purim*.

Quan surten d'allí, Ester comenta:

—Quin nen més maco, i que espavilat.

—Sí, la pobresa els fa més vius, s'han de saber moure en aquesta vida per dur-se un mos de pa a la boca. Ara anem a veure Ximó.

Ximó viu de la caritat de la comunitat a l'hospital. Ja no té a ningú, està ben sol, és vell i està malalt, les cames se li han deformat i les mans també, té molts dolors. Amb el pas dels anys, s'ha anat encorbant i els ulls se li han apagat; ja no té aquell esguard viu i picardiós que encisava les dones quan era jove, els cabells s'han convertit en quatre grenyes. Ha tingut una vida molt difícil. Dos fills se li varen morir de petits, i un altre poc després de fer el *bar mitsvà*, d'una malaltia desconeguda. Una filla de setze anys va agafar unes febres i també va morir, i l'únic fill que li quedava es va voler embarcar i mai més no se n'ha sabut res. La muller de Ximó va traspassar encara no fa un any i ja no li queda res ni ningú en aquest món. Viu de la caritat de la comunitat.

Bonafilla i Ester s'apropen a l'hospital i un cop allà busquen Ximó. Uns nens orfes juguen en el pati, i el vell és a prop d'ells assegut a un banc, mirant-los. Potser pensa en els seus fills, dels que ja no recorda ni les seves cares. Bonafilla i Ester s'atansen i l'home, quan hi són a tocar, les veu i intenta aixecar-se com pot.

—No us aixequeu, Ximó. No cal. Us hem portat aquestes «orelles de Haman» i una gerreta de vi perquè celebreu *Purim*.

En veure els dolços, els nens deixen els jocs i corren a posar-se al costat de Ximó.

—Gràcies Na Bonafilla. Ei, mainada, ja us en donaré després! Ara deixeu-me parlar.

—No us amoïneu, avui tothom portarà vi i pastissets a l'hospital. No us en faltaran. Aquests són especialment per a vós.

—No me'ls podré treure de sobre, els noiets. Són com mosques quan ensumen la mel. Us estic molt agraït, sempre us recordeu de mi en totes les festes.

—Vós vàreu treballar per al meu sogre durant molts anys, i a casa se us recorda com una persona lleial i treballadora. Això no s'oblida. Per Pasqua esteu convidat a celebrar el *seder* a casa nostra.

—Que el Senyor us ho pagui.

—Déu ens ha donat més del que necessitem, i és just que nosaltres ajudem a qui ho necessiti. Ja sabeu que la *tsedaqà*, la caritat, és un precepte que s'ha de respectar. És un acte de justícia.

—I vós i la vostra família el compliu amb escreix i de tot cor.

—Vinga, que no n'hi ha per tant. Ara ens n'anem que encara hem de preparar moltes coses per a la celebració i cal deixar fet el menjar per a demà, que és *xàbat*.

—Que el Senyor us acompanyi.

—I també a vós.

14 d'*adar xení* de 5098, 14 de març de 1338 segons el calendari cristià. Festa de *Purim*, en la qual els més joves es diverteixen posant-se carotes que sovint volen representar els protagonistes de la història que explica el llibre d'Ester. Es passegen pel call també amb robes velles com a disfressa, aprofiten per beure i menjar els dolços que s'ofereixen a totes les cases, i les botes de vi corren de mà en mà. Avui està permès beure fins a no poder distingir entre les frases «maleït sia Haman» i «beneït sia Mardoqueu». Tothom beu més del compte però els joves, com sempre, no tenen tanta mesura com els grans, i salten i ballen pels carrers del call com esperitats. A un d'ells el confonen amb Haman, degut els efluvis del vi, i rep algun cop i també li tiren fruites i verdures podrides.

—Aiii! Què feu? No veieu que porto una corona? No sóc Haman! Soc Assuer!

—Tanoca! Això no és una corona, el que portes al cap és un cinyell.

—I què vols que em posi per subjectar aquest drap al cap? Una diadema d'or i brillants? La tens, tu? Doncs dona-me-la.

—Va, anem a la taverna; deixeu-lo que ja ha rebut prou.

—Jo també vinc. Em mereixo un got de vi, després de rebre, no? I m'hauríeu de convidar a una gerra entre tots.

—Sí, home, i què més!

—Vinga, dones, no mireu tant per la finestra i doneu-me unes «orelles» i un got de vi.

Cau un farcellet amb dolços des de la finestra d'una casa, la mateixa des d'on fa una estona li han tirat les verdures podrides.

—Gràcies. Ara tu, convida'm a un got de vi.

—Bé, només un, eh? Que em sembla que ja vas prou «carregat».

A Astruc, tot aquest enrenou no li plau gaire i procura que les dones de casa seva no surtin al carrer, que encara tindrien un ensurt. Això sí, ell també es reunirà amb amics per beure, menjar, jugar a jocs d'atzar, però procura mantenir-se prou seré per poder llegir a l'escola el rotlle d'Ester. El seu fill Xelomó també s'ha reunit amb alguns dels seus amics i també fa la festa per la seva banda, però ara és pare i ja no s'atreveix a fer el que feia abans. Ell també havia estat un dels eixelebrats que corrien amb carotes dansant i cridant, el que passa és que no se'ls podia reconèixer i això els donava una certa impunitat per fer bajanades. Coses pròpies de quitxalla.

A l'escola, avui també —com cada dia— hi van a pregar, però la lectura del llibre d'Ester és la variant de la festa de *Purim*. Es llegeix la història de la jueva Ester, que va ser escollida entre les dones més boniques de Pèrsia per ser l'esposa del rei Assuer. En el relat apareix Haman, l'home de confiança del rei, que sentint-se ofès per Mardoqueu, l'oncle d'Ester, decideix fer un extermini dels jueus de Pèrsia.

Per una sèrie de circumstàncies, Mardoqueu arriba a saber que el dia 14 d'*adar* Haman vol iniciar aquesta massacre, i demana a Ester que salvi el seu poble. Aquesta planeja convidar a sopar a les seves estances el rei Assuer i Haman, per descobrir els plans del darrer i dir al rei que ella és jueva i que també hauria de morir.

El rei Assuer està bojament enamorat d'Ester i, quan després del sopar descobreix les intencions de Haman, el fa detenir i el condemna a mort a la mateixa forca que ell tenia preparada per a Mardoqueu, i així Ester salva el seu poble d'una matança terrible.

Tota aquesta lectura, a l'escola, s'amaneix amb cridòries cada cop que s'esmenta el nom de Haman. El vi fa el seu efecte i, encara que no estiguin del tot embriacs, sí que van una mica gat i les escridassades es reforcen amb cops sobre les fustes dels bancs per donar més caliu al rebuig vers la figura de Haman. El rabí no hi diu res en contra, és la tradició. Ell mateix també ha begut potser una mica més del que normalment fa i avui és un dia de felicitat, per recordar que el poble jueu es va salvar d'una matança, i això ja és un motiu de prou pes per estar contents. La lectura es desenvolupa amb continuades interrupcions i això allarga la cerimònia. Tot sigui a fi de bé. Sortint de l'escola, continuarà la festa i tots podran degustar les «orelles de Haman» a casa dels amics i veïns.

Cada família fa aquestes «orelles» amb variants en els ingredients emprats, i la varietat cal tastar-la a cada casa, al costat d'un got de vi, si pot ser dolç, i si és més d'un got, encara millor. La pasta de les «orelles» es fa amb farina, ous, mel, ametlles i ratlladura de taronja. La pasta s'estira fins que té un gruix de mig dit, es va tallant en forma de cercles que es parteixen per la meitat i així adopten la forma d'orelles que es fregeixen en molt d'oli. Un cop fredes s'hi aboca mel per sobre. Hi ha qui posa essència de tarongina, canyella o comí a la pasta per donar un toc més personal a les «orelles».

Al vespre, tothom està esgotat; les criatures amb les panxes plenes de pastissets, els grans tips de menjar tot el bé de Déu que ha preparat cada família, les delicioses «orelles de Haman» i de beure abundant vi. Cauran al llit satisfets d'haver celebrat la festa de *Purim* tal com toca i com assenyala el *Talmud*. Demà serà un altre dia; fins al proper *Purim*, manca un any.

12. Pasqua, *Pésakh*

Aquest dia serà un memorial per a vosaltres, i el celebrareu com una festa del Senyor. El celebrareu totes les generacions com una institució perpètua. Durant set dies menjareu àzims. Des del primer dia fareu desaparèixer el llevat de les vostres cases, perquè aquell qui del primer al setè dia mengi pa fermentat serà extirpat d'Israel.
Èxode 12, 14-15.

Demà és 15 de *nisan*, diumenge 13 d'abril de 1338 per als cristians, i de l'any 5098 per als jueus. Ja arriba la Pasqua. Quin tràfec per a totes les famílies del call barceloní. Aquesta data és la de la celebració de la festa més important per als jueus. Com en el *xàbat*, no es podrà fer cap feina: és *iom tov*, «dia bo», i cal seguir totes les normes igual que en dissabte, a més d'eliminar tot el que tingui llevat a casa, als magatzems i als obradors del call. Això sí, al contrari que en el *xàbat*, es pot cuinar sempre que el foc ja estigui prèviament encès. Encara bo, perquè si no és molt difícil deixar tant de menjar preparat i, a més, hi ha dos dies seguits de festa, tal com es fa a la Diàspora. A Israel només se'n fa un.

A casa dels Bonafós han aprofitat per convidar, al sopar de Pasqua, el germà petit d'Astruc, Natan, la seva segona dona, Estel, i els fills: Elies, Rubèn i Astruga. Elies, de setze anys i Astruga, de quinze, són fills de la primera dona de Natan, Boneta, que en infantar un tercer fill varen morir ambdós, ara fa deu anys. Al cap d'un any, passat el dol, Natan es va casar amb Estel, amb qui va tenir Rubèn, de set anys. No han tingut més fills perquè el part va ser molt difícil i sembla que no podran tenir-ne més. Viuen a Besalú, i ja fa uns quants dies que varen arribar a Barcelona; estan hostatjats a casa d'Astruc. És el primer any que Sara no passarà la festa amb els seus pares, perquè ara forma part de la família Bonsenyor i el seu lloc és al costat de Haïm, el seu marit. Possiblement demà sí que hi aniran de visita, o potser a dinar.

També han convidat uns amics cristians, per celebrar la Pasqua plegats. Són la família Muntanyar. Roger Muntanyar és navilier, mercader i soci d'Astruc Bonafós; tots dos comercien amb els teixits de llana i cotó i els vels de seda que ven Astruc. Els envien arreu de la Mediterrània emparant-se en els diferents Consolats de Mar que estan establers a les principals ciutats marítimes des de fa un segle, amb el objectiu de impulsar les relacions polítiques i comercials de Catalunya amb les ciutats del Mediterrani.

Astruc Bonafós té una relació d'amistat amb Roger Muntanyar i també té amb ell un vincle imposat pel fet que, com a jueu, no pot ser l'armador del vaixell que transporti les seves mercaderies.

Roger està casat amb Maria i tenen tres filles: Marta, Agnès i Laia, que tenen tretze, dotze i deu anys. Déu no els ha beneït encara amb cap fill mascle i això amoïna en Roger, que no sap si el seu germà i el seu nebot, que són els seus socis en el negoci familiar, es preocuparien prou de la dona i les filles en cas que ell morís.

De fet, Roger es refia molt d'Astruc Bonafós i li ha confiat una part dels seus guanys perquè els inverteixi com millor li sembli i perquè, si mai fos necessari, tingués cura que a la seva muller i filles no els faltés res, especialment un dot per casar a cadascuna de les tres nenes.

Bé, tornem a la celebració pasqual. Bonafilla ja ho té tot mig enllestit el dia abans de la celebració del *seder*, el sopar ritual. Ha comprat un xai sencer a Xemuel, el carnisser. El cuinarà al forn i serà el plat principal.

—Mentre jo preparo el xai aneu netejant les cambres una per una, i no us deixeu cap racó, espolseu els tendals i els cobertors, i no us descuideu de treure la pols, escombrar i fregar-ho tot.

Bonafilla treu primer tot el greix, nervis i tendrums del xai i, encara que Xemuel ja l'ha deixat dessagnar, hi poden haver restes de sang, de manera que el renta amb aigua i després el deixa cobert de sal. Passada una bona estona, el renta amb més aigua fins que surti absolutament neta i, seguint les normes del gran savi Maimònides, finalment submergeix el xai en aigua força calenta per deixar la carn ben blanca i que quedi completament dessagnada. No serà pas per culpa d'ella, si no se segueixen els manaments de Déu en aquesta família. Només caldria! Ha estat ensenyada, per la seva mare i des de ben petita, en les normes de la llei judaica, i ella també ho ha transmès a la seva filla Sara, que haurà de prendre les regnes de la seva pròpia casa quan falti la sogra. Ara per ara, però, qui mana és Regina.

Cal netejar la casa fins a l'últim racó, no pot haver-hi restes de llevat; ni una molla de pa, ni un bri de blat o de qualsevol gra que contingui llevat o pugui llevar. Tothom es posa a la feina: l'esclava Aixa, la minyona Dolça, la jove Ester, la seva cunyada Estel, la neboda Astruga i ella mateixa, Bonafilla, que posa en un racó de la cuina les restes d'uns bunyols que ha trobat en un pot i uns bocins de pa sec que guardava per fer una sopa. Aplegaran tot el que tingui llevat o sigui susceptible de llevar, per tal de cremar-ho aquest vespre.

Bonafilla té, en un armari tancat amb clau, les tovalles, plats, copes, culleres i ganivets, reservats només per Pasqua i que, així, no poden estar contaminats amb res que hagi tingut llevat. D'altra banda, els estris per cuinar, cassoles, cullerots, pots i safates, s'han de rentar molt bé amb cendra, però Bonafilla els vol purificats.

—Ester —diu Bonafilla a la seva jove—, porta tot això al *miqvé* per purificar-ho, i que t'acompanyi la teva cosina Astruga. Tu no carreguis, que la sagnada de fa dues setmanes vol tranquil·litat, no fos cas que la criatura que portes es malmeti; dos mesos d'embaràs és massa poc.

—No vos amoïneu, tieta —diu Astruga—, el farcell ja el porto jo, tampoc no pesa tant.

Ho podien fer, també, amb aigua bullint, però Bonafilla prefereix que la purificació es faci al *miqvé,* que és el més adequat segons la llei de Moisès.

Ester i Astruga troben força cua perquè moltes famílies no tenen una vaixella especial per a Pasqua, només els rics, i han de rentar els plats, gots i estris d'ús diari. Sort que l'aigua del *miqvé* es va renovant contínuament. La llei jueva així ho preveu; ha de ser aigua de pluja, de font, de riu o de neu, però que corri, que no quedi mai estancada. Per a la Pasqua, es purificarà tot. Aprofiten el temps d'espera per xerrar entre elles i es troben també amb Sara, a qui la sogra ha enviat amb el mateix encàrrec de purificar els plats, copes, ganivets i culleres. Va molt carregada. Les cosines s'abracen.

—Quina alegria veure't, Sara. Ja m'ha dit la tieta que potser demà veniu tu i el teu marit a fer-nos una visita. Tinc tantes coses per explicar-te! Ja se't veu una mica de panxeta. Quina il·lusió el primer fill, oi?

—Doncs sí, i Haïm està sempre pendent de com em trobo. Però comença a explicar-me coses, no esperem a demà! No veus que hi ha força cua i tenim temps?

—El pare ja m'ha trobat marit, però jo tinc una mica de por; no el conec, no sé si és guapo o lleig, ni si és guenyo, gras o prim. Ai! I si no m'agrada? Quina sort que heu tingut totes dues, tant tu Ester, amb Xelomó, com tu Sara, amb Haïm. Ja sabíeu com eren els vostres futurs marits perquè us vèieu pel call i, a més, continueu vivint a prop dels vostres pares.

—Sí, és clar, però no tot són flors i violes, no et creguis. Jo tinc una sogra força manaire i només puc fer el que ella em diu. Abans del casament semblava una cosa i ara n'és una altra. No puc fer res sense demanar-li permís a ella, i sempre està pendent del seu fill, no em deixa lloc a mi —diu Sara—. Ara bé, des que estic embarassada està començant a canviar una mica; això que doni un fill a Haïm ja la té convençuda que, almenys, d'eixorca no en sóc, i ja no m'empipa ni em renya tant.

—Jo no em puc queixar. La teva mare, Sara, sempre ha estat molt bona sogra amb mi. Quan va néixer Maimó, sort en vaig tenir. Es va encarregar de tot i després no em va deixar fer quasi res tret de cuidar el nen mentre va durar la quarantena. Ara tampoc no em deixa fer gairebé res, perquè la llevadora diu que hi ha perill per a la criatura. He tingut un parell de sagnades una mica fortes, i he de fer repòs. Bonafilla està tan feliç amb Maimó, que vol omplir la casa de néts. Està tan il·lusionada! I com que tu també estàs esperant un fill, ja es veu envoltada de criatures. Però va, Astruga, explica'ns més coses del teu promès. Qui és? Què fa? Quants anys té?

—És el fill d'un comerciant conegut del pare que es va quedar vidu fa dos anys, amb un nen que ja en té quatre. No sé si m'agradarà ni si sabré tenir cura de la criatura. A més, és de Mallorca i estaré lluny de tot i de tothom. Qui sap com aniran les coses. L'única cosa bona és que té casa pròpia i no hauré de viure amb els sogres. Em sembla que és força més gran que jo, uns quinze anys més, no ho sé ben bé.

—Mira-t'ho pel costat bo. Si és comerciant, passarà molt de temps fora de casa i tu podràs fer i desfer com vulguis —diu Sara, a qui ja li agradaria poder gaudir d'aquesta llibertat.

—Com que ha de venir a Besalú, llavors veuré com és i he pensat de fer una bona rebequeria si no m'agrada. A veure si em fan cas, però al final el pare sempre és qui mana i hauré de fer el que ell digui. Quin neguit!

Amb tota aquesta xerrada ja els ha arribat el torn en el *miqvé*, i no es poden entretenir més, sobretot Sara, que si no la sogra l'esbroncarà.

Avui, a casa dels Bonsenyor, també hi ha molta feina; de fet, tanta com a la resta de cases del call.

Bonafilla i Estel, ajudades d'Aixa i Dolça, preparen el menjar d'avui i el de demà. Avui fan un perol ben gran de llenties amb mandonguilles de carn de vedella i verdures; en fan molt perquè en pugui sobrar per demà al migdia, i també preparen peix marinat amb gingebre i safrà, que després fregiran per a aquest vespre. I Finalment, per a demà faran uns plats de bledes, espinacs, col i carxofes, un puré d'albergínies, que es menja amb molt de gust acompanyat de *matzà*, el pa àzim.

—Estel, prepara la massa de farina i aigua per fer les *matsot* —diu Bonafilla a la seva cunyada—. Quan ho tinguis ben lligat avisa'm, que s'ha de coure ràpidament abans no pugui llevar.

Moltes de les famílies jueves no tenen forn propi, i portaran el menjar i el pa sense llevat a coure als forns que provisionalment s'han habilitat en el call per a aquests dies de Pasqua, amb permís reial i amb el privilegi de no haver de pagar els drets d'ús al rei. Aquest privilegi s'estén igualment als forns privats, que tampoc no hauran de pagar al rei per l'ús que en facin durant aquests dies.

Els Bonafós són d'aquests últims; tenen forn propi i això els estalvia les cues als forns comunitaris.

—La massa ja és a punt; podem començar a fer les *matsot*. Si ens hi posem totes, acabarem abans i no donarem a la massa la possibilitat que llevi. Vinga, totes a fer les *matsot* ben rodones i ben fines. I que facin més o menys un pam i mig, la mida perfecte.

—El forn ja està prou calent per anar enfornant-les. Es couen en un moment. Ester, tu i Astruga les aneu traient quan estiguin fetes i les poseu en un cabàs. Però amb cura, no les deixeu cremar, que teniu molta xerrameca i us distraieu fàcilment —«Ai aquest jovent!».

—Doncs Astruga ja està promesa amb un comerciant mallorquí que és molt bon partit. La noia és maca i està ben ensenyada i Natan li ha preparat un bon dot. Pot ser que a Astruga no li agradi gaire que sigui vidu i amb un nen de quatre anys, però jo també vaig tenir cura d'ella i d'Elies quan eren petits i s'havien quedat sense la seva mare, i no va ser pas tan difícil. Cal dir, també, que Natan sempre m'ha deixat fer el que em semblava convenient amb els seus fills, i no crec que ni ells ni Natan hi tinguin res a dir. Me'ls estimo com si fossin meus. La trobaré a faltar, l'Astruga, i estarà massa lluny per poder-nos veure, però és un bon matrimoni i segurament tindrà la vida resolta.

Tot està net i polit però una de les tradicions diu que tothom i principalment el cap de la família han de buscar restes de *khametz*, llevat. És el que s'anomena *bedikat khametz*. Per això s'amaguen deu trossos de pa o pastes en alguns llocs de la casa i s'han de trobar. Rubèn, el fill de Natan i Estel, està molt animat amb aquesta cerca; és un tradició que agrada molt a les criatures.

—Ester —diu Bonafilla a la seva jove— posa alguns mossets de pa en algun racó perquè els trobi Rubèn, així el tindrem entretingut una bona estona i no destorbarà a ningú. Procura posar-ne a diferents llocs de la casa però recorda on els amagues, no fos cas que després se'n deixés algun i ja no tindríem la casa lliure de *khametz*. Segueix-lo i, si de cas, controla que ho agafi tot. Sobretot tu no t'ajupis; ja t'ho ha dit la Bellida, la llevadora, no fos cas que tornessis a tenir sagnades. No voldria que perdessis la criatura.

—No us amoïneu, ja procuro descansar tant com puc. Estar a l'aguait de Rubèn i Maimó no és una feina feixuga i, a més a més, Astruga també m'ajudarà.

Astruc recita la benedicció prèvia a la recerca del *khametz*:

—«Beneït ets Tu, Senyor, Déu nostre, Rei de l'Univers, que ens vas santificar amb els Teus preceptes i ens vas ordenar eliminar el *khametz*». Ara tothom a buscar, per tots els racons, restes de llevat!

Finalment, Rubèn arriba amb un cistellet amb tots els trossets de pa i els pastissets que estaven amagats. N'ha mossegat un sense que ningú se n'adonés, i què li vols dir, el pastisset és tan bo! Quina pena que s'hagi de cremar! De moment ja el té a la panxa.

Astruc agafa aquestes restes i recita:

—«Tot *khametz* que es trobi en la meva possessió i que jo no hagi vist, que no hagi eliminat o que no tingui notícia de la seva existència, serà nul i sense amo, així com la pols de la terra».

Aquest recitat es fa per assegurar-se que, si hi hagués algun mos de pa o una molleta ínfima que no s'hagués trobat, no hi hauria cap tipus de culpa per a ningú.

Ara ho llencen tot a la llar perquè es cremi i no en quedi ni un bocí. A casa dels Bonafós és relativament fàcil eliminar tot el que contingui llevat però en altres casos hi ha força problemes. El comerciant de gra del carrer de la Volta ha hagut de vendre simbòlicament tot el seu magatzem amb el contingut a un amic cristià que, després dels set dies que dura la Pasqua, li revendrà també simbòlicament. El granaller jueu no pot dir-li al cristià que tota aquesta transacció no és veritable perquè, segons Maimònides, això seria com si continués en propietat del jueu. Tanmateix el cristià ja ho ha fet en altres ocasions i sap que el granaller jueu després li compensarà el favor. Són pocs els cristians disposats a ajudar els jueus però sempre hi ha qui ho fa sense recança.

Es reuneixen tots al voltant de la taula per sopar i després anar a dormir d'hora, que demà és 15 de *nisan* i se celebra el sopar de *Pésakh* amb tota la pompa que es mereix la festa.

Quin dia més bonic de primavera! En el petit pati i hortet de rere la casa hi ha un raig de sol que s'obre camí entre els carrers del call atapeït de cases i il·lumina un dia tan joiós com el d'avui, Pasqua, *Pésakh*, i que tots els jueus celebraran amb gran joia. El sopar és el moment més important de la festa.

Com que *Pésakh* és *iom tov*, dia bo, és a dir que s'han de complir les normes com en el *xàbat*, no es pot encendre foc però sí que es pot agafar d'una flama preexistent i això és el que fa Bonafilla per encendre el forn, per poder coure el xai que menjaran al vespre. També està permès cuinar i parar la taula, coses que no es poden fer en *xàbat* però sí en *iom tov*.

Tothom es prepara. Les dones es posen els vestits que havien reservat per a aquesta ocasió. Bonafilla estrena un vel de seda que el seu marit li ha regalat, el més bonic de la seva botiga; és preciós, tan ben teixit i tan fi, d'un color violeta meravellós. Ester s'ha posat un saial de color blanc ivori lligat a la cintura amb un cordó daurat, i al damunt un sobretot sense mànigues i obert pels dos laterals, de color vermelló i amb estampats brodats amb magranes. Es nota que Astruc és comerciant de teixits. Tota la família poden vestir robes molt preuades.

Bonafilla porta una diadema que li subjecta el vel i Ester una cofieta que fa joc amb el sobretot, del mateix color i brodats. Els homes porten la roba interior, la camisola fins als genolls, les mitges i a sobre un saial amb mànigues amples. És un vestuari força més sobri que el de les dones. Els joves vesteixen una camisa i, per sobre, una jaqueta cenyida amb mànigues que els arriba fins a mitja cama, les mitges i escarpins. Tots tenen cura de no barrejar la llana i el lli, no tan sols en els teixits sinó també de no posar-se peces d'aquests materials una al damunt de l'altra; la llei judaica ho prohibeix.

Els homes van a l'escola a complir amb el seu deure religiós de les oracions vespertines. Mentrestant, les dones preparen les viandes per al sopar, el *seder*. Els Bonafós compleixen els preceptes i un d'ells és acollir a taula a qui no tingui possibilitat de celebrar la Pasqua, i han convidat Ximó, un pobre vell, que està sol perquè la seva dona va morir fa un any, està malalt i viu de la caritat de la comunitat a l'hospital. Bonafilla ja el va convidar per *Purim* quan va anar a visitar-lo i li va portar vi i «orelles de Haman». Segurament arribarà quan s'acabin les oracions a l'escola. Ximó va a l'escola dels francesos.

La família Muntanyar truca a la porta.

—Aixa, ves a obrir —«Deuen ser els Muntanyar», pensa.

Sí, són ells.

—Bona nit Na Bonafilla, potser hem vingut massa d'hora?

—No, de cap manera. El meu marit, el meu cunyat, el meu nebot i el meu fill estan a punt de tornar de l'escola; com que la tenim davant de casa, ja sento que estan acabant les oracions. Passeu i asseieu-vos. Aixa, serveix una gerra de vi al mestre Muntanyar. Vós, Maria, veniu amb mi que us presentaré la meva cunyada Estel. Ester, Astruga, aneu amb la Marta, l'Agnès i la Laia a veure què fa el Rubèn i aprofiteu per portar a taula més llums, les *matsot* i la *kearà*. Ester: posa l'*Agadà* al cap de taula perquè la pugui llegir el pare. Potser vós no ho sabeu, Na Maria, però els jueus tenim prohibit menjar pa amb llevat durant els set dies que dura la nostra Pasqua i per això fem les *matsot*, pa sense llevat, també posem a taula la *kearà*, una safata amb unes menges rituals. Bé, ja veureu que el sopar és tot un ritual de recordatori de l'esclavatge a Egipte i de l'alliberació dels nostres avantpassats, però no us penseu que només es mengen els aliments rituals, també he preparat un sopar que espero que us agradi.

—Estic segura que tot serà molt bo. Ens ha plagut molt el convit, en aquesta diada tan important per a vosaltres, i la veritat és que tinc curiositat per conèixer els vostres costums —diu Maria només per fer quedar bé el seu marit. En realitat li fa basarda tot el que té a veure amb els jueus.

—Ja arriben els homes de la família.

—Bona nit, Roger. Bona nit Na Maria, i bona Pasqua —diu Astruc només obrir la porta i veure el matrimoni Muntanyar.

—Bona nit, Astruc. Fins d'aquí a uns dies no podré dir bona Pasqua perquè, per a nosaltres, els cristians, encara no ha arribat, però estic content de poder celebrar amb vós i la vostra família aquest sopar.

—Us presento el meu germà Natan i el seu fill gran, Elies. Bé, un cop fetes les presentacions potser que seiem a taula per fer el *seder*, però primer voldria explicar als nostres amics, la família Muntanyar, què vol dir, això. Aquesta paraula significa «ordre» i es refereix a l'ordre que cal seguir per fer una sèrie de rituals que ja anireu veient. Per començar, us explico el perquè d'aquesta safata, la *kearà*, amb les menges simbòliques: un os de la pota d'un xai passat pel foc, que simbolitza la força del braç de Déu; un ou dur, símbol de la nova vida després de l'esclavatge; el *maror*, que són les herbes amargants, per recordar l'amargor d'estar sotmesos al faraó; el *carpàs*, una branca de julivert, com a símbol de la natura que reneix a la primavera així com també els homes reneixen després de l'alliberament. Finalment el *kharoset*, una pasta feta d'ametlles, avellanes, canyella, poma ratllada, mel i vi dolç que té un color marronós, com d'argila, ja ho veieu, per recordar els maons que el nostre poble es va veure obligat a fer per a les construccions del faraó a Egipte. Durant els set dies que dura la Pasqua, només mengem pa sense llevat, en diem *matsà*; els pans àzims simbolitzen el pa que varen haver de coure de pressa els nostres avantpassats en fugir d'Egipte sense poder deixar que llevés. Avui, a taula, hi ha d'haver un cistell amb tres *matsot* tapades amb un drap.

—Per què han de ser tres? —pregunta Roger Muntanyar.

—Doncs perquè simbolitzen els tres estaments socials que existien a Israel quan hi havia encara el Temple: els *cohanim*, els sacerdots, els levites, sacerdots de menor categoria, i els laics; encara que altres savis del *Talmud* consideren que simbolitzen els tres patriarques: Abraham, Isaac i Jacob. Com veieu, tota la celebració gira al voltant de l'esclavatge a Egipte i de la nostra alliberació gràcies a Déu, nostre Senyor, beneït sia el seu Nom. Al costat del meu plat tinc un llibre, l'*Agadà* de *Pésakh*, que aniré llegint durant tot el sopar. És la història de l'esclavatge i de tot el que va fer Moisès per ordre de Déu per alliberar el nostre poble de les mans del faraó, però hi ha intercalades benediccions, oracions i explicacions del que s'ha de fer en cada moment del *seder*. És una manera de no oblidar-se de res i fer-ho tot amb la màxima precisió, tal com ho van fer els nostres pares. Veureu que aquesta *Agadà* està il·lustrada amb moltes miniatures, es el fruit de la col·laboració entre els nostres escribes i miniaturistes cristians. En la nostra comunitat barcelonina hi ha una escola que es dedica a fer *agadot* de *Pésakh* i són molt reconeguts arreu, ja veieu que les pintures són nombroses i explicatives del text. Bé, ara sí, seiem tots a taula per començar el *seder*.

S'asseuen a taula i Astruc serveix la primera copa de vi recitant tot seguit el *quidduix*, la benedicció del vi.

—«Beneït ets Tu, oh Senyor, Déu nostre, Rei de l'Univers, que has creat el fruit del cep. Beneït ets Tu, que ens has escollit entre tots els pobles, ens vas enlairar per sobre de totes les llengües, ens vas santificar amb els Teus preceptes. Ens vas donar amb amor, oh Senyor, el nostre Déu, els dissabtes per al repòs i les festes per a l'alegria, festivitats i estacions per al gaudi. Aquest dia de la festa dels àzims, efemèride de la nostra llibertat, faust esdeveniment sagrat per commemorar l'èxode d'Egipte. Perquè a nosaltres ens vas distingir i ens vas santificar d'entre tots els pobles. I ens vas llegar el dissabte i les festes sagrades amb alegria i joia. Beneït ets Tu, oh Senyor, que santifiques Israel i les festes. Beneït ets Tu, oh Senyor, Déu nostre, Rei de l'Univers, que ens vas preservar, ens vas sustentar i ens vas permetre arribar a aquesta festa».

Tothom beu la copa de vi i tot seguit l'esclava Aixa atansa a Astruc una gerra amb aigua i una palangana perquè es renti les mans; se les eixuga i, prenent un trosset de julivert, *carpàs*, el mulla en un bol que conté aigua salada, que simbolitza les llàgrimes que va vessar el poble d'Israel quan era esclau a Egipte. Reparteix a tots els comensals trossets de julivert mullat, bo i recitant la benedicció pertinent.

—«Beneit sigues, oh Senyor, Déu nostre, Rei de l'Univers, creador del fruit de la terra».

Tothom menja el julivert. La família Muntanyar, una mica astorats per la cerimònia, fan tot el que veuen fer als altres. Maria té una certa prevenció perquè li sembla que això és com un ritual màgic però, mirant el seu marit, pensa que si ell ho fa segurament no deu ser pecat. Es refia del bon criteri d'en Roger, però té alguns dubtes. És una bona cristiana i no voldria fer res que contravingués el que diu la Santa Església Catòlica.

Les seves filles, tot clavant-se cops de colze d'amagat i procurant que no se'ls escapi el riure, fan també el que fa el pare, els sembla molt divertit i curiós.

Ara, Astruc agafa una *matsà*, pa àzim, i la parteix en dos trossos. El més petit l'amaga per menjar-lo al final del sopar; és el que es denomina *afiqoman*. Astruc destapa la cistella on hi ha les altres *matsot* i, aixecant el tros gran de *matsà*, diu:

—«Aquest és el pa de l'aflicció que els nostres avis varen menjar al país d'Egipte. Qui tingui gana que vingui i mengi. Que tot aquell qui ho necessiti vingui i celebri la Pasqua. Enguany som aquí, l'any vinent a la terra d'Israel. Enguany som servents, l'any que ve serem lliures».

Astruc va llegint tot això de l'*Agadà* que té al costat, per no oblidar-se de cap dels passos que cal anar complint en el *seder*. Torna a cobrir els pans àzims amb el drap de fil brodat que només s'utilitza per Pasqua i torna a omplir la segona copa de vi convidant el més menut de taula a fer la pregunta ritual. Ja fa dies que Rubèn s'està aprenent de memòria el que ha de preguntar, però ara li fa una mica de vergonya. Estel, la seva mare, li agafa la mà per sota la taula per donar-li ànims. Finalment s'escura una mica la gola i diu, tot seriós, conscient que en aquest moment és el protagonista:

—«Per què és diferent aquesta nit de les altres? Cada nit mengem pa amb llevat i aquesta nit només pa sense llevat» —Aquí, Natan, el seu pare, li diu a cau d'orella la frase que segueix perquè, amb els nervis, sembla que no ho recorda:— «Cada nit mengem qualsevol verdura, aquesta nit mengem herbes amargues» —Ara ja li surt tot d'una tirada— «Mai no mullem les verdures i aquesta nit les mullem. Sempre mengem asseguts i aquesta nit ho fem recolzats a taula».

Astruc respon a la pregunta explicant que hi ha dues menes d'esclavatge, el físic i l'espiritual, essent aquest últim el dels qui no coneixen Déu. El poble d'Israel els ha patit tots dos i en va ser deslliurat per la gràcia de Déu.

Astruc es veu en l'obligació d'explicar a la família Muntanyar aquesta escena i fa una pausa en la cerimònia.

—Aquesta pregunta l'ha de fer el més menut de la casa, però si no hi ha nens ho pot fer qualsevol. També hem de fer com si mengéssim mig estirats, recolzats cap al cantó esquerre, però no cal mantenir la posició més enllà del gest simbòlic, sembla que així és com menjaven en temps antics. Ara, seguint el que hi ha escrit a l'*Agadà*, aniré llegint la història de l'esclavatge a Egipte i escenificarem com el pare explica als fills tot el que va passar i com cada fill té una manera diferent de veure les coses. Simularem que hi ha quatre fills i cadascú farà el seu paper. Tu, Xelomó, faràs de fill savi; tu, Elies, faràs de fill dolent; Roger, voleu fer de fill ingenu?

—Sí, és clar, el que vós digueu, Astruc, però no sé què he de dir...

—Només haureu de dir el que jo us xiuxiuegi.

—D'acord.

—Rubèn, faràs de fill ximplet que no sap ni tan sols preguntar i així ja no cal que diguis res.

Les rialles que s'han produït han ofès molt a Rubèn, però especialment les de les nenes cristianes, la Marta, l'Agnès i la Laia, han fet que el pobre s'enrojolés com una magrana. Quasi li cauen les llàgrimes.

—No t'amoïnis —li diu la mare fent-li un petó—, abans ho has fet molt bé. Després del sopar et donaré una llaminadura que et tinc guardada per a tu sol.

Rubèn es calma amb la perspectiva de tenir una cosa que ningú més no tindrà.

Astruc posa una mica d'ordre per poder seguir amb el *seder*.

—Silenci, que hem de continuar.

El fill savi, Xelomó, pregunta:

—«Quins són els testimonis, estatuts i drets que el Senyor, Déu nostre, ens va manar?»

—«Són els següents: per Pasqua recordem l'esclavatge a Egipte i com Déu ens en va deslliurar amb el ritual d'aquest sopar, tot menjant el pa àzim, les herbes amargues i el julivert sucat amb l'aigua salada. No es trobarà gens ni mica de llevat dins les cases i beneirem Déu amb el vi anyal» —respon Astruc.

El fill dolent, Elies, pregunta:

—«Què significa, aquest ritual?»

—«Significa que Déu va fer totes les seves accions per treure'ns d'Egipte, ho va fer per a mi i no per a tu, perquè si tu haguessis estat allí, no t'hauria salvat» —segueix responent Astruc, llegint de l'*Agadà*.

Ara li toca fer una pregunta al fill ingenu, Roger Muntanyar, i Astruc li xiuxiueja:

—«Què és, això?»

—«Què és, això?» —repeteix en Roger.

—«Amb mà ferma ens va treure Déu d'Egipte, de la casa dels servents» —I, Astruc, un cop acabades les preguntes, continua recitant:— «Sobre el fill que encara no sap preguntar, tu l'iniciaràs segons està dit: Servents del Faraó vàrem ser a Egipte, i el Senyor, el nostre Déu, ens va treure d'allí amb mà ferma i allargant-nos el braç. I, si el Sant, beneït sia el Seu Nom, no hagués tret els nostres pares d'Egipte, nosaltres, els nostres fills i els fills dels nostres fills estaríem subjugats al Faraó d'Egipte. Per tant, encara que fóssim tots savis, tots doctes, tots ancians, tots coneixedors de la *Torà*, no obstant això, seria el nostre deure explicar l'èxode d'Egipte. I com més expliqui sobre l'èxode d'Egipte, més mereixerà ser elogiat. Beneït sia Ell, que compleix la seva promesa a Israel. Perquè el Sant, beneït sia, va determinar la fi de l'esclavatge per complir el pacte que havia fet amb Abraham i que diu així: «Llavors digué a Abraham: Has de saber que la teva llavor serà peregrina en terra estranya, i l'esclavitzaran i l'afligiran durant quatre-cents anys. Però jo també jutjo la gent a qui serviran i, després, d'aquesta en sortiran amb gran sort».

Astruc aixeca la copa de vi i diu:

—«Aquesta promesa va sostenir els nostres pares i ara ens sosté a nosaltres. Perquè no va ser un de sol, que es va alçar contra nosaltres per exterminar-nos, però el Sant, beneït sia, ens salvà amb la seva mà».

Tot seguit procedeix a la lectura de l'esclavatge a Egipte i quan arriba a les deu plagues, mentre Astruc les va enumerant, s'ha de llençar al terra una goteta de la copa de vi per cada una de les plagues.

Ara sí que Maria no ho veu gens clar; aquest gest d'Astruc sembla certament com si fos cosa de màgia.

«Qui sap si estic fent alguna cosa malament», pensa Maria. «Per si de cas, només faré veure que tiro les gotes de vi. Després en parlaré amb en Roger. No puc dir a les nenes que no ho facin; elles són innocents. En Roger ens ha posat en una situació perillosa fins i tot de cara als nostres amics i veïns cristians. Estic amoïnada per si ens han vist entrar al call».

Mentrestant, Astruc ha anat recitant un himne.

—«Quanta gratitud devem a l'Omnipresent.

Si ens hagués tret d'Egipte,

i no els hagués fet judici».

—«Ens seria suficient» —responen tots a l'uníson. En Roger i la Maria no sabien què s'havia de respondre, però ara, a la segona estrofa, ja ho faran com la resta de comensals. Maria continua dissimulant i fent veure que contesta, i molt baixet perquè no l'entengui ningú, en lloc d'això respon:

—*Ora pro nobis* —pensant en les jaculatòries que recita després del rosari— *Ora pro nobis...*

Mentrestant, Astruc va dient:

—«Si els hagués jutjat,

i no hagués jutjat els seus déus».

—«Ens seria suficient» —responen tots, com seguiran fent després de cada estrofa.

—«Si hagués passat sentència sobre llurs déus,

i no hagués mort llurs primogènits».

—«Ens seria suficient».

—«Si hagués mort llurs primogènits

i no ens hagués donat llurs béns».

—«Ens seria suficient».

—«Si ens hagués donat llurs béns

i no ens hagués separat les aigües del mar».

—«Ens seria suficient».

—«Si ens hagués separat les aigües del mar

i no ens hagués conduït cap a terra ferma».

—«Ens seria suficient».

—«Si ens hagués conduït a terra ferma
i no hagués ofegat allí els nostres opressors».
—«Ens seria suficient».
—«Si hagués ofegat allí els nostres opressors
i no hagués satisfet les nostres necessitats
en el desert durant quaranta anys».
—«Ens seria suficient».
—«Si hagués satisfet les nostres necessitats
en el desert durant quaranta anys
 i no ens hagués alimentat amb el mannà»

—«Ens seria suficient».
—«Si ens hagués alimentat amb el mannà
i no ens hagués donat el dissabte».
—«Ens seria suficient».
—«Si ens hagués donat el dissabte
i no ens hagués apropat al mont Sinaí».
—«Ens seria suficient».
—«Si ens hagués apropat al mont Sinaí
i no ens hagués donat la *Torà*».
—«Ens seria suficient».
—«Si ens hagués donat la *Torà*
i no ens hagués introduït a la terra d'Israel».
—«Ens seria suficient».
—«Si ens hagués introduït a la terra d'Israel
i no ens hagués construït el Temple».
—«Ens seria suficient».
—«Aquest és el sacrifici de *Pésakh* per Déu, qui va passar per sobre de les cases dels fills d'Israel a Egipte, va ferir els egipcis, i va salvar les nostres cases».

Astruc, assenyalant la *matsà* que té al davant, diu:

—«Aquest pa àzim que mengem, expressa que la massa de pa dels nostres pares no va arribar a llevar, com diu el text: van coure pans de la massa sense llevar per fugir de pressa, sense temps de preparar el menjar».

Assenyala les herbes amargues:

—«Mengem aquestes herbes amargues perquè els egipcis van amargar la vida dels nostres pares a Egipte, tal com diu el text: i amargaren llurs vides amb treball forçat, en fang i maons i amb tota classe de treballs del camp. En cada generació és preceptiu que cada home es consideri a sí mateix com si hagués sortit d'Egipte. El Sant, beneït sia, no solament va rescatar els nostres pares sinó que, juntament amb ells, ens va redimir a tots nosaltres».

Tots aixequen la copa de vi i, sense beure, diuen:

—«Beneït ets Tu, oh Senyor, Déu nostre, Rei de l'Univers, que has creat el fruit del cep».

Arribats en aquest punt, Roger, Maria i les nenes ja no diuen res. Maria està ben encaboriada però Roger no perd detall de res del que fan els altres per seguir al màxim tot el ritual. Astruc pronuncia una altra benedicció mentre es renta un cop més les mans:

—«Beneït ets Tu, oh Senyor, Déu nostre, Rei de l'Univers, que ens has santificat amb els Teus preceptes i ens has ordenat el rentat de les mans».

Pren totes les *matsot,* bo i dient:

—«Beneït ets Tu, oh Senyor, Déu nostre, Rei de l'Univers, que fas sorgir el pa de la terra».

Agafa la *matsà* de sobre i la parteix:

—«Beneït ets Tu, oh Senyor, Déu nostre, Rei de l'Univers, que ens has santificat amb els Teus preceptes i ens has ordenat menjar pa àzim».

Reparteix a tots els comensals un trosset de la *matsà* que ha partit juntament amb un mos de les altres que hi ha al cistell, i tothom en menja. Distribueix les herbes amargues i les suquen en el *kharoset,* tot pronunciant una altra benedicció:

—«Beneït ets Tu, oh Senyor, Déu nostre, Rei de l'Univers, que ens has santificat amb els Teus preceptes i ens has ordenat menjar herbes amargues».

Els comensals posen les herbes amargues sucades entre dos trossos de *matsà* i se les mengen. Com que la pasta del *kharoset* és molt dolça, treu amargor a les herbes; és un gest simbòlic i només se'n consumeix un petit bocinet.

—Dona meva, ara ja podem menjar aquestes viandes tan bones que heu preparat per sopar. Què t'ha semblat la cerimònia, fins ara, Roger?

—Doncs, la veritat és que ha estat molt interessant, és una manera molt diferent d'entendre l'esclavatge a Egipte que, d'altra banda, també forma part de les nostres creences cristianes. Tenim en comú tot l'Antic Testament, això ens fa més propers els uns als altres.

—Ja ens agradaria, als jueus, que tots pensessin com tu, que sou una ment oberta, però el que ens allunya tant dels cristians és el fet que encara esperem el Messies. De totes maneres, això no hauria de malmetre la convivència, perquè jueus i cristians creiem en el mateix Déu.

Maria segueix la conversa i, com a bona cristiana, no ho acaba de veure clar, tot això. Quan vagi a confessar-se, què li dirà al capellà? Potser fins i tot pot tenir problemes amb la Inquisició. Millor serà callar, no dir res, i fer com qui no s'assabenta de res. Podrà viure, amb aquest secret? I si és pecat, com podrà seguir la seva vida de bona cristiana si no se'n confessa? En Roger sempre la posa en compromisos, tenint tracte amb Astruc Bonafós. Haurà de dir a les nenes molt seriosament que de tot això no en parlin amb ningú, que encara es mal interpretaria. Serà difícil que callin; en Roger haurà d'amenaçar-les amb un bon càstig si obren la boca.

Bonafilla, Aixa i Ester porten a taula un munt de safates amb verdures molt variades: espinacs, faves, carxofes, bledes, porros... i un brou de llenties per entonar el cos on suren unes mandonguilles boníssimes. El xai fet al forn amb cebetes, all, romaní, llorer, farigola i un polsim de canyella és el plat fort i ha quedat molt tendre i gustós; el serveix amb una salsa agredolça feta amb vinagre, oli, mel, una mica de gingebre i part del suc del rostit.

Tothom felicita Bonafilla.

Ester serveix les postres, uns pastissets fets d'ametlla ben picada, barrejada amb ou, canyella i fregits en mel; els ha fet ella amb una recepta de la seva família, que ha anat passant de mares a filles. Són la delícia de la canalla i també dels no tan petits. Tots estan ben tips, però han fet un raconet per aquests dolços tan bons. També hi són presents les *matsot*, untades amb mel per qui encara tingui una mica de gana.

S'ha acabat el sopar de Pasqua i ara Astruc ha de repartir aquell tros de *matsà* que havia amagat a l'inici del ritual però que ara no troba.

—On és l'*afiqoman*? No podem acabar el sopar fins que no surti. Cal que el trobem; si no, no es pot acabar el *seder*.

Bonafilla s'ha encarregat d'amagar-lo perquè és una manera de fer que tothom, especialment els més menuts, es puguin aixecar de taula i es diverteixin una mica buscant-lo. Ja s'encarregarà que sigui Rubèn qui el trobi. És el més petit i li farà il·lusió; a més a més, Astruc li farà un regal per haver-lo trobat. Tot està preparat d'antuvi.

—Aquí, aquí, és aquí! —diu al cap d'una estona Rubèn—. L'he trobat jo! Era sota el drap que tapava les *matsot*, al costat de l'escriptori de l'oncle.

—Com hi ha anat a parar, aquí? —diu Astruc, fent-se el sorprès—. Bé, gràcies a tu, Rubèn, podrem acabar el sopar de *Pésakh*, i això mereix un regal.

Li dona una joguina, un carro amb un cavall, que ha encarregat al fuster del call per a aquesta ocasió.

Rubèn se sent molt orgullós per haver «salvat» el *Pésakh*, i també està molt content amb el regal. Com presumirà amb els amics de Besalú! Segur que ningú no té res tan bonic. Està fins i tot pintat de colors; el carro és verd, les rodes vermelles i el cavall marró té taques al llom.

Astruc no vol que les noies es quedin sense regals, i dona uns mocadors brodats i amb puntes a Ester, Astruga i a les filles dels Muntanyar, Marta, Agnès i Laia, perquè tinguin un bon record d'aquesta celebració. Bonafilla els ha fet per a l'ocasió.

Tot seguit reparteix l'*afiqoman*. Des d'ara ja no podran menjar res més fins a l'endemà.

Serveix una tercera copa de vi i la beneeix, i Aixa obre la porta de l'estança perquè entri el profeta Elies. A taula, se li ha deixat una cadira lliure especial per a ell i se li ha servit una copa de vi. Els comensals beuen aquesta tercera copa compartint-la amb el profeta i, tot seguit, Astruc recita la fórmula tradicional:

—«Tant de bo el Misericordiós ens enviï el profeta Elies, que sigui ben recordat, perquè ens porti bones notícies de redempció i consol».

Xelomó és l'encarregat de dir:

—«Tant de bo el Misericordiós beneeixi el meu pare i mestre, l'amo d'aquesta casa, i la meva mare i mestra, la senyora d'aquesta casa».

Astruc serveix la quarta copa de vi i pronuncia la benedicció corresponent:

—«Beneït ets Tu, oh Senyor, Déu nostre, Rei de l'Univers, creador del fruit del cep».

Beuen l'última copa. Ja han arribat al final del *seder* de *Pésakh* i s'acaba també la lectura de l'*Agadà*, amb la conclusió final llegida per Astruc.

—«S'ha complert el *seder* de *Pésakh*, segons el seu ritual, conforme a tots els seus preceptes i costums. Tal com ara ens ha estat donat per celebrar-lo, així mateix se'ns distingirà sempre per realitzar-lo. Oh Just!, que vius a les altures, aixeca la nombrosa comunitat, condueix aviat a Sió amb joia els seus rebrots per Tu plantats, redimits. L'ANY QUE VE A JERUSALEM!».

Hi ha molta alegria i és l'hora dels cants i els balls. Astruga comença a tocar amb la mà esquerra un flabiol acompanyat del tamborí, que colpeja amb la dreta, mentre Ester afina el seu llaüt. Comença la música i, uns millor i altres pitjor, tots canten cançons tradicionals amb la temàtica de la festa de *Pésakh* i tot l'entorn bíblic del relat de l'Èxode i l'alliberació de l'esclavatge.

Els Muntanyar se sorprenen de com són de properes aquestes melodies a les seves, les que interpreten els cristians. És clar que té la seva explicació; els jueus viuen des de fa molts segles en aquesta terra i, encara que tenen una altra religió i uns altres costums, la seva llengua familiar és la catalana, i la música també és similar. Fins i tot les cançons són en català, encara que hi ha alguna paraula hebrea barrejada de tant en tant.

És hora que els Muntanyar tornin a casa seva, i Astruc envia Aixa a avisar el porter del call perquè els obri el portal. Cada capvespre es tanca el portal del call fins l'endemà, però sempre es pot obrir i tornar a tancar si cal. Normalment, això només passa quan algun metge o llevadora de dins del call ha d'anar a atendre algun cristià que reclama els seus serveis, però avui és perquè els Muntanyar puguin tornar a casa.

—Us estem molt agraïts per aquesta vetllada tan bonica i per haver-nos convidat a la vostra taula en una diada tan especial per a vosaltres. El menjar ha estat exquisit i el ritual molt bonic i interessant. No podrem oblidar mai aquest sopar.

Abans de travessar el portal del call, Maria es posa la caputxa de la capa ben endavant, tapant-li bé la cara, i també la hi posa a les nenes. És millor que no les reconegui ningú, seria molt sospitós veure la família Muntanyar, cristians de tota la vida, sortir del call a aquestes hores.

—Roger, tapeu-vos, no voldria que agaféssiu fred —diu la Maria, tot pensant que serà millor que tampoc no reconeguin el seu marit.

—No cal, Maria, no en fa pas, de fred, no entenc que us tapeu tant; l'aire nocturn de la primavera és fresc però agradable.

«Esperem que no ens trobem ningú, ara», pensa Maria. «Bé, ja som a la plaça; no hi ha ningú i el portal del call ja és tancat, ja estic tranquil·la, ha passat el perill. Si ara ens trobéssim algú, podria pensar qualsevol cosa menys que hem estat sopant a casa de jueus».

En Roger Muntanyar no s'hi amoïna tant com la seva dona; en realitat això no l'amoïna gens. És un ciutadà de Barcelona, lliure i amb una bona posició social, no ha de donar comptes a ningú de les seves accions i Astruc és el seu soci, amic i un bon comerciant que proporciona molts beneficis a la seva empresa naviliera.

—Maria, haurem de convidar els Bonafós. Potser per Nadal, i així veuran com celebrem nosaltres el naixement del Messies.

—Es farà com vós creieu, Roger —Maria respon així al seu marit, mentre pensa: «Ai, que això no s'ha acabat aquí. Seria millor no tenir més contactes amb jueus. Una cosa són els negocis i una altra, ben diferent, les amistats, encara que d'aquí a Nadal manca molt. Ja en parlarem».

13. Festa de la collita, *Xabuot*

Comptareu cinquanta dies fins l'endemà del setè dissabte i oferireu al Senyor una nova oblació. Portareu de les vostres cases dos pans per el balanceig... com a primícies per a Adonai. A més del pa oferireu set anyells sense tara, d'un any, un vedell i dos moltons. Seran en holocaust per a Adonai amb la seva oblació i libació combustió de perfum suau en honor del Senyor.
Levític 23, 15-18.

Ja han passat cinquanta dies des de la celebració de la Pasqua, i avui i demà, 6 i 7 de *sivan* de 5098, 2 i 3 de juny de 1338 del calendari cristià, totes les comunitats jueves celebren la festa de *Xabuot*, allò que els cristians anomenen Pentecosta. Mentre ells celebren un altre tipus d'esdeveniment, els jueus commemoren la revelació en el Sinaí i el fet que Déu donés la Llei a Moisès.

Són dos dies de festa que es consideren *iom tov,* és a dir que s'han de seguir les normes del *xàbat*, encara que és menys estricte i es pot cuinar. Bonafilla ja ha previst el menjar del primer dia, però el segon dia estan convidats a dinar a casa dels consogres, els Bonsenyor.

En rebre la invitació els va semblar molt estrany, perquè la família del seu gendre no són gaire de convidar ni tampoc d'anar convidats enlloc. De fet, des d'aquell *xàbat* que varen anar a dinar a casa dels Bonafós abans que es casessin els nois, no s'han reunit mai més per menjar les dues famílies plegades, a banda, és clar, del casament. Bonafilla està una mica dolguda perquè sembla que Sara estigui segrestada a casa per la seva sogra.

«Sara no ve gairebé mai a passar una tarda a casa per brodar o fer petar la xerrada. Jo que pensava que, vivint al mateix call, podria gaudir de la seva companyia sovint. Sempre que li envio Dolça o Aixa per dir-li que vingui a veure'ns, Regina els diu que Sara està molt enfeinada i no pot distreure's. Estic segura que la fa triscar com una minyona. I jo que a casa la tenia com una princeseta! Bé, espero que ara, quan tingui la criatura, Regina sigui més amable amb la meva filla. Tant de bo que sigui un nen, segur que això faria reaccionar Haïm enfront de la manaire de sa mare».

—Aixa, ja tenim prou branques i fruites per guarnir la casa?

—Sí, crec que sí. Si Dolça m'ajuda, m'hi poso ara mateix i d'aquí no res tot estarà guarnit.

—Molt bé. Dolça, què fas?

—Estic traient la pols.

—Doncs ajuda Aixa a guarnir la casa i ja trauràs la pols després.

—Ja he preparat deu ramets de murtra i romaní, creieu que n'hi ha prou? —pregunta Ester a Bonafilla.

—Sí, ja en tenim prou, altres dones de la comunitat també n'han preparat, i fins i tot crec que en sobraran. Dolça, quan acabis d'ajudar Aixa porta aquests rams a l'escola i dona'ls a Mardofai, el *xamaix*, el majordom. Demà ell s'encarregarà de repartir-los entre els homes quan arribin per a les pregàries matinals. Aixa, després tu trauràs la pols.

—No puc anar jo a l'escola a portar el ramets? —diu Aixa amb veu suplicant.

—Per què? Per entretenir-te pel carrer?

—Però si l'escola és aquí davant. Des de la finestra em podeu veure.

—No hi ha res més a dir. Hi anirà Dolça. A més a més, ets una infidel.

Aixa fa una ganyota a Dolça quan Bonafilla es gira, i Dolça aprofita per treure la llengua a Aixa. Bonafilla, que se n'adona, pensa:

«Sempre estan com gat i gos, aquestes dues, i envegen les feines que dono a una o a l'altra. Un dia faré la prova de donar a una de les dues una feina ben dura i molesta a veure si l'altra també la vol fer».

—Perquè s'han de donar, aquestes branques? —pregunta Ester a Bonafilla.

—És un costum força antic. Si no m'erro, es fa perquè en un *midraix* es diu que, estant al peu del Sinaí, en sentir la veu del Senyor, els fills d'Israel es van desmaiar i, per retornar-los, els van fer respirar herbes oloroses. Però Astruc m'ha comentat que hi ha un altre *midraix* que explica que, a cada manament que donava el Senyor a Moisès, tot el món s'omplia d'olors de flors i espècies.

—Què bonic! Tant un *midraix* com l'altre m'agraden, però em decanto més pel segon, és més poètic.

—Parlem de coses més prosaiques; el menjar d'avui. Com que és la festa de la Collita, tots els àpats seran amb verdures, fruites i formatge. Potser demà farem algun peix al forn, però res de carn per no barrejar carn amb llet o formatge, tal com està prescrit a la Llei de Moisès. Què et sembla si anem juntes a veure quin peix té l'Atzara? I aprofitem per comprar algun formatge perquè, amb el que ens queda al rebost, crec que no en tenim prou.

—Donaré el pit al nen, així el deixo satisfet i llavors l'Aixa li pot fer de mainadera mentre som fora. També podem comprar una mica més de fruita; que no ens en faltés...

—No ho crec, com que demà passat anem a dinar a casa dels Bonsenyor ja no hem de pensar en un altre àpat. De totes maneres, els vull portar algun present. Els podem preparar un cistell amb fruita confitada. A més a més, a Sara li agrada molt i ara ha de menjar per dos.

—Molt ben pensat. Ja tinc ganes de fer petar la xerrada amb Sara. Sembla mentida que visquem en el mateix call i a dos carrers de distància. Li portaré uns llençolets que li he fet pel bressol, per quan neixi el nen. Bé, o la nena, no sé perquè he donat per fet que seria un nen.

Astruc i Xelomó han anat a l'escola per a les pregàries del matí i l'han trobat ben guarnida de branques per recordar el primitiu sentit agrari de la festa, quan es portaven al Temple les primícies del blat, l'ordi i la fruita com a ofrenes a Déu. Per això, els jueus catalans l'anomenen també la festa de la Collita. Després de la recitació del *hal·lel*, un conjunt de salms habituals en les festes de pelegrinatge, abans que quedés definitivament destruït el Temple, ve la lectura en què es descriu el lliurament de les Taules de la Llei a Moisès. Abans de començar aquesta lectura, tots es posen dempeus, tal com varen fer els israelites al Sinaí.

També és tradició llegir el llibre de Rut, perquè descriu un ambient camperol i els fets s'esdevenen en l'època de la sega.

El rabí crida Astruc perquè llegeixi el llibre de Rut.

—Astruc ben Maimó, puja a la *bimà*.

S'aixeca i es dirigeix als esglaons que porten a l'estrada, on hi ha la taula de lectura, i comença a llegir.

—«Durant el temps dels Jutges hi va haver una gran fam al país. Un home de Betlem se'n va anar a viure als camps de Moab...» —Va llegint tota la història, en la qual s'explica com aquest home mor i els seus dos fills es casen amb dones moabites. La vídua Noemí perd també els dos fills i diu a les seves joves que són lliures de marxar, i que ella torna a la seva terra, Israel. Rut decideix acompanyar la seva sogra i tenir-ne cura.— «...És una noia moabita que ha vingut dels camps de Moab amb Noemí. Ha demanat si podia espigolar i recollir entre les garbes darrere els segadors, i d'ençà que ha vingut que és a la feina, des del matí fins ara, sense descansar un sol moment... Booz va donar aquestes ordres: que espigoli fins i tot entre les garbes. No l'escridasseu. Al contrari, feu caure expressament algunes espigues de les garbes i abandoneu-les perquè ella les reculli, no la renyeu. Fins al vespre va estar espigolant el camp. En acabat, va batre el que havia recollit; feia mitja quartera d'ordi. S'ho va endur cap a casa...».

La lectura ha estat llarga però molt bonica. La història de Rut, una dona moabita que acaba casant-se amb el seu benefactor Booz i continua cuidant Noemí, la sogra del primer matrimoni; renuncia a tornar al seu país i adopta les creences i els costums d'Israel.

Quan Astruc torna a casa, no para de comentar les meravelles d'aquesta història exemplar. Ester i Bonafilla hi estan plenament d'acord, encara que no sempre sogres i joves s'entenen prou bé. En el seu cas hi ha molt bona convivència però no és una cosa gaire freqüent. Sara i Regina, en canvi, no es tenen gaire simpatia. Potser perquè Regina és molt manaire i Sara comença a estar-ne cansada. A vegades és millor no haver de viure amb la sogra, però el costum és que el primogènit visqui amb els pares i que la seva dona obeeixi la sogra en tot fins que ella ocupi el seu lloc.

Bonafilla ja fa temps que ha ocupat el lloc de Raquel perquè aquesta està molt malalta, però també havien conviscut amb força harmonia. Només cal que sogra i jove hi posin una mica d'esforç per ambdues parts, i això és el que han fet també Bonafilla i Ester.

14. *Bar mitsvà*

*Les paraules dels manaments que avui et dono, grava-les
en el teu cor, inculca-les als teus fills, repeteix-les assegut
a casa teva, anant de camí, quan vagis a dormir i quan et
llevis. Aplica-te-les a la mà com un senyal i posa-te-les
com una cinta entre els ulls. Escriu-les al brancal de casa
teva i a les teves portes.*
Deuteronomi 6, 6-9.

Dimecres passat, 29 de *sivan* de 5098, 25 de juny de 1338
segons el calendari cristià, Vidalet ben Khasdai Avangema
va fer tretze anys, i ara ja es pot considerar com a membre
actiu de la comunitat. Ja no és un nen, és un home amb
tots els drets i obligacions que això comporta. Vidalet està
molt cofoi del seu nou paper des que el seu pare, el dia del
seu tretzè aniversari, va pronunciar les paraules que el
Rabí Eliezer ben Ximon escriu en el *Midraix Gènesi
Rabbà 63:10*:
—«Beneït és Ell qui m'ha alliberat de la
responsabilitat d'aquest nen».
Aquestes paraules que semblen una mica despectives,
en el fons no ho són; són una manera de declarar que el
nen ja és un home i que ja no depèn del seu pare.
Veritablement, Vidalet, que des d'ara vol que se li digui
Vidal, continuarà vivint a la casa familiar, i fins i tot,
aquesta serà també la seva llar, on viurà amb la seva
muller i els seus fills, atès que és el primogènit.
Si tot segueix el seu curs, exercirà la medicina com el
seu avi i el seu pare. Tanmateix, ja fa un temps que ha
començat a assistir a les consultes del seu pare com a

aprenent, perquè es vagi acostumant a les tècniques de cures més senzilles en les quals alguna vegada ja el deixa participar. Vidal s'assembla molt al seu pare Khasdai, i aquest, al seu torn, també s'assembla al seu pare, Vidal. Tenen el mateix posat seriós, són molt calmats i, físicament, quan estan junts es veu d'una hora lluny que són avi, pare i nét; tres generacions dedicades a la medicina, ofici que els ve dels seus avantpassats, que també es varen dedicar a les ciències mèdiques.

L'avi Vidal li ha regalat el *tal·lit*, el mantell per fer l'oració. Com que encara el veu com un infant, li ha explicat què significa:

—Els serrells, els *tsitsit*, simbolitzen els preceptes de la Llei que has de tenir sempre presents...

—Pare —l'interromp Khasdai— Vidalet, ui! perdona fill. Vidal ja ho sap, tot això. Ja té tretze anys, ja és un home i ha estat educat en la Llei de Moisès, primer per Tolrana quan era petit i ja fa anys que el seu mestre i jo mateix l'hem preparat per ser un home temorós de Déu i complidor dels seus preceptes.

—Ai sí, fill! És que jo encara el veig com un infant. M'estic fent vell i potser repapiejo. Cada dia veig que repeteixo més les coses i recordo el que vaig fer fa vint anys però en canvi no recordo què he fet aquest matí. Potser s'acosta la meva hora de trobar-me amb el Creador.

—Vinga, pare, no exagereu. Encara donareu molta batalla. Procureu no dir això amb la mare al davant que li agafa la plorera i avui és un dia important per a Vidal.

En tota aquesta conversa, Vidal no ha dit res perquè el seu cap és en un altre lloc. La seva germana Abigail ha sentit de passada la conversa de la seva mare, parlant amb una veïna mentre brodaven, i l'hi ha reproduït fa una estona:

—No creus que encara és molt aviat? Tot just ha fet els tretze anys! —ha dit Tolrana.

—És clar que encara és molt jove, però aquestes coses s'han de preveure amb temps. Si més no, per deixar-ho tot lligat. A més a més, la matrimoniera també trigarà un temps a trobar diferents opcions que us puguin convenir. Entre unes coses i altres poden passar un o dos anys; sumeu-hi dos anys més de prometatge abans de casar-se i ja arribarem als disset, una edat perfecta per a un noi.

—Jo havia pensat en la néta del cunyat del meu sogre, que viu a prop de Vilafranca i que el seu pare és comerciant de vi i propietari d'unes vinyes. La nena té ara vuit anys i, això sí, està molt ben educada i promet ser una noia molt maca. A Khasdai no li agrada gaire per al nostre fill, voldria una noia amb uns pares de posició social més alta, i jo sempre li dic que segurament aquesta família de Vilafranca estarien disposats a donar-li un bon dot per poder-la casar amb un Avangema.

—Jo crec que té raó el vostre marit; el noi serà metge com el seu pare i el seu avi, tindrà la seva clientela de nobles, aristòcrates i fins i tot potser la família reial. Ha de tenir una muller a l'alçada, de la mateixa categoria.

—Ja sé que teniu raó però a vegades aquestes noies tenen massa fums i són intractables. Jo vull una jove amb qui pugui conviure sense problemes, que estigui disposada a ajudar-me quan calgui i no faci fàstics quan calgui retirar draps ensangonats i bruts de la consulta. Ja ho sé, ja ho sé que això ho pot fer l'esclava o la minyona, però a vegades m'ha tocat fer-ho a mi i no m'han caigut pas els anells.

Avui Vidal només pensava que dissabte vinent podrà pujar a llegir la *Torà*, i estava nerviós, però el que li ha dit Abigail li ha fet entendre que ja tothom el considera, finalment, un home. Fins i tot la seva mare, que aquest matí encara l'ha tractat com un nen i li ha arreglat els rínxols, ara ja pensa a prometre'l a una noia. Se sent molt cofoi, no cal dir-ho.

Khasdai s'atansa al seu fill.

—Posa't el *tal·lit*.

Vidal agafa el mantell, hi fa un petó i se'l posa sobre el cap mentre recita:

—«Beneït ets Tu, Senyor, Déu nostre, Rei de l'Univers, que ens vas santificar amb els Teus preceptes i ens vas ordenar fer-nos serrells a la roba».

—Molt bé, fill. L'avi i jo sempre portem alguna part de la nostra roba una mica esfilagarsada fent serrells, i així ho faràs tu també. Això, a la nostra família, t'eximeix de portar el mantell d'oració, però en moltes altres es prefereix usar el *tal·lit* en les oracions diàries. Bé, ara el meu regal: els teus primers *tefil·lim*. A partir d'aquest moment els hauràs d'utilitzar per a les oracions diàries menys en *xàbat* i en certes festes.

—Gràcies, pare, ho faré. M'ensenyeu com me'ls he de posar? Ja us ho he vist fer a vós i a l'avi, però jo no ho he fet mai encara.

—I tant que sí —diu Khasdai tot orgullós.

Mentrestant l'avi Vidal s'ho mira tot amb una llagrimeta als ulls, el seu nét s'ha fet gran i sap com fer content a son pare.

—Agafa l'estoig dels *tefil·lim,* treu primer el del braç i el beses.

—És aquest, oi pare?

–Sí. Arremanga't la màniga del braç esquerre, i mentre et cenyeixes la tira de cuir al voltant del braç, has de fer que la capsa que conté el pergamí amb la *Xemà*, que quedarà posada, a l'interior del muscle del braç, estigui dirigida cap al cor. Mentre fas això, has de recitar la benedicció.

—Ja la sé pare: «Beneït ets Tu, Senyor, Déu nostre, Rei de l'Univers, que ens vas santificar amb els Teus preceptes i ens vas ordenar posar-nos els *tefil·lim*».

—Molt bé, Vidal. Pensa que quan et posis els *tefil·lim* no pots parlar, només recitar les benediccions, i has d'estar concentrat en el que fas perquè has d'unir la teva ment, el teu cor i els teus actes amb Déu. Ara, com que ho fem perquè ho aprenguis, no cal estar callat i pots preguntar tot el que vulguis. Segueixes entortolligant-te set vegades la tira de cuir al voltant de l'avantbraç. Després s'agafa la resta de la cinta amb la mà. Ara posa't el del cap, i ajusta'l procurant que la capsa quedi ben centrada en el front, on neixen els cabells i, com diu Maimònides «on batega el cervell d'un infant»; el nus on comença el clatell, i les dues tires de cuir es fan caure cap endavant. Ara agafes la cinta que tens a la mà i l'acabes de lligar. Primer la gires tres cops al voltant del dit mig, recitant el que està escrit a *Osees 2, 21-22*: «T'esposaré a mi per sempre, t'esposaré a mi en justícia, en dret, en amor i en misericòrdia; t'esposaré a mi en fidelitat i coneixement del Senyor». Després la gires al voltant de la mà formant la lletra *xim*, tres pals que s'ajunten en un vèrtex entre el dit polze i l'índex.

—Recorda, Vidal, el que deia Maimònides: «Tot home que usi *tefil·lim* sobre el cap i el braç, porti *tsitsit* a la roba i tingui *mezuzà* a la porta, no ha de pecar, perquè té molts recordatoris que són com àngels que el salven de pecar».

Khasdai li atansa una caixa de fusta ben embolicada amb un mocador de seda blau fosc.

—El teu oncle Iosef ha enviat aquest paquet per a tu. No podrà venir a la cerimònia del teu *bar mitsvà* aquest dissabte perquè la seva dona ha tingut un mal part i la criatura, una nena, és morta. La teva tia Mira ha perdut molta sang i és possible que no duri gaire més... potser ja és morta. Des de Vic fins aquí les notícies arriben ràpid, però ara com ara, no sabem res.

—Pobre oncle, em sap greu! Això és molt trist, els meus cosins es quedaran orfes de mare? Pobrets! Què faran sense la tieta Mira?

—Sí, és trist tant per als nens com per en Iosef, però és jove, i passat el dol haurà de buscar una bona dona per casar-s'hi, que cuidi els nens i, si és la voluntat de Déu, n'hi doni algun més. Però bé, potser ens avancem massa. Avui intentem no pensar en aquesta desgràcia que pateix Iosef, i centrem-nos en la celebració del teu *bar mitsvà*. Au, Vidal, obre el regal de l'oncle.

El noi desembolica el drap i obre la capsa. a dins, hi troba un llibre amb les tapes de pell negra.

—És un *siddur*! Quin llibre d'oracions més bonic, i és meu? És per a mi?

—És clar. Ja saps que ets el nebot preferit d'en Iosef. Però això no ho diguis a ningú, ha ha! —riu l'avi Vidal.

Sentint l'enrenou, la resta de la família s'apropa a la biblioteca, on són avi, pare i fill, i truquen a la porta.

—Passeu. Ja podeu felicitar a Vidal, ara només falta que el dissabte que ve pugi a llegir la *Torà* a l'escola per completar el seu *bar mitsvà*, i ja se'l podrà considerar un membre actiu de la nostra comunitat.

La seva germana Abigail vol ser la primera a felicitar-lo i se li llença al coll.

—Felicitats, Vidalet!

—Vidal, Abigail, Vidal. No em digueu més pel diminutiu, si us plau!

L'abracen també l'àvia i la mare, i en Moixé es queda una mica a part, no sap què fer. El seu germà potser ja no jugarà amb ell, ara ja té coses més importants a fer. Està una mica disgustat.

—Moixé, que no felicites el teu germà? —li diu la mare.

—Sí, és clar, però és que... com que ja és un home gran, potser no vol saber res d'un nen...

—No siguis babau, Moixé! Sóc el teu germà i sempre ho seré. Tu també tindràs tretze anys com ara jo. Deixa passar el temps i ja ho veuràs! Et prometo que, quan facis el teu *bar mitsvà*, jo t'ensenyaré a posar-te els *tefil·lim* i el *tal·lit*.

—De veritat? Gràcies Vidalet... ai, no, Vidal! —«Això sí que em costarà, sempre li he dit Vidalet», pensa Moixé.

És dissabte al matí del 2 de *tamuz* de l'any 5098, 28 de juny de 1338 del calendari cristià. Vidal arriba a l'escola acompanyat de l'avi i el pare. Allí s'hi trobarà veïns, amics i familiars. Alguns no van mai a aquesta escola, la Major, van a la dels Francesos o a la Poca, però avui volen assistir al *bar mitsvà* d'en Vidal. Està plena de gom a gom, fins i tot hi ha gent que s'ha quedat fora, al pati del davant. Avui també hi han anat més dones del normal, això sí, separades del lloc reservat als homes per un tendal de vellut. Evidentment, són allí Goig, Tolrana i Ester, àvia, mare i tieta de Vidal. Ester hi ha anat acompanyada de la seva sogra Bonafilla i també hi ha amigues i veïnes.

Les oracions del matí es desenvolupen amb tota normalitat, només interrompudes de tant en tant pels murmuris, una mica massa alts, de les dones que no paren de xerrar. El rabí David ben Adret les amonesta de tant en tant, però elles hi tornen, és inútil. Arriba el moment de la lectura del fragment de la *Torà* que toca i que Vidal ja s'ha estudiat; se'l sap de memòria. El rabí crida a Vidal.

—Vidal ben Khasdai puja a la *bimà*, a llegir la *Torà*.

Vidal, molt nerviós i enrojolat, acompanyat del seu pare i de l'avi, s'apropa a la *bimà*, puja l'esglaó i el rabí li dona el *iad* per poder seguir les línies d'escriptura sobre el rotlle mig desplegat de la *Torà*. Li assenyala des d'on ha de començar a llegir i Vidal comença la lectura quasi sense veu, fent lliscar el *iad* cap a l'esquerra, amb una mica d'entonació cantada però amb veu tremolosa. De mica en mica va agafant confiança i, com que ara tothom està callat, fins i tot les dones, s'ha començat a concentrar. No veu ningú, ni sent res, només té al davant el text sagrat, i les lletres sembla que tinguin relleu; les paraules, una rere l'altra, van fent un ball al so de la cantilena que els imprimeix Vidal en llegir-les. És com si el text formés part del cos d'en Vidal, del seu cor, de la seva gola, de la seva veu. Està tan immers en la lectura, que no s'adona que ja està acabant, si per ell fos, continuaria i continuaria en aquesta simbiosi entre ell i el text sagrat. El rabí David ben Adret li ha posat una mà damunt l'espatlla i s'ha trencat aquest moment màgic que ha viscut Vidal. Ningú no se n'ha adonat, però tothom s'ha quedat bocabadat de tan bé que ho ha fet, i això que havia començat amb la veu tremolosa i fluixa.

Que orgullosos se'n senten el pare i l'avi, i no diguem ja les dones de la família. Goig plora i moqueja, com Tolrana, a qui també els ulls se li omplen de llàgrimes a punt de vessar. Vidal baixa de la *bimà* i torna al seu lloc al costat de Khasdai, molt corprès per l'experiència que ha viscut i que no explicarà a ningú; la vol guardar dins seu com un tresor per tota la seva vida.

Les oracions continuen i un cop acabada la cerimònia, després de rebre felicitacions a la sortida de l'escola, se'n tornen tots cap a casa,. Khasdai vol celebrar aquest esdeveniment, i demà anirà amb Vidal a fer un donatiu a l'hospital, on viuen els pobres, vells, malalts i orfes. Amb aquest acte, Vidal veurà que hi ha gent que no té res en aquest món, i els qui tenen la sort de tenir més del que necessiten, han de saber-ho compartir. Això és de justícia, això és el que s'anomena *tsedaqà*.

Les dones ja tenen a taula, com cada *xàbat*, el *khamim* que s'ha anat fent durant tota la nit i el matí per al dinar de celebració. La carn i les verdures han quedat al punt just i encara són calentes. Hi estan convidats els Bonafós i altres amics i parents. Astruc ha volgut portar un regal a Vidal perquè recordi aquest dia, un recull de proverbis del poeta de Tàrrega Moixé Natan que, encara que tenen un punt de crítica a les dones, contenen saviesa i docència sempre útil, especialment per a un noi que comença el seu camí com a membre de ple dret de la comunitat.

Al vespre, després de l'oració final del *xàbat*, Vidal, rendit de tantes emocions, ja no té ni ganes de sopar. Se'n va a la seva cambra amb permís de l'avi i el pare per descansar d'aquest dia tan feliç.

15. Enterrament, *quevurà*

Vosaltres sou els fills del Senyor, el vostre Déu; no us feu incisions ni us afaiteu entre els ulls per un mort.
Deuteronomi 14, 1.

És nit ja avançada i Bonafilla, sempre al cas, ha sentit gemecs a la cambra de la seva sogra Raquel. Es lleva i va a veure què passa. Raquel està mig adormida però es queixa, deu fer-li mal la panxa.

«Vaig a baix a preparar-li les herbes que va dir la metgessa a veure si això li calma una mica el dolor», pensa Bonafilla.

Quan torna a la cambra de Raquel amb les herbes, li cau la tassa a terra en veure la seva sogra sense consciència i amb una sagnada sobre el coixí. Se'n va corrents a despertar el seu marit.

—Astruc! Desperta! La teva mare està malament, ves a veure si la pots reanimar, mentrestant faré cridar la metgessa.

Se'n va al recambró del costat de la cuina on dorm Aixa, la sacseja i la fa aixecar del jaç.

—Aixa, desperta! Vesteix-te i ves de pressa a casa la Clara, la metgessa, digues-li que Raquel està molt malament; ha perdut els sentits i ha fet una glopada de sang. Corre, no t'entretinguis!

Bonafilla torna al costat del seu marit, que no sap què més fer per reanimar la seva mare.

—Ara de seguida vindrà la Clara, ella sabrà què cal fer, fa temps que la tracta i coneix tots els seus mals.

En arribar la metgessa, tota la família està llevada i reunida al voltant de la Raquel. Estan molt amoïnats perquè no respon als copets a la galta ni a les afectuoses paraules del seu fill. Bonafilla ja li ha netejat la sang que li quedava a la boca, i li ha canviat el coixí.

—Mare, mare, desperteu-vos! Vinga que ja és aquí Na Clara, ella us guarirà.

La metgessa fa fora tothom tret de Bonafilla. Clara és molt bona guaridora i tracta moltes de les dones i nens de la comunitat. Les dones la prefereixen a ella abans que als metges, que n'hi ha de molt bons al mateix call, perquè ella entén millor els mals femenins i és molt afectuosa amb els nens. Coneix molt bé les malalties de Raquel i sap que els dolors de la panxa són cada cop més sovintejats i les herbes ja no li fan cap efecte. Examina Raquel i finalment aquesta obre els ulls i gemega.

—Deixeu-me veure el coixí que ha tacat de sang.

Bonafilla li atansa el coixí, que havia quedat en un racó.

—La sang és molt fosca, no és bon senyal. Quan es faci de dia aniré a veure l'apotecari i li faré preparar unes pólvores, a veure si almenys se li redueix el dolor. De moment no li doneu res de menjar ni de beure. Si té la boca seca, humitegeu-li els llavis de tant en tant amb un drap mullat però ben escorregut. Quan tingui el remei ja vindré jo mateixa a subministrar-li, i així controlaré com va evolucionant. Que sempre hi hagi algú al seu costat i si hi ha cap canvi, aviseu-me.

L'endemà Na Clara va a ca l'apotecari i li explica què ha de preparar per a Na Raquel:

—Tres unces de ruda, de comí agre, de comí normal, d'anís i de garrofa. Una unça a parts iguals de piretre i pebre negre, una unça i mitja de sal nitre, mitja unça de cinamom, una unça de gingebre. Tot ben picat, que quedi una pols fina, i ho barreja amb mel. Tingueu-m'ho preparat tan aviat com sigui possible, és urgent; la pobra Raquel de cal Bonafós té molts dolors.

—Ara mateix m'hi poso.

Les dones de la família van fent torns a la capçalera del llit de Raquel per tal d'anar-la vigilant i procurant que estigui tan còmoda com sigui possible. Cada vegada té dolors més forts i es queixa més. Fins i tot Sara, que viu a casa dels seus sogres amb el seu marit Haïm, aquests dies —malgrat que està embarassada de gairebé set mesos— està sempre pendent d'ajudar Bonafilla a cuidar l'avia. Regina no protesta perquè Sara es lleva de nit per anar a vetllar l'àvia i quan torna a casa no se'n va a dormir, per por que la sogra després no vagi dient que no l'ajuda, i de seguida es posa a fer la seva feina diària. Va força cansada, i la panxa i la inflor de les cames no hi ajuden gens.

És de bon matí quan la metgessa torna amb el preparat. Diu a Bonafilla que li doni una cullerada plena barrejada amb aigua ara i una altra al migdia, a la tarda i al vespre. De totes maneres, Clara no té gaires esperances, és possible que la pobra Raquel tingui una sagnada interna i que això posi fi a la seva vida més d'hora que tard.

—Quan faci de ventre, guardeu una part de la femta, que vull veure-la. Aviseu-me.

—Però, Na Clara, no crec que faci gaire de ventre, fa temps que només s'alimenta de sopa de verdures, una mica de pa i gairebé res més. Normalment hi va cada dos o tres dies, només.

—Segur que farà alguna cosa; si és tal com penso, serà sang coagulada. Vós, Bonafilla, feu el que us he dit.

—Així ho farem.

Fa una setmana que Raquel està malament. Té moments de tranquil·litat i moments que pateix molt. Ha tingut dues sagnades més des que va començar aquesta davallada, i han sigut bastant fortes. Està cada cop més dèbil, pobreta. Bonafilla ha portat un vel de Raquel a l'escola perquè tothom es recordi de pregar per a ella. El rabí va cada dia a veure-la i l'ajuda a pregar les oracions de contrició quan la veu una mica conscient. És una preparació per si, tal com sembla, la pobra dona se'n va aviat a reunir-se amb el Creador.

Clara ja ha avisat que Raquel s'està acabant i que tots s'han de fer a la idea que no durarà gaire més. Ja fa dos dies que no menja res, i ja no està ni tan sols conscient. És per això que Astruc, veient que arriba el final de la seva mare, li ha girat el cap vers la paret en senyal d'expiació pels seus pecats i en record de la guarició miraculosa d'Ezequies per haver fet aquest gest de penediment. Ha enviat un encàrrec al seu germà Natan, que viu a Besalú, anunciant-li que la mare està molt malament i que vingui de seguida si la vol veure encara viva. També ha escrit a la seva germana Anna, casada amb Iucef Alfanell i que viuen a Perpinyà, però aquests sí que, encara que es posin en camí de seguida, segurament no hi seran a temps.

Avui, Astruc és al seu costat recitant-li salms fins que, veient que Raquel no està conscient, ha decidit resar en nom seu la *Xemà*, l'oració que s'ha de recitar al matí, al vespre i en totes les ocasions que es desitgi i també quan un mateix se sent la mort a prop. En aquest cas, Astruc ho fa per la seva mare, que ja no té consciència i no la pot recitar ella mateixa. Les primeres paraules les diu en veu alta, i la resta de l'oració la diu xiuxiuejant tal com mana la tradició.

—«*Xemà Ixrael, Adonai, Elohenu, Adonai ekhad...*». «Escolta, Israel, el Senyor és el nostre Déu, el Senyor és Un. Estima el Senyor, el teu Déu, amb tot el teu cor, amb tota la teva ànima i amb totes les teves forces. Les paraules dels manaments que avui et dono, grava-les en el teu cor, inculca-les als teus fills, repeteix-les assegut a casa teva, anant de camí, quan vagis a dormir i quan et llevis. Aplica-te-les a la mà com un senyal i posa-te-les com una cinta entre els ulls. Escriu-les al brancal de casa teva i a les teves portes».

Dos dies després arriba Natan, però la seva dona i els seus fills no arribaran probablement fins demà perquè ell s'ha avançat a cavall i la resta de la família ve amb carro. Quan ha arribat, s'ha abraçat a Astruc.

—Germà, tan malament està la mare?

—Sí, Natan, no crec que aguanti gaire més, ja no menja des de fa quatre dies i tampoc no té consciència, s'està tota l'estona amb els ulls tancats. Ja li he recitat la *Xemà*. Ves a veure-la.

Natan puja a l'habitació de Raquel, s'atansa al llit i li fa un petó al front. La pobra no es mou, però sembla que ha fet un petit somriure o això és el que ha volgut veure Natan en el rostre pàl·lid de la seva mare. Les llàgrimes li surten dels ulls sense soroll, li baixen cara avall i li queden aturades a la barba arrissada.

Astruc i Natan es tornen a abraçar i ara sí que tots dos prorrompen en un plor dur i continuat, perquè veuen que la mare se'n va definitivament. La trobaran molt a faltar. Ella, que els ha cuidat sempre, que ha viscut pendent d'ells, que ha patit quan patien ells, que ha sofert les seves malalties com si fossin seves i que els ha estimat per sobre de tot, per sobre de si mateixa, ara els deixa orfes. Què faran sense la seva presència? Com podran viure sense veure els seus cabells blancs? I les seves carícies? I les seves paraules? I la remor dels seus vestits? I les mirades d'amor? On serà, tot això? Ara s'adonen de tot el que els faltarà, per què no ho valoraven abans? Doncs senzillament perquè ho tenien i no pensaven que algun dia ho perdrien.

Aquesta matinada és Sara, qui s'està a la capçalera de l'àvia. S'ha aixecat abans que Haïm, li ha preparat l'esmorzar i se n'ha anat a casa dels seus pares per substituir Bonafilla perquè pugui dormir una estona. Poc després d'arribar ha volgut mullar una mica els llavis de Raquel però ha vist que no es movia ni reaccionava gens. Bonafilla no feia ni uns minuts que havia agafat el son, que sent com Sara crida.

—Mare! Pare! L'àvia no es mou ni gemega!

Raquel ha mort el 13 de *tamuz* de l'any 5098, 9 de juliol de 1338 del calendari cristià. Pobra Raquel. Ja ha patit, ja, per poder acabar els seus dies en aquest món.

Astruc no ha hagut de tancar-li els ulls, a la mare, perquè ja feia dies que no els obria per a res. Cal tancar els ulls al difunt immediatament després de la mort perquè pugui trobar el camí cap a l'altre món. Raquel ja l'ha trobat de ben segur. Ara comença el període de l'*aninut*, la desolació, les hores que transcorren entre la mort i l'enterrament.

Tot seguit dipositen el cos de Raquel a terra, girat cap a la paret perquè ha de retornar a la pols de la terra d'on va ser treta, tan aviat com sigui possible. D'aquesta manera, el seu cos té ja contacte amb la terra que l'acollirà.

Bonafilla posa un bol d'aigua a la finestra de la cambra de Raquel per si la seva ànima vol refrescar-se abans del viatge que farà cap a l'eternitat. Astruc no creu gaire en aquestes coses però deixa fer a la seva dona, perquè no hi ha cap mal en això, i ella ho fa de bona fe, per ajudar l'ànima de Raquel. En realitat és d'agrair que es preocupi per a ella.

—Dolça —diu Bonafilla—, porta una gerra d'oli a l'escola perquè el *xamaix* encengui làmpades en record de Raquel. Posa'n també una encesa a l'habitació de Raquel, així la seva ànima trobarà el camí per tornar, si ho desitja, abans de deixar aquest món per sempre.

Bonafilla comença a preparar-ho tot per a les exèquies, ha d'espavilar, a pesar del disgust que tots tenen, perquè cal enterrar el cos abans que passin vint-i-quatre hores des del moment de la mort. Quan Na Clara va dir que el mal de Raquel no tenia cura, Bonafilla ja va encarregar la mortalla de lli pur sense cosir, uns cent pams[4] de tela, i va comprar ungüents perfumats per posar a Raquel després de la neteja ritual. Ha enviat Aixa a avisar a la *khevrà qaddixà*, germandat santa, perquè vinguin a netejar el cos de Raquel.

La *khevrà qaddixà* està formada per un grup de dones i homes que fan aquesta feina tan trista com una *mitsvà*, és a dir com un precepte. No cobren res per fer-ho, és un acte de caritat que, a part de ser quelcom molt dur de portar a terme, també els obliga a purificar-se, immergint-se en el *miqvé*, quan acaben d'amortallar el difunt, perquè el contacte amb un cadàver els ha impurificat. Cada grup s'encarrega dels morts del seu propi sexe.

Les dones de la *khevrà qaddixà* han arribat a la casa dels Bonafós i col·loquen a la difunta completament despullada sobre una taula de fusta, per procedir a la neteja del cos. Primer amb aigua calenta i després freda. Abans, però, li afaiten tots els cabells i pèls, li tallen les ungles, perquè el *Talmud* els considera elements impurs i

---

[4] N. de l'autora: quasi vint metres.

cal purificar tot el cos. També netegen a fons tots els forats, fins i tot els plecs de la pell. Una de les dones surt de la cambra per parlar amb Bonafilla.

—Bonafilla, doneu-nos la mortalla i els ungüents, si us plau. Ja hem acabat la neteja. Si voleu posar-li un amulet o algun anell, doneu-me'l també, però penseu que s'ha de presentar al Creador sense res preuat, tots som iguals davant d'Ell a l'hora de la mort.

—Aquí teniu la mortalla, el vel per tapar-li la cara i els ungüents. Poseu-li també aquest amulet; ella li tenia molta estima i la continuarà protegint en el seu viatge al Més Enllà.

Bonafilla ha viscut molts anys amb la seva sogra, des que es va casar amb Astruc. Era una bona dona, mai no li va provocar problemes, ans al contrari, fins que no va començar a estar malament, portava les regnes de la casa i Bonafilla va aprendre'n molt, d'ella. Alguna vegada havien tingut algun frec a frec, però poca cosa i sempre fàcil de solucionar.

Li sap greu no poder-la assistir també en aquest moment, però tocar un cadàver significa impurificar-se i ella no s'ho pot permetre, ha d'estar atenta al seu pobre marit i a la *xivà*, els set dies d'*avelut*, de dol, que segueixen l'enterrament i en el decurs de la qual les visites de parents, amics i coneguts que venen a donar consol són constants, i cal donar-los acolliment.

De moment, Bonafilla ha fet tapar tot el que pugui reflectir la imatge i tots els espills amb una tela gruixuda, i les tines que continguin qualsevol líquid amb una tapa. El pou del pati ha estat també tapat, perquè Bonafilla creu, com es diu popularment, que l'àngel de la mort neteja la seva espasa en les aigües que troba a la casa per on passa.

També ha guardat tot el que és luxós, com safates i canelobres de plata; ha fet treure catifes i tapissos.

Durant els trenta dies que segueixen a la mort de Raquel, ningú de la casa pot anar vestit amb cap mena de luxe, ni portar joies. Les sabates de cuir són també un símbol de riquesa, per això Bonafilla les ha guardat totes i les ha substituït per espardenyes o esclops.

—Dolça, Ester, poseu dues tines cap per avall a l'entrada de casa perquè tothom sàpiga que estem de dol. Aixa, ves a buscar les ploraneres, Tolrana de cal Benasch, Vidala la dona de Bonjuha de Millau, Simfa la vídua de Moixé Balafia i Zarxa de cal Caravida. Abans però porta un bol amb cendres de la llar per posar-nos un polsim sobre els cabells com a senyal de dol.

Comença la vetlla de la difunta Raquel. Les ploraneres han de fer la feina per la quals se'ls paga.

—Ah!!! —gemeguen— Que bona dona era Raquel! Sempre preocupada per tothom! Els pobres es recordaran d'ella sempre! Quina pèrdua tan gran! Ai!!! —ploren.

De tant en tant, entre frases de lloança i plors, hi han d'intercalar:

—«El Senyor et perdoni!» Ah!!! —sanglotegen.

—«Que tinguis un bon repòs!» Ah!!! —més plors i més sanglots.

Així continuaran fins i tot en el seguici que portarà Raquel al seu últim lloc de repòs, el fossar dels jueus, al costat del seu difunt marit Maimó Bonafós.

Mentrestant, tothom qui va a casa dels Bonafós a donar el condol també diu frases com:

—Déu la perdoni en la Seva llei.

—Bon repòs tingui.

Segons la llei jueva, marit i muller poden ser enterrats junts, perquè es considera que són un sol cos, i ningú més pot ser enterrat en aquesta tomba.

Astruc ja s'ha vestit de negre com la resta de la família. Les dones es tapen la cara amb vels, no porten cap adorn i així ho faran durant un mes. El dol no acabarà fins que hagi passat un any de la mort de Raquel, i es clourà amb una pregària a l'escola. De totes maneres, les vespres de *Roix ha-Xanà* i de *Iom Kipur* són sempre dies de visita a les tombes dels difunts de la família, i cada visitant hi diposita una pedreta al damunt en senyal de record.

Ja han col·locat Raquel sobre unes civeres, i el seguici s'ha posat en marxa cap al fossar. El rabí David ben Adret l'encapçala, tot recitant oracions i versets bíblics. Darrere seu caminen Astruc, Natan, Xelomó, Elies i els altres homes de la família, parents i amics, i per últim les dones i les ploraneres, que continuen amb els seus sanglots, planys i frases de comiat.

En arribar al fossar dels jueus, s'obre la tomba de Maimó Bonafós per introduir el cos de la seva vídua Raquel al seu costat. Ara, finalment, reposaran tots dos plegats. Posen Raquel amb els peus orientats a llevant, cap a Jerusalem. Cada un dels familiars tira tres grapats de terra sobre el cadàver i Astruc recita l'oració dedicada als difunts, el *qaddix*:

—«Magnificat i santificat sia el Seu Gran Nom en tot el món que Ell ha creat segons la Seva voluntat. Pugui Ell establir el Seu regne durant la vostra vida, els vostres dies i durant la vida de tota la Casa d'Israel».

Tothom respon:

—«Amén».

Continua Astruc amb l'oració:

—«Sia el Seu gloriós Nom beneït eternament. Exaltat, venerat i alabat sia el Nom del Sant Beneït Ell. La Seva glòria és inefable i infinita. La Seva magnificència és superior a tota expressió humana».

—«Amén».

—«Atorga'ns la pau i la vida, a nosaltres i a tot el Teu poble, Israel».

—«Amén».

—«El qui estableix l'harmonia en els cels, que ens concedeixi la pau a nosaltres i a tot Israel».

—«Amén».

Aquesta oració és molt antiga i no és en hebreu, és en arameu, la reciten sempre en els oficis religiosos diaris i de *xàbat*, i ara a Astruc, Natan, Xelomó i Elies els tocarà recitar-la dempeus durant el temps que durarà el dol sempre que assisteixin a les oracions de l'escola.

Un cop enterrat el cos de Raquel, Astruc, Natan, Xelomó i el fill gran de Natan, Elies, es fan un estrip a la roba, la *querià*, al cantó esquerre i a prop del cor, i portaran aquest senyal en els seus vestits mentre duri el dol.

Tots tornen a casa capcots. Allí els espera la *xivà*, els set dies de dol rigorós durant els quals seuran sempre a terra o sobre cadires baixes perquè la incomoditat fa reflexionar sobre el fet que els béns materials no serveixen de res davant la mort i, asseguts d'aquesta manera, rebran tots aquells qui vulguin donar-los el condol. La família Bonafós no sortirà de casa durant aquests set dies. Els encàrrecs, compres i comandes els faran l'esclava Aixa i Dolça, la minyona. Ni Astruc ni Xelomó aniran a treballar a la botiga. Natan i la seva família viuen a casa del seu germà i han deixat el seu negoci de Besalú tancat fins a la tornada. El dol paralitza la vida dels qui l'han de passar.

—Farem els oficis religiosos a casa vostra, Astruc —li diu el rabí David ben Adret—, així no haureu de moure-us durant aquests set dies.

En arribar al call, han d'anar a purificar-se al *miqvé* i després a casa a prendre algun aliment. S'asseuen a terra del menjador.

Les menges que hi havia a la casa a l'hora de la mort de Raquel no es poden consumir perquè es consideren intocables, i són els veïns i amics qui els porten el primer àpat. El menjar de dol consisteix principalment en ous durs, llenties, olives i pa acompanyat només d'aigua. Els dies següents poden menjar també verdures i peix, però no es menja cap tipus de carn.

Ningú de la família, durant la *xivà*, els set dies de dol, no es pot canviar de roba, i tampoc no pot portar calçat de cuir, ni pentinar-se, ni rentar-se, ni arreglar-se, ni treballar, ni estudiar, ni llegir res que no sigui el llibre de *Job*, única lectura permesa. La pena està per sobre de les accions mundanes.

Són dies durant els quals es rep tothom que vulgui passar a fer companyia i consolar els Bonafós. Sempre hi haurà records i comentaris sobre la vida de Raquel, que d'altra banda tots els amics, familiars i coneguts recorden com una dona pietosa i preocupada per la seva família.

Avui, tercer dia després de l'enterrament, ha anat a casa dels Bonafós una família que Raquel havia pres sota la seva protecció i a qui ajudava en tot el que podia. Són els Maier.

—Ai! Na Bonafilla, quin dolor haver perdut la senyora Raquel —es lamenta Dura—. Tan bona dona que era i tant de bé que ens havia fet a mi i la meva família. Què farem ara, sense ella? La meva petitona se l'estimava tant. Li feia tantes moixaines. Com la trobarem a faltar!

—No et preocupis Dura, jo em cuidaré que sempre tingueu menjar a taula i que la petita tingui les seves medecines.

—No ho deia per això, Na Bonafilla. De veritat que la trobarem a faltar molt, però us estic molt agraïda, a vós i a la vostra família.

Mentrestant, Bonjuha, que és molt tímid i té poca vista, s'està dret i callat, però finalment s'atansa a Astruc i li dona el condol amb paraules maldestres però dites amb molt bona fe. Astruc ja el coneix perquè de tant en tant li ha donat l'encàrrec de portar una comanda a casa d'alguna dama cristiana i sap que és pobre però molt bon home. Va sempre als oficis religiosos encara que sovint s'entrebanca amb les oracions en hebreu, que quasi no entén.

Quan Bonjuha i Dura marxen, Bonafilla explica a la seva cunyada Estel qui són els Maier.

—Bonjuha i Dura, la seva dona, tenen cinc fills i Bonjuha fa d'ordinari d'aquell qui li encarregui portar coses a munt i avall, cobra molt poc per cada feina que fa i Dura renta la roba d'altri també per una minsa quantitat. Entre tots dos no en tenen prou per mantenir els dos nens i les tres nenes que tenen. La petita, de quatre anys, és molt malaltissa i sovint Raquel li feia companyia mentre Dura rentava llençols, tovalles i camises, i també li pagava les medecines per a la petitona i els donava algunes monedes.

—La nostra sogra era molt bona dona, jo no l'he tractada tant com tu que hi convivies però, pel que veig, ve molta gent que de veritat ha sentit la seva mort. No tothom pot dir que el seu pas per aquesta vida serà recordat amb afecte. Hi ha gent que sempre pensa a fer mal als que l'envolten i que conrea dins el cor rancúnies vers tothom.

—Apa, Estel, sembla que estàs dolguda amb algú, què et passa?

—No res, que tinc una veïna, una vídua força jove, que sempre malparla de tothom, és xafardera, i últimament està sempre fent somriures picardiosos a en Natan. No sé si és que pretén que la prengui com a segona muller, no m'agradaria pas gens. Ha de ser molt difícil conviure amb una dona d'aquesta mena. A més a més, li agrada molt comprar-se joies i vestits; va portar a la ruïna el seu difunt marit.

—T'ha comentat res, en Natan?

—No, però em sembla que no li fa fàstics. Quan jo li dic que no és una bona persona sempre li troba alguna disculpa. Espero que tot sigui això i no vagi més enllà. Si en Natan volgués fer un pensament i prendre-la com a segona muller, jo li demanaria que em donés el *guet*, el document de divorci, i em tornés el meu dot.

—Apa, Estel! Vols dir que no exageres? Vols que li digui a l'Astruc que temptegi el seu germà? Potser li diu alguna cosa més concreta sobre aquesta vídua. Ara, jo crec que estàs fent volar coloms.

—Ai! Si veiessis aquesta dona i la coneguessis no dubtaries tant, és molt capaç d'anar teixint una xarxa al voltant de Natan i fer que quedi ben atrapat sense adonar-se'n. Els homes són tots molt babaus davant d'unes faldilles, i més si a sota hi ha carns joves.

—Vinga, deixem estar això que truquen a la porta i segur que ve algú a donar-nos el condol. Ja en parlarem més tard, i miraré de treure'n alguna cosa de l'Astruc.

—Val més, que ja m'he distret massa del que hauria d'estar fent: pregar i recordar la nostra sogra Raquel.

Dolça ha anat a obrir la porta; finalment, després d'un llarg i penós viatge des de Perpinyà, ha arribat Anna, la germana d'Astruc i Natan, amb el seu marit Iucef Alfanell.

—Anna, finalment heu arribat —diu Bonafilla—. Per desgràcia la teva mare ja és enterrada. Els teus germans estaven desitjant que arribéssiu —Bonafilla crida el seu marit:

— Astruc, Anna i Iucef han arribat!

Astruc s'atansa i s'abraça a Anna, igual que Natan.

—Heu trigat molt —diu Natan—, la mare ja descansa al costat del pare.

—Vàrem rebre la carta d'Astruc ara fa sis dies i ens vàrem posar en camí immediatament —diu Iucef—. Però el viatge des de Perpinyà és molt dur i llarg. Venim molt cansats.

—Com ja sabeu, la mare feia molt temps que estava malalta, però el seu mal es va anar agreujant les últimes setmanes, encara que no pensàvem que fos una cosa tan imminent. Quan Na Clara, la metgessa que la tractava, ens va dir que s'estava acabant, us vàrem escriure de seguida. Bé, ara ja descansa en la pau del Senyor.

Anna, que no ha plorat durant tot el camí, ara ja no pot més i s'abraça als seus germans, deixant anar un plor que s'encomana a Natan i Astruc. A Bonafilla també li cauen les llàgrimes cara avall. Anna té una gran pena de no haver pogut estar al costat de la seva mare en el moment del seu traspàs, i això l'ha angoixada molt. El seu marit, Iucef, l'agafa del braç i la fa seure; la veu esgotada per tantes emocions, a més del llarg viatge. Ester li porta un bol amb una infusió de camamilla i Bonafilla pregunta a Iucef:

—Veig que Moixé i Nissim us acompanyen; i Amoretes?

—Amoretes s'han quedat a casa amb la meva germana i els seus cosins perquè tenia febre i no podia fer un viatge tan llarg.

—Com heu crescut —diu Bonafilla a Moixé i Nissim, els fills d'Anna i Iucef—. Moixé, ja ets tot un home. Et cases l'any vinent, si no m'erro. I tu Nissim, vares fer el *bar mitsvà* any passat, oi?

—Sí, tieta.

—Com li va a Blanquina, a Liorna? Està contenta amb el seu matrimoni? Segur que no li faltarà de res amb un marit ric com el que té.

—No en tenim gaires notícies. Liorna és lluny i les cartes triguen tant a arribar que quan les reps tot el que diuen ja fa temps que ha passat. Esperem que no trigui gaire a donar-nos la bona nova d'un nét —comenta Anna.

—Ja ho veieu, la vida continua, uns moren però altres segueixen les passes que la vida ens porta —diu Astruc.

—No ens entretinguem més, que esteu molt cansats —afirma Bonafilla—, us porto a les vostres cambres perquè descanseu. Moixé i Nissim hauran de compartir cambra amb els seus cosins Elies i Rubèn.

Sara i Astruga estan decebudes perquè volien tenir l'oportunitat de xerrar amb Amoretes, que no ha vingut. Són tan poques les ocasions que tenen per veure's. L'últim cop va ser pel casament de Sara, ara ja fa més d'un any, i Sara està embarassada de set mesos.

Roger Muntanyar acaba d'arribar d'un llarg viatge amb una de les seves naus i tan bon punt s'ha assabentat de la mort de la mare del seu soci Astruc, ha anat a visitar-lo. Ni tan sols s'ha canviat de roba, en contra del que li ha dit la seva dona, que creu que no es pot anar malgirbat d'aquesta manera a donar un condol.

—Però almenys canvia't la camisa i les mitges. Posa't una capa normal i no la de viatge. Afaita't i posa't una mica de perfum. Si encara portes la salabror del mar a la cara!

—Dona, no m'amoïnis! Astruc sabrà comprendre que no estic per aquestes bajanades quan l'important és estar al seu costat en uns moments tan tristos.

—Però...

—Res de però. Me n'hi vaig ara mateix.

En Roger arriba a casa dels Bonafós i Astruc el rep amb la tristor pròpia dels moments que està passant tota la família, però content que el seu soci i amic hagi vingut a fer-li costat. Ja ho veu, que no ha parat per casa i que ha vingut de seguida, això és molt d'agrair i així li ho diu:

—Gràcies, Roger, per venir tan de pressa, ja m'han dit que el teu vaixell acaba d'atracar no fa gaire.

—Perdona que vingui amb la roba de viatge i sense arreglar, però sé que són moments difícils per a tu i no he volgut entretenir-me amb coses que no venen al cas. Vull que sàpigues que, si em necessites, ja sóc aquí pel que us faci falta a tu o la teva família. Ja saps que sempre faré el que pugui per a tu.

—Ets un bon amic, Roger, i ara no t'entretinguis més aquí i ves-te'n cap a casa, que la teva dona i les teves filles segur que t'esperen amb frisança. Fa massa mesos que ets fora.

—D'acord, Astruc, però demà tornaré amb més calma per fer-te una mica de companyia i explicar-te com ha anat el viatge. Ja sé que no parlarem encara dels negocis fins que no acabis el dol, però t'explicaré experiències interessants que m'han passat.

—Sí que m'agradarà sentir-te explicar coses sobre el viatge, fins i tot suposo que tindràs més públic. El meu fill Xelomó, la meva dona, la meva filla i la meva jove segur que no es voldran perdre ni un bri del teu relat.

—Fins demà, doncs.

—Fins demà.

La família Bonafós ha rebut durant els set dies molta gent de la comunitat barcelonina i també parents i amics d'altres comunitats d'arreu del comtat.

És molt difícil superar el dolor de la pèrdua de la mare, però s'ha de superar i un cop passats els trenta dies cal anar recuperant la normalitat i hom ha de reprendre el ritme normal de la vida d'abans de la mort de Raquel. Això no significa que se l'hagi d'oblidar, al contrari; el seu record ha de romandre sempre en els cors dels qui l'estimaven. Durant tot un any, cada dia, quan es reciti el *qaddix* a l'escola, Astruc, Natan, Xelomó i Elies, el fill de Natan, i els fills d'Anna, Moixé i Nissim, pregaran dempeus en record de la seva mare i àvia Raquel. Cada 13 de *tamuz* encendran una llàntia a l'escola de Barcelona, a la de Besalú i a la de Perpinyà respectivament, i recitaran el *qaddix* igual que ja fa quatre anys que ho fan per a Maimó.

Astruc pensa encarregar al picapedrer l'epitafi que farà posar a la làpida de la tomba dels seus pares quan es compleixi l'any de la mort de Raquel. Ha de retocar el que hi ha escrit per al seu pare:

Pacífic va ser durant la seva existència. Es va complaure en els preceptes del Senyor, pietós i temorós de Déu. El seu nom és Maimó ben Abraham Bonafós. El seu record pervisqui per sempre.

I afegir-hi:

Reposa amb ell la que va ser la seva muller en vida, la pietosa i honorable Raquel. Pau i repòs tingui fins a la fi dels dies.

Passats els trenta dies de dol s'ha obert el testament de Raquel, que estava dipositat a casa del notari Iucef ben Xelomó. Ha deixat les joies a la seva filla Anna i a les seves dues joves, Bonafilla i Estel. Una pinta d'argent i vori, a la seva néta Sara, la còfia amb pedreria, que li va regalar el seu marit quan va néixer Natan, a Astruga, la seva altra néta, filla de Natan, els vels de seda, a Blanquina i Amoretes, les filles d'Anna. Els vestits seran tots per a Bonafilla perquè en faci el que li plagui. Bonafilla s'ha quedat dos vestits per a ella, i els altres els ha donat a la seva jove Ester. Raquel ha deixat també uns pocs diners que en les seves últimes voluntats volia que servissin per ajudar els pobres de la comunitat que ella protegia.

Tothom tindrà un bon record de Raquel durant dues o fins i tot tres generacions i potser passats molts i molts anys, encara hi haurà qui reviurà el seu nom gràcies al document testamentari que s'haurà conservat, ple de pols, en algun arxiu.

16. Divorci, *gueruxim*

Quan un home es casa, si troba en la seva esposa algun defecte i no la vol, abans d'acomiadar-la de casa, que escrigui una acta de repudi i la hi doni. Llavors ella se n'anirà i podrà casar-se amb un altre home.
Deuteronomi 24, 1-2.

Truquen repetidament a la porta dels Bonafós.

—Aixa, ves a obrir. Que no sents que truquen?

—Ara hi vaig —.«Es pensa que sóc sorda! El que passa és que voldria que volés, i Alà encara no m'ha donat ales!».

—Hi ha un home que porta una carta, senyora. Què faig?

—Doncs no siguis bleda. Agafa-l'hi i dona-li aquesta moneda.

Aixa dona a Bonafilla un pergamí doblegat i segellat. Està dirigit a ella, que estrany. Normalment arriben comandes de roba i són per a Astruc.

«A veure qui m'escriu... és de l'Estel, esperem que no hagi passat cap desgràcia».

Benvolguda cunyada. No t'espantis, no passa res gaire greu. Recordes el que et vaig comentar, que en Natan semblava que s'estava afeccionant massa a aquella viudeta? Doncs ara la cosa va seriosament. Ahir ja em va insinuar que no m'hauria de molestar gaire si es casava amb una segona dona, i que jo sempre seria la primera i principal, que tindria ajuda a casa, que podríem ser bones amigues... Bé, aquestes coses que es diuen. Jo em vaig enfurismar i vaig dir-li que amb aquella... (no vull escriure el qualificatiu que li vaig donar) no hi volia pas conviure, de cap de les maneres! Em vaig tancar a la meva cambra i em vaig desfer en plors. Avui estic més calmada però segueixo enfurismada i t'escric per veure si l'Astruc pot parlar amb Natan. Jo ja no hi vull parlar. Estic massa dolguda i encara diria coses de les quals després em penediria.

He estat sempre una muller atenta, l'he cuidat, tu ho saps prou bé... he estat una bona mare. Natan sempre ha tingut el meu suport en tot el que ha decidit, però aquest cop, no. A aquesta sangonera no la vull, a casa. Si és necessari, que Natan em doni el document de divorci, i no se'n parli més. Però abans voldria veure si hi ha altres camins per evitar aquest mal pas que vol fer el meu marit. Ajuda'm, tu pots parlar amb l'Astruc. Una abraçada de la teva cunyada Estel.

«Quin problema que té l'Estel; quan un home s'encaterina d'una dona... malament!», pensa Bonafilla. «Mira l'Astruc, amb l'Aixa, i jo ho he d'aguantar m'agradi o no. L'hauré de convèncer perquè vagi a parlar amb Natan i busquin alguna manera d'arranjar-ho. Aprofitaré aquest vespre abans d'anar a dormir».

Bonafilla ha preparat un sopar una mica especial perquè almenys Astruc estigui de bon humor; potser fins i tot voldrà allitar-se amb ella i després estarà relaxat i content. Cal buscar el moment més adient per explicar-li el problema. Ja veurem.

Astruc arriba content de la feina perquè ha tancat un bon tracte per vendre vels de seda a un comerciant de Liorna.

Acabat el sopar, continua molt alegre. Menjar bé i beure uns quants gots de vi li han mantingut i fins i tot augmentat el bon humor. Bonafilla es decideix a plantejar-li la qüestió del seu germà i l'Estel.

—Astruc, t'he de donar una notícia.

—Si és bona me la dones; si és dolenta, no la vull saber. Avui no estic per males notícies.

—Ni bona ni dolenta.

—Doncs, va. Digues-me el que sigui que ja veig que no em deixaràs en pau fins que no m'ho hagis dit.

—Sembla que el teu germà Natan vol casar-se amb una segona dona.

—Ah! Doncs això és una bona notícia. Mira-te'l, el meu germanet! Que calladet que s'ho tenia...

—Però és que l'Estel no en vol ni sentir parlar. No li agrada gens, la dona que ha escollit.

—No és a ella, a qui li ha d'agradar.

—Sí, però ella hi hauria de conviure i diu que és un escurçó, que és dolenta i que ha encaterinat el teu germà amb les seves males arts.

—I què vols que digui, l'Estel? Doncs bé haurà d'aprendre a conviure-hi.

—Pensa, Astruc, que en Natan pot tenir un molt mal viure amb dues dones que no es poden ni veure, i de retruc en patiran també els fills. No pots deixar-ho en mans del teu germà, que sembla que ha perdut el senderi. Busca-hi alguna solució i parla amb ell.

—Però què vols que faci?

—Ets el seu germà gran. A tu et farà cas. Mira de trobar algun camí que complagui a tothom.

—M'ho poses difícil, esposa meva, de moment avui deixa'm dormir i demà ja hi pensaré. Suposo que no s'hi casarà d'avui per demà sense convidar-nos, oi?

—No. Pel que sembla la cosa encara no està del tot decidida, però l'Estel està molt empipada.

Se'n van a descansar, però Astruc només fa que girar-se i regirar-se en el llit, no pot dormir pensant en el que li ha dit la seva dona. Bonafilla està ben quieta perquè Astruc no s'adoni que ella tampoc no dorm. Finalment, Astruc s'incorpora i desperta, o creu que desperta, Bonafilla.

—No puc dormir pensant en el que m'has dit.

—I per això em despertes? Com si jo hi pogués fer alguna cosa.

—Doncs sí, que hi pots fer. Ja que no puc dormir, em fas companyia.

—Ja sé per on vas...

—Va, no siguis esquerpa.

—No... si ja em sembla bé.

Finalment, després d'haver estat junts una estona molt agradable, relaxats tots dos s'adormen. Demà serà un altre dia.

El dia següent, mentre Astruc esmorza un got de vi amb pa i formatge, diu a Bonafilla que s'assegui amb ell.

—Crec que l'assumpte del meu germà té dues possibles solucions. Una seria que es divorciés de l'Estel, que li donés el document de *guet* i li tornés el dot, però sobretot hi patiria el petit Rubèn. Elies ja té setze anys, suposo que n'hi falten un parell més per casar-se i, en ser fill de la Boneta, la primera dona de Natan que va morir ja fa força anys, es quedarà a viure, quan es casi, a casa d'en Natan. Astruga ja està promesa i aviat es casarà i anirà a viure amb el seu marit. Una alternativa podria ser que es casés amb aquesta dona, que no sé ni com es diu, però que la tingui en una altra llar, que l'Estel i ella no visquin juntes. És clar que això li pot costar car. Tenir dues cases i dues famílies és molta despesa i no sé si s'ho podrà permetre.

—L'Estel està disposada a rebre el *guet* i divorciar-se abans que conviure amb aquesta dona, però és dolorós perquè s'estima en Natan i tampoc no voldrà que la canalla hi pateixi. Sé que és una vídua jove sense fills, però potser no li agradarà haver de fer-se càrrec de nois que pràcticament són de la seva mateixa edat.

—Que la coneixes?

—No, ho dic pel que ja m'havia comentat l'Estel quan varen venir per l'enterrament de la teva mare.

—Llavors, ja sabies alguna cosa. Com és que no em vas dir res?

—Estàvem de dol per la teva mare. No era un bon moment per parlar d'aquestes coses i, a més a més, no semblava que fos res seriós. Bé, tornant al assumpte. Doncs no podem saber a què està disposada per tal de casar-se amb en Natan. Potser hi ha vist diners. Aquestes fresques sempre busquen diners.

—No malparlis de ningú. Potser s'ha enamorat del meu germà. Encara fa força goig.

—Sí, i què més? Li dobla l'edat. Aquesta busca que la mantinguin i en bona posició. Si parles amb en Natan, pregunta-li si ja li ha fet presents. Segur que ja li ha regalat un braçalet, arracades, agulles o algun vel de seda dels teus.

—Ara que ho dius, fa uns dos mesos, abans de la mort de la meva mare, em va encarregar un vel de seda de color verd que era dels millors que tinc a la botiga. Vaig pensar que el volia regalar a l'Estel.

—Ho veus? És que els homes us deixeu encaterinar i feu bajanades com si tinguéssiu quinze anys.

—Ei, que jo no he fet res. Estem parlant del meu germà.

—Mira, no em facis parlar. Tornant al que dèiem, el petit Rubèn hauria de viure a casa de l'Estel i no veuria el seu pare tan sovint. No ho sé... per què no fas un viatge a Besalú per parlar amb en Natan? En Xelomó ja pot portar el negoci, i si arriba en Roger Muntanyar amb algun carregament o per passar comptes ja s'esperarà que tu tornis.

—I si escric al meu germà?

—No, no, és millor que ho parleu i, et diria, fins i tot, que tu coneguis aquesta dona. També cal escoltar l'opinió d'Estel, encara que les dones no comptem gaire en aquests casos, la nostra cunyada té molt caràcter i el cap molt clar. També ella deu tenir la seva opinió del que és millor per a uns i altres. Ja sé que et fa mandra posar-te de camí, però és el teu germà i has de procurar que no faci cap atzagaiada.

—Bé, d'acord, potser tens raó. Avui deixaré tots els meus assumptes arranjats i demà de bon matí em poso en camí cap a Besalú.

—Et prepararé roba i alguna cosa de menjar. També ho aprofitarem perquè portis a Astruga una camisola que li he fet per al seu aixovar.

—A més a més, he de fer d'ordinari.

—Home, no n'hi ha per tant, pràcticament no ocupa espai.

L'endemà, a trenc d'alba, Astruc munta en un cavall, l'acompanya un mosso de quadra en una mula. No és prudent viatjar sol, i així ell s'encarregarà de la muntura si han de descansar. Si no paren gaire podran fer el viatge en dues jornades; de fet, només caldrà fer un mos al migdia i parar en un hostal al vespre, per dormir. Si no s'entretenen, l'endemà al vespre seran a Besalú.

A l'endemà, quan hi arriben ja s'ha fet fosc, i Astruc està molt cansat. El porter del call encara és despert i l'obre de seguida que s'identifica com a germà de Natan Bonafós. Arriba davant la casa de Natan i truca a la porta.

«Qui deu ser a aquesta hora?», es pregunta Estel, que ja s'havia allitat. S'aixeca, obre la finestra i veu un home a la porta.

Natan, que encara és aixecat, també surt a la finestra i crida:

—Qui sou? Què voleu a aquestes hores?

—Natan, baixa a obrir-me que estic esgotat.

Natan reconeix la veu del seu germà i se sorprèn; què deu haver passat, que Astruc vingui a Besalú sense avisar?

—Ara baixo de seguida.

Obre la porta i Astruc acaricia la *mezuzà*, es fa un petó als dits i entra; els germans s'abracen.

—Què fas aquí, Astruc? Què passa?

—He vingut per parlar amb tu. He deixat la mula i el cavall en una quadra a l'entrada del poble i el mosso s'ha quedat allí amb els animals. Ara estic fet pols, dona'm alguna cosa per menjar i demà ja parlarem. He de dormir per tenir les idees clares.

—M'estàs amoïnant.

—Doncs no hi pensis, que no passa res que no es pugui arreglar —«o això crec», pensa Astruc.

Amb tot l'enrenou, Estel s'ha mig vestit i ha baixat.

—Benvingut, Astruc. Que passa res?

«Com si no ho sabessis...», pensa Astruc.

—Estic rebentat. Demà en parlem, si us sembla. Ara voldria descansar.

—Espera, vaig a despertar la minyona perquè et prepari alguna cosa per menjar.

—No cal, Estel; mira, dona'm una tassa amb llet i un mos de pa. El que ara necessito és un llit on poder dormir.

—Mentre la minyona et fa el llit, jo et preparo la llet.

Estel se'n va a despertar la minyona i Natan li prepara un gibrell amb aigua perquè el seu germà es pugui rentar, i s'asseu a taula esperant que Astruc torni de fer les seves necessitats.

Estel li ha escalfat un bol de llet i li ha tallat dues llesques de pa. També li ha deixat una mica de formatge per si li ve de gust.

—Gràcies, Estel. Faig la benedicció, menjo un mos de pa sucat amb la llet i aniré a dormir. No puc més.

L'endemà tothom es lleva d'hora, però Estel ja ha avisat que ningú no faci remor i que deixin dormir l'oncle Astruc. Poc després, quan tots ja han acabat d'esmorzar, Astruc s'aixeca, recita les oracions, baixa i es troba amb els seus nebots i Natan, que l'esperen.

—Bon dia, oncle —el saluda Elies.

—Quina alegria de veure-us, oncle —diu Astruga—. Com està Sara? I Ester?

—Tots bé, gràcies al Senyor. T'he portat aquest regal de part de la tieta, l'ha fet per al teu aixovar, m'ha dit.

Astruga obre el paquet i...

—Quina camisa més bonica. Els brodats són una meravella, que bé que cus, la tieta!

—On és, en Rubèn?

—Sóc aquí, oncle —Surt d'entre les faldilles d'Astruga i Estel.

—Vine a seure a la meva falda.

—Ja sóc gran, oncle, ja vaig a estudi.

—Ah, sí? I què fas?

—El *moré*, el mestre, ens ensenya a recitar de memòria la *Torà* i estic aprenent a llegir i escriure —diu tot cofoi el marrec.

—Això està molt bé, però què hi fas aquí? No hauries de ser a l'escola?

—M'ha donat permís el pare per poder-vos saludar.

—Bé, doncs ara ja te'n pots anar. Ens veurem després —Dirigint-se a tots: —Em quedaré un parell o tres de dies. Ja tindrem temps de xerrar. El meu germà i jo tenim uns quants assumptes de què parlar.

Natan, que ha estat desvetllat una bona part de la nit rumiant què devia voler el seu germà, ha arribat a la conclusió que el problema deu ser la vídua Míriam, i que l'Estel ja en deu haver parlat amb Bonafilla.

«A veure si ara tothom voldrà dirigir la meva vida», pensa Natan.

—A veure, Natan, et sembla bé que anem a un lloc on puguem parlar nosaltres sols?

—Sí, és clar, podem anar a la rebotiga, si vols.

—Anem-hi.

Estel ha enviat la minyona i Astruga a comprar per poder posar l'orella a la porta, per veure si sent alguna cosa.

—Em sembla que ja sé de què em vols parlar, Astruc; de la vídua Míriam, oi?

—Doncs sí, si és aquest el seu nom. L'Estel ha escrit a Bonafilla explicant-li que vols prendre una segona muller i que ella no hi està d'acord, i he decidit venir a parlar amb tu del pas que vols fer.

—No, ja ho sé que l'Estel no ho veu com jo. Hem discutit ja força vegades, per això. De fet, fa més d'un mes que no dormim junts i em rebutja sempre que m'hi acosto.

—També hauré de parlar amb ella. Però ara digues-me perquè estàs tan encaterinat amb la vídua.

—És una bona noia, tan jove i està tan sola. És afectuosa, dolça i força maca. He parlat amb ella uns quants cops, de passada; sembla que li agrado i que ella estaria d'acord a ser la segona dona.

—Doncs no heu parlat tant de passada. T'hi has allitat?

—No, és una noia decent.

—Si l'Estel no s'avé que et casis amb una altra dona, hauràs de buscar alternatives, si vols a la vídua Míriam tant sí com no.

—L'Estel m'ha amenaçat que vol que li doni el *guet*. Però jo també me l'estimo, l'Estel. No vull pas divorciar-me.

—I si et cases però tens la vídua en una altra casa? És una despesa més gran, però potser seria una solució.

—Jo vull que totes dues s'entenguin i tenir una gran família. No puc anar i venir d'una casa a l'altra. No solament és car, sinó que no té lògica. He de tenir dues famílies? Suposo que amb la Míriam també tindré fills, si el Senyor ho vol, i què farem? Els germans viuran separats?

—Mira, Natan, farem un parell de coses, si et sembla. Primer parlaré amb l'Estel, a veure per què no vol la Míriam, i després anirem tots dos junts, tu i jo, a veure el rabí per plantejar-li el problema. No ho has fet, oi?

—El rabí? No, encara no li he dit res. Pensava que primer ho podia resoldre a casa.

—Doncs ara vaig a parlar amb l'Estel.

L'Estel, que estava escoltant darrere la porta, se n'allunya i pren un drap fent veure que està sargint.

—Estel, ja saps per què he vingut. Bonafilla m'ho ha explicat, però hi ha coses que voldria que m'aclarissis.

Estel ja no es pot aguantar i es posa a plorar.

—No ploris, dona! O potser sí, desfoga't i quan estiguis tranquil·la en parlem.

Estel s'eixuga les llàgrimes amb el drap que estava sargint.

—Ja està —sanglota—, és que a vegades no em puc contenir.

—A veure, per què no vols que en Natan es casi amb la vídua Míriam?

—Doncs perquè a aquesta ja la conec. És una tafanera i una malgastadora. Coqueteja amb tots els homes per veure si pot tornar a casar-se i que li solucionin la vida. Li agrada molt comprar-se vestits, joies i perfums, i ara no té prou diners per portar aquesta vida de luxe. Busca un babau que li pagui tots aquests capricis. El primer marit era molt gran i va invertir tota la seva fortuna en ella, no li va donar fills i ara pretén que algú carregui amb les seves despeses. És una sangonera i tota la comunitat ho sap, menys el teu germà. Aquesta acabaria prenent-ho tot a Elies i Rubèn, i fins i tot es gastaria el dot d'Astruga. Jo he cuidat dels fills de Natan i Boneta com si fossin meus, ja ho saps, i no vull que això sigui un mal viure per a aquesta família que fins ara ha rutllat perfectament. Et dic que aquesta dona ens destruirà a tots i que en Natan se'n penedirà.

—Potser exageres una mica, no? Tothom pensaria que estàs gelosa i que per això no vols la felicitat d'en Natan.

—No vull amagar-te que n'estic, de gelosa, sí. Jo m'estimo Natan i, si fos un altre tipus de dona, és possible que m'hi avingués si amb això el feia feliç, però aquesta no va amb bones intencions. Si en Natan fa el pas i ella ve a viure a casa, i no em dona el *guet*, això serà un infern. No és dona d'arromangar-se per treballar a la casa ni per tenir cura d'en Rubèn. Només s'empolainarà per agradar en Natan i tindrem baralla diària. Jo no vull viure així, i t'asseguro que el teu germà tampoc, si ho veiés com ho veig jo, però ara la vídua l'encega amb les seves paraules i els seus moviments insinuants, que ja l'he vista en acció, jo!

—La teva decisió, doncs, és que si es casa amb la Míriam tu vols el document de *guet*, oi?

—Sí.

—I has pensat en els fills de Natan, l'Elies i l'Astruga? I el vostre fill Rubèn?

—Mira, Astruc, l'Elies ja és gran i li queden, a tot estirar, un parell d'anys per casar-se. Potser viurà aquí o potser marxarà, això no ho sé, i Astruga està promesa i també es casarà aviat i marxarà a viure amb el seu marit. Li deixen el camp lliure, a la dona aquesta. El Rubèn encara és petit i me'l vull quedar jo, encara que en Natan pot venir sempre que vulgui a veure'l, és clar.

—Això ja ho decidiria el *bet din*, el tribunal que dirimeixi la qüestió del *guet*, si no puc arribar a algun acord millor amb en Natan.

—El Senyor t'escolti i t'il·lumini per trobar una solució que sigui bona per tots.

—Vull que en Natan també parli amb el rabí. Aquesta tarda, després de la pregària, anirem a veure'l.

Un cop acabades les oracions de la tarda, Natan i Astruc es reuneixen amb el rabí Moixé ben Abraham i li plantegen la qüestió.

—Alguna cosa en sabia —diu el rabí—. Ja saps que en una comunitat no hi ha res que es pugui amagar gaire temps. I dius que la teva dona no hi està d'acord?

Malament, sempre és difícil fer entendre a la dona que vols una altra muller, però si ella no ho vol, la teva vida pot ser molt difícil, Natan.

—La solució de la meva dona és que li doni el *guet*, però jo no em vull divorciar de l'Estel. Jo les vull totes dues i que convisquin en pau i em facin feliç i em donin molts fills.

—Ui! Tu vols moltes coses! Normalment, tot no es pot tenir. Conviure en pau, no ho aconseguiràs pas. Dues dones juntes poden ser com dos escurçons, això ja t'ho pots treure del cap. És per això que el rabí Gershom de Magúncia ha prohibit la poligàmia entre els jueus de Germània. Nosaltres no ho prohibim, però cal que et previngui que hi ha moltes dificultats que hauràs de superar i potser tot acabi amb un divorci de l'una o de l'altra.

—Jo li proposava una alternativa —diu Astruc, que ha estat callat fins ara.

—Doncs digues-me què has pensat.

—Podria posar una casa a la vídua Míriam.

—Què vols dir? Viure en concubinat? No crec que la Míriam ho vulgui, això.

—No, no, no volia dir això. Volia dir que s'hi casés i se n'anés a viure amb ella però en una altra casa, no a la casa on viu amb l'Estel i els seus fills.

—Tenir dues famílies separades... mmmm. Però això li costarà car i, a més a més, hauran de pactar els dies que passa en una casa i en l'altra. També és prou dificultós, viure així, però podria ser una alternativa. Què et sembla, Natan?

—A mi ja no em sembla res. No entenc per què és tan complicat, tot això. Vull casar-me amb una segona dona i la meva primera dona no hauria de piular. Sóc el pare de família, i a casa mano jo.

—En part tens raó, però tenir dues dones a casa que no es poden ni veure et plantejarà molts problemes, encara que tu manis a casa. També et vull dir que la vídua Míriam és força malgastadora i va acabar amb la fortuna del seu primer marit. Ara, els parents que han heretat, la volen fer fora de la casa. Jo no estaria gaire segur que no vagi al darrere dels teus diners. Això també pot ser un problema afegit a la convivència.

—Les males llengües diuen que va darrere els diners, sí. A mi encara no m'ha demanat res de res.

—Però tu li has regalat alguna cosa, oi? —diu Astruc amb un deix d'ironia.

—Bé, sí. Li vaig comprar un braçalet d'or i ivori que li agradava molt.

—I el vel de seda que em vas demanar que t'enviés? No era per a l'Estel, oi que no?

—No. També el vaig regalar a la Míriam —diu, una mica avergonyit.

—I què més li has regalat? —pregunta el rabí.

—Només unes arracades de plata amb turqueses. Res més.

—El que no t'ha demanat amb paraules t'ho ha insinuat d'altra manera, oi? —comenta el rabí.

—Home... li vaig comentar que el meu germà era comerciant de vels de seda i em va dir que ella no n'havia tingut mai cap, d'aquests vels tan costosos.

—I les arracades? Et va dir alguna cosa?

—No... o sí... em va comentar que n'havia perdudes unes quan va anar a purificar-se al *miqvé* i que estava molt disgustada perquè eren de plata amb turqueses, i jo vaig pensar que li agradaria que n'hi regalés unes de semblants.

—Ets un babau, germanet. T'està fent ballar al so que ella toca. T'ha ben entabanat.

—Però la Míriam és jove, guapa i està tan sola. És bona noia, no m'ha deixat mai posar-li la mà a sobre, és molt decent.

—Oh, i tant! Així et té més ben agafat.

—Parlaré amb Estel i també amb Míriam —diu el rabí, interposant-se en la discussió dels germans— Envia'm la teva dona demà al matí.

—Molt bé, rabí, demà a mig matí serà aquí.

Ambdós germans continuen discutint fins que arriben a casa. Avui Natan no ha pogut atendre la botiga, sort que té prou gent que l'ajuda, però haurà d'anar a veure com han anat les vendes i passar comptes. Astruc l'acompanya.

L'endemà, Estel se'n va a veure el rabí.

—Molt bon dia, rabí.

—Bon dia, Estel. T'he fet venir per parlar de tot el que esteu passant. En part entenc la teva posició, però també entenc Natan. Hauríem de trobar alguna manera que tots dos acceptéssiu.

—Ho sento molt, rabí, però no em veig amb cor de conviure amb l'escurçó de la Míriam.

—Estel! No vull que parlis malament de ningú; això no li agrada, al Senyor.

—Ho sento, rabí, però és que ja fa temps que estic lluitant amb en Natan per aquest assumpte i ara ja començo a perdre el senderi.

—Primer de tot, potser hauries de ser més condescendent i donar a Natan el que busca en altres dones, o concretament en la Míriam.

—Però si abans de començar a parlar amb aquesta dona tot ens anava bé. Sempre l'he estimat i respectat. No li he negat mai res. Us ho prometo, rabí.

—I no podries fer un esforç, per entendre la seva posició? Pensa que encara és jove i vol tenir més fills. Tu sembla que, després del Rubèn, no en pots tenir més. Han passat gairebé set anys des del naixement del vostre fill.

—El Senyor no m'ha beneït amb més descendència, però això no vol dir que potser més endavant... Sóc encara prou jove.

—Bé. Anem per feina. Tu no vols conviure amb la Míriam, oi? I fins i tot prefereixes que et doni el *guet* i separar-te definitivament de Natan.

Estel fa que sí amb el cap.

—Ho saps, que el *gueruxim* no té marxa enrere? Un cop divorciats mai més no us podreu tornar a casar l'un amb l'altre, el perdràs per sempre, en Natan. També et vull explicar que, perquè Natan t'arribi a donar el *guet*, el document de divorci un tribunal, el *bet din*, decidirà quines són les clàusules i tots dos les haureu de complir. Podria ser que el Rubèn hagués d'anar a viure amb el seu pare...

—Això, no! No vull que visqui amb una dona que ni l'estimarà ni el cuidarà. Sóc jo, qui he de cuidar el meu fill.

—Però el tribunal pot pensar que és millor per a un nen que visqui amb el seu pare; si fos una nena, quasi segur que no hi hauria aquest problema i te la podries quedar tu. Un divorci sempre provoca problemes, no solament en l'home i la dona sinó també en els fills. Cal pensar-ho molt bé abans de decidir-se. A més, Natan no ho vol. T'estima i no et vol perdre.

—Però sabent que no vull la Míriam a casa, insisteix a casar-s'hi.

—Aquesta tarda he citat la Míriam per veure què vol ella. Demà ja tindré la meva opinió feta. Cap al migdia, vindré a casa vostra. Millor que a casa no hi hagi ningú més que Natan i tu, i si ho voleu, el teu cunyat. I ara ves, pensa en tot el que t'he dit. Si canvies d'opinió respecte de la situació, m'ho vens a dir o envies encàrrec.

«Potser sí que he estat molt dura amb Natan, tancant-li la porta de la nostra cambra durant tant de temps», reflexiona Estel mentre va de camí cap a casa. «Però què pot esperar si no m'escolta quan li dic que la Míriam és una aprofitada? I si aquest vespre li deixo la porta una mica oberta? Entendrà que l'estimo o es pensarà que és un signe de debilitat i que em rendeixo? Ah, no! Primer haurem d'escoltar que ens diu el rabí i veure si l'Astruc posa una mica de senderi a aquest assumpte».

Estel ha comunicat a Natan i Astruc que el rabí vindrà l'endemà. A l'hora de sopar, tothom està molt callat. Els fills de Natan, excepte Rubèn, saben que s'està coent algun conflicte. Ja han sentit l'Estel i el seu pare discutir força vegades, els últims mesos. Rubèn, en canvi, està molt content de la visita de l'oncle. Encara recorda que, per Pasqua, li va regalar el carro i el cavall de fusta; hi juga sovint i el té sempre al costat del llit quan se'n va dormir. No se'n separa.

—Oncle, quants dies us quedareu?

—Potser me'n vaig demà passat. He deixat molts afers pendents a Barcelona i no se solucionen sols.

—Oh! Però jo us volia ensenyar com llegeixo i com recito la *Torà*.

—No t'amoïnis; ara mateix, després de sopar, si vols ens asseiem a la fresca del pati i em recites els primers versets de *Be-reixit*, el Gènesi. Què et sembla? I si vols els comentem tu i jo.

—Com si fóssim a la *iexivà*? Com si ja fos un home? —diu tot esverat Rubèn.

—Sí, així veuré si comprens el que recites.

—Què bé! Podem anar-hi ja, pare?

—Acaba't la fruita, primer.

Rubèn l'engoleix quasi sense mastegar, i ha de beure una mica d'aigua perquè s'ha ennuegat. L'Elies i l'Astruga riuen i Estel li pica l'esquena.

—Rubèn, sempre tan exagerat. No destorbis l'oncle.

—No, Estel, a mi ja m'agrada poder estar una estoneta amb el nen. Vinga Rubèn, anem al pati.

Elies i Astruga es retiren i deixen Estel i Natan sols. Natan es posa a llegir el *siddur*, el llibre d'oracions, i Estel agafa un llençol que està brodant per a l'aixovar d'Astruga. No es parlen.

En un moment determinat, Natan tanca el llibre i diu a Estel:

—Saps que t'estimo, oi?

—Suposo —diu Estel, fent-se la dura—. Com a mínim m'estimaves fins fa tres mesos. Ara sembla que els amors van cap a una altra banda.

—No siguis tan dura amb mi, Estel. Potser no t'ho havia dit mai, però quan Blanquina va traspassar jo ja no tenia ganes de tornar-me a casar, però quan la matrimoniera m'ho va proposar i et vaig veure, em vaig enamorar de tu.

—Els meus pares varen preparar el casament, però jo n'estava, de tu. Feies goig i semblaves agradable. Tenia por perquè haver de tenir cura de dos nens petits que no són propis podia ser un problema, però saps que els he estimat com si fossin meus, l'Elies i l'Astruga.

—I ells t'estimen a tu, també.

—Doncs per què vols posar en perill aquesta família?

—No ets tu, qui no vol que s'engrandeixi? Aviat ens quedarem tu, jo i el Rubèn. Voldria més fills, i tu sembla que ja no en tindràs més.

—Per què ho dius, això? Perquè en Rubèn quasi té set anys? Qui et diu que no puc quedar-me embarassada un altre cop? Encara sóc prou jove.

—Home, sembla difícil. Sobretot perquè ja fa temps que no em deixes allitar-me amb tu.

—El clima que s'ha creat en aquesta casa no hi és gaire propici. Tu, el que vols ara, és la Míriam, no pas a mi.

—Potser sí, però tu no m'ho poses gens fàcil.

—Només caldria. No vull la teva ruïna, i aquesta dona t'hi portarà i arrossegarà els teus fills amb tu.

—Com sempre, acabarem malament! Potser que la miris amb uns altres ulls; és una bona noia.

—Sí, potser, però li agraden massa els diners. Va deixar ben escurat el seu difunt marit. Ah, i en dos anys de matrimoni, no li va donar cap fill.

—No tinc ganes de tornar a discutir sobre el mateix un altre cop. Me'n vaig a dormir.

Estel torna a cosir amb les llàgrimes que empenyen per sortir dels ulls mentre se sent a Rubèn de fons, que continua recitant fragments del *Gènesi* i els comenta amb el seu oncle tot prenent la fresca en el pati.

El rabí ja ha parlat amb Míriam i no n'ha tret gaire l'aigua clara. No sembla que s'estimi particularment Natan. És una pobra noia que vol satisfer els seus propis capricis i necessita algú que tingui diners. El seu marit va morir arruïnat, i a ella li cal tornar-se a casar tan aviat com sigui possible perquè no té on viure ni de què viure. Ha començat a vendre's algunes joies, però això no pot durar gaire. Ha de trobar un marit amb una certa urgència. Com que és jove i bonica no li serà massa problema. L'única cosa és que no se sap administrar. El rabí ha pensat que podria parlar amb la matrimoniera i que li busqui un home amb caràcter que la porti dreta i li controli les despeses. Això seria un bon arranjament i així es resoldria el problema de la família d'en Natan. De totes maneres, primer ha de solucionar la mala maror que hi ha entre Natan i Estel i convèncer Natan que aquest nou matrimoni no pot ser bo per a ningú.

L'endemà, el rabí va a casa d'en Natan Bonafós. Estel ja ho ha arranjat tot perquè a casa no hi hagi ningú, ni la minyona, que faria tot el possible per tafanejar i tothom s'assabentaria dels seus problemes, tot i que a hores d'ara potser ja ho sap tota la comunitat.

—He vingut per plantejar totes les opcions d'aquest cas i per veure si podem trobar-hi una solució. Primer: Natan, vols prendre una segona muller; Estel, no hi estàs d'acord. Segon: Natan és el cap de família i pot fer el que vulgui —Aquí Natan fa que sí amb el cap amb un posat de prepotència,— però Estel és la teva primera dona i és ella qui haurà de conviure amb Míriam; per tant, la família pot patir-hi molt. Tercer: Estel, tu vols el *guet* si Natan es decideix a casar-se amb la Míriam, és així?

—Sí —diu amb el cap ben alt i molt segura de si mateixa.

—Ara busquem solucions. Natan, estaries disposat a posar una casa a la Míriam com a segona dona? Hauries de repartir els dies que estàs amb una família i els que passes amb l'altra, i la primera dona té la potestat d'exigir-te que passis la festa del *xàbat* sempre amb ella.

—Prefereixo tenir una sola casa i tota la família junta, però si no queda altre remei...

—Jo no ho accepto —diu Estel—. Aquesta dona ens pot portar a tots a la ruïna i m'espanta que en pateixin els meus fillastres i el meu fill. Crec que en Natan no s'hi ha de casar. No la vull ni a casa, ni tampoc en una altra casa.

—Llavors, vols que en Natan et doni el document de *guet*?

—Sí, si es casa amb la Míriam.

—Vull explicar-vos clarament en què consisteix el *gueruixim* perquè cap dels dos no en tingui dubtes. El procediment és que, per iniciar el divorci, ha d'haver-hi una causa o diverses d'incompatibilitat entre marit i muller. Normalment és perquè la dona ha passat deu anys sense donar fills al marit, i no és aquest el cas, però poden existir altres raons com l'adulteri o simplement que ja no poden conviure sense barallar-se contínuament. El marit és qui decideix si ha de divorciar-se de la dona. Si l'home no vol, la dona pot demanar al tribunal rabínic que decideixi si el marit li ha de donar el document de *guet*. Seria aquest, el cas? —Natan sembla que vol dir alguna cosa, però el rabí li fa un gest perquè calli.— Deixa'm continuar, Natan. El *bet din* està format per tres rabins que haurem de fer venir d'altres indrets perquè no tinguin lligams amb cap de vosaltres i així mateix caldrà procedir amb els dos testimonis que donaran fe de l'autenticitat i regularitat de l'acte. El que dictamina el tribunal s'ha de complir, i pot ser que decideixi que Elies, Astruga i Rubèn visquin amb Natan.

Aquí Estel ha fet el gest de parlar, però el rabí se l'ha mirat i ella ha abaixat una mica el cap.

—El tribunal obliga el marit a donar a la dona la quantitat estipulada en la *ketubà* perquè no es trobi al carrer sense res. La dona, per poder tornar-se a casar, ha d'esperar un mínim de noranta-dos dies perquè el nou marit estigui segur de la paternitat en cas que estigués embarassada. El tribunal ha d'intentar reconciliar la parella, però si no ho aconsegueix, un *sofer*, escriba, redacta en arameu el document en el qual han de figurar els noms de l'home i la dona, la data i també el lloc on ha estat redactat. No s'ha d'especificar la problemàtica que ha portat al divorci però sí les conclusions a les quals s'arriben i un paràgraf on es dona llibertat a la dona per poder-se casar un altre cop. L'home lliura el *guet* a la dona i ella l'agafa. Un cop fet això, s'estripa una mica el document, això és una tradició de quan en el segle II els romans varen anul·lar l'autoritat legal jueva i es trencava el document fent veure que no tenia cap valor. Voleu fer alguna pregunta?

—No, a mi ja m'ha quedat tot clar. Però no em resol el cas —diu Natan.

—Ara parlem del «cas», com tu l'anomenes —diu el rabí—. T'ha quedat clar què és el divorci, Estel?

—Sí.

—Doncs us vull dir que jo crec que sou una parella que us estimeu i que no hauríeu d'arribar al divorci. El *Talmud* diu: «quan es trenca una llar, fins i tot l'altar del Senyor vessa llàgrimes».

—Jo no vull donar el *guet* a l'Estel.

—Jo sí que el vull, si continues amb la dèria de casar-te amb la Míriam.

—Prou, no continuem per aquest camí que ens porta a giravoltar com en una sínia! —diu Astruc.

—Tens raó —diu el rabí—. Jo ja he parlat amb Míriam i veig que el que vol és trobar un marit que la mantingui. Candidats no n'hi faltaran, és jove i bonica. La solució de tenir una casa a part per a ella i en Natan ja li ha agradat, però quan li he dit que si us divorciàveu el més probable és que s'hauria d'encarregar d'Elies, Astruga i, sobretot, del petit Rubèn, això ja no li ha agradat tant. Té pocs anys més que ells, això podria ser un problema de convivència, i Rubèn necessita una mare, no una germana gran. Crec, Natan, que hauries de reflexionar sobre això. Ja sé que et preocupa, perquè t'ho ha dit ella, que està sola i és pobra, però hi ha molta gent sola i pobra i no per això te'ls endús a viure a casa, oi? Pensa-hi abans de fer res de què et puguis penedir. Tu també reflexiona, Estel, no et precipitis en les teves decisions, tingues en compte quina podria arribar a ser la situació de Rubèn. Ara me'n vaig i ja em fareu saber el que heu decidit.

Quan el rabí marxa, tots tres es queden en silenci. Astruc el trenca.

—Bé, jo crec que la meva feina aquí s'ha acabat i demà me'n tornaré cap a Barcelona. Estel, envia la minyona a dir al meu mosso, a la quadra que hi ha a l'entrada del poble, que demà a trenc d'alba sortirem cap a Barcelona.

—Ja vols marxar, germà? M'agradaria poder parlar amb tu una mica més.

—Tenim tot el dia d'avui; vull ser a Barcelona per passar el *xàbat* allí.

—Anem a passejar una mica, et sembla bé?

—Doncs sí, així prendrem l'aire prop del riu, fa massa calor avui.

Surten, doncs, a passejar a la vora del riu, i Natan comenta al seu germà que la visita del rabí l'ha neguitejat.

—Ara ja no sé què fer! No vull perdre l'Estel, me l'estimo. No me'n vull divorciar, però ella és molt tossuda. Jo volia una gran família i veig que no serà possible. Tampoc no vull anar d'una casa a l'altra com si no en tingués cap de pròpia.

—Per què no vas a parlar amb la Míriam? Explica-li tot el que s'ha parlat avui. A veure què et diu.

—Potser tens raó. Saps què? Acompanya'm a parlar amb ella.

—Jo? I què hi faré?

—Home, no puc anar a casa seva tot sol. No seria decent.

—Bé que li has fet regals.

—Els hi he fet enviar per un ordinari, no he anat pas mai a casa seva. Ja t'he dit que no m'hi he allitat mai. Ni tan sols li he tocat la mà...i no per falta de ganes. La té tan blanca i sembla tan suau!

—Bé, anem-hi i faré d'estaquirot.

Truquen a la porta de la casa de la Míriam, i quan obre se sorprèn de veure aquells dos homes davant seu i somriu.

Astruc queda astorat en veure Míriam; és molt bonica i jove, Natan li ha dit que té divuit anys. És baixeta i té un cos perfecte —pel que es pot suposar sota els vestits—, un pit ple, cintura prima i uns malucs prominents. Té la pell blanca i uns cabells negres molt ben trenats, uns ulls verds que semblen dues maragdes brillants, un nas recte i, a sota, una boca rosada com el corall amb uns llavis gruixuts que conviden a petonejar. Les dents que ha mostrat amb el seu somriure són blanques i molt ben posades. En resum, és una dona que molts homes desitjarien tenir al seu costat. Ara entén que el seu germà se n'hagi enamorat.

—Bon dia, Míriam, aquest és el meu germà gran Astruc, que ha vingut de Barcelona. Voldria parlar amb tu.

—Si de cas, trec unes cadires al rebedor i portaré una gerra de vi amb aigua fresca. Deixeu la porta oberta, no fos cas que passés algú i malpensés. Dos homes a casa d'una vídua... He de procurar pel meu bon nom.

—D'acord. Esperem aquí.

Tots dos toquen la *mezuzà*, es besen els dits i fan només una passa dins del rebedor. Míriam porta les cadires i les posa de manera que es vegin bé des del carrer, deixant la porta oberta de bat a bat.

—Doncs tu diràs, Natan.

—El rabí ha vingut a parlar amb mi i m'ha dit que també ha parlat amb tu. Què et sembla, si dono el *guet* a la meva dona i l'allibero dels nostres llaços matrimonials?

—Doncs, en principi em sembla bé, així jo et tindré per a mi sola. No creguis, no m'agradava gaire haver de conviure com a segona muller amb la teva dona, que seria la que manaria i, potser, en sortiria força mal parada, sabent que no m'aprecia gens ni mica.

—És molt possible que, en divorciar-nos, els meus fills es quedin a viure amb mi.

—Elies i Astruga?

—Sí, i també Rubèn.

—El petit? No hauria d'estar amb la seva mare?

—El *bet din* segurament decidiria que, com que és un mascle, ha d'estar amb el pare; si fos una nena seria diferent, podria estar amb la seva mare.

«Ai, ai», reflexiona Míriam. «Elies no és un problema, està treballant amb el seu pare tot el dia. Astruga té pocs anys menys que jo i no es deixarà dominar fàcilment, n'està molt, de l'Estel, i potser m'acusarà de separar-la de la seva madrastra; pot ser un enuig però està promesa i es casarà aviat. És qüestió de tenir una mica de paciència, però el Rubèn és massa petit. No tinc ganes d'haver de tenir cura d'un marrec que no és meu. Jo vull tenir fills amb en Natan i no vull els fills d'una altra dona. Això no pinta gaire bé. Potser hauré de fer cas al rabí i que una matrimoniera em busqui un altre marit amb diners i sense tantes obligacions. No vull complicar-me la vida. I com dic ara a Natan que ho deixem córrer? A veure... Ho faré amb molt de tacte».

—Bé, Natan, saps que estaria encantada de casar-me amb tu però no voldria ser la causa d'una separació tan dura. Elies i Astruga estimen Estel com si fos la seva mare i Rubèn és massa petit per allunyar-lo de l'Estel i donar-lo a una desconeguda, pobret. Podria patir molt.

—No és segur que el tribunal prengués aquestes decisions; és el que pensa el rabí Moixé.

—Però no pots arriscar-te, no podem arriscar-nos. Potser no m'ho perdonaries mai. Serà millor que oblidis els nostres plans i tornis a la teva vida de sempre.

—Però... i tu? Què faràs, tu?

—No pateixis, ja trobaré el meu camí. Ha estat bonic somiar amb una gran família durant un temps. Ara la realitat s'imposa i ja m'adaptaré al que el Senyor em tingui reservat. Demà et faré portar per l'ordinari el braçalet, les arracades i el vel que m'has regalat. Era tot tan bonic! Somiar ajuda a viure. Què hi farem!

—No cal que em tornis res. Queda-t'ho com un record d'allò que podria haver estat. Marxem, Astruc.

A Natan se'l veu disgustat quan es fa un petó als dits després de tocar la *mezuzà*, però a Astruc li ha semblat sentir un sospir que sembla més d'alleugeriment que de tristor. Finalment, tot retornarà al seu lloc. Astruc podrà tornar a Barcelona i dir a Bonafilla que tot està arreglat, segur que n'estarà contenta.

—Has vist? Pobra noia, sempre pensant en els altres, no ha volgut desfer la meva família i s'ha sacrificat ella. Ja ho deia, jo, que és molt bona noia.

«El meu germà és un babau. S'ha begut l'enteniment. No ha vist que la Míriam s'ha espantat d'haver de lluitar amb tres fills que li arriben de cop i volta».

—Natan, acompanya'm a comprar un regalet a Bonafilla, i tu faries bé de tenir també un detall amb l'Estel.

—Tens raó, anem a cal perfumista. A les dones sempre els agraden els perfums. Serà una bona manera de començar a arreglar el que s'havia espatllat.

—No creguis que et serà tan fàcil. L'Estel té molt de caràcter, t'ho hauràs de treballar molt.

—Prou que ho sé.

A l'Estel ja li ha agradat el regal de Natan, però malfia i pensa:

«No serà que amb aquest regal vol que baixi del burro? Doncs ho té molt malament, no hi estic disposada i crec que ho he deixat força clar».

Natan coneix bé Estel, i amb la cara que fa ja veu que el regal no és suficient. Hi haurà de parlar encara que el seu orgull se'n vegi molt ressentit. Astruc es dirigeix a Estel.

—Demà a primera hora del matí marxo perquè vull passar el *xàbat* a Barcelona. No us destorbeu per mi, ja ens podem acomiadar aquest vespre; ara us deixo que vaig a l'escola a resar.

Astruc comprèn que Natan i Estel han de parlar i ell només hi faria nosa. Espera que aquesta conversa posi fi als malentesos entre tots dos, té molta estima a Estel i no vol que aquest matrimoni es trenqui. A veure si demà pot portar a Bonafilla la bona notícia de la reconciliació.

—Estel, saps que t'estimo i no et vull perdre. Ets la mare del meu fill i també has tingut cura d'Elies i Astruga, des de petitons. Els has estimat i cuidat. Et dec respecte i t'admiro per la teva dedicació a aquesta família. No vull enganyar-te, m'agrada molt Míriam i voldria tenir més fills, no caldria que t'ho digués perquè aquest raonament ja te l'he fet un munt de vegades. Tu no has volgut atendre les meves raons i tu tens les teves, que m'has exposat clarament. No estic d'acord amb tu en algunes coses que penses de Míriam, però entre el meu germà Astruc i el rabí m'han fet veure que la teva posició enfront de Míriam no seria la millor manera de començar un nou matrimoni. D'altra banda no vull donar-te el *guet* i ni vull, ni puc formar una altra família en una altra casa. Per tot això, he decidit que no em casaré amb Míriam.

Estel, que estava molt esverada, de cop i volta ha deixat anar l'aire que tenia retingut a dins amb un sospir d'alleujament. Tampoc no li agradava haver de prendre una mesura tan dura com el *guet*, però és el que havia decidit si Natan continuava amb la seva dèria de casar-se amb Míriam.

—Bé, Natan, t'agraeixo el que m'has dit. Saps que t'estimo i et respecto, tots aquests anys de vida en comú ens han anat unint i el divorci no era per a mi la solució més adient. No en parlem més, de tot això, oblidem-ho i recomencem la nostra vida en comú com abans. De totes maneres, no ens hem d'enganyar; s'ha obert una ferida profunda i ara l'has cosit, però s'ha d'anar curant a poc a poc, el temps farà que cicatritzi, n'estic segura, i només hi quedarà un senyal que ens recordarà uns moments d'angoixa que no s'hauran de repetir. Espero poder-te donar més fills i, si el Senyor no em fa la gràcia de donar-me més descendència, pensarem tots plegats quina és la millor via per aconseguir el que desitges. Ara vaig a preparar algunes coses que vull que Astruc porti a Bonafilla.

L'endemà, Astruc s'ha aixecat que encara era fosc per poder posar-se en camí a trenc d'alba. Estel i Natan també s'han llevat per acomiadar-se'n.

—Té, agafa aquests farcells. En un hi ha menjar per a tu i per al mosso de quadra, per al camí, i també una bóta de vi. En l'altre hi ha unes confitures per a Bonafilla que desitjo que us agradin. Dona les gràcies a la teva dona i també et vull agrair el que has fet per aquesta família.

—Calla. No he fet res, jo. Estic content que tot s'hagi arreglat i sense retrets. La família és molt important i sempre ens hem d'ajudar els uns als altres.

Natan s'abraça al seu germà.

—També jo et vull agrair que t'hagis desplaçat de tan lluny per ajudar-nos a superar aquest entrebanc. Potser tot sol no hauria decidit el més convenient per a tots. Gràcies, que tinguis un bon viatge i que el Senyor t'acompanyi.

Finalment, Astruc marxa. No es pot entretenir més si vol arribar a Barcelona per celebrar el *xàbat*.

Després d'una jornada feixuga de viatge, Astruc albira les muralles de Barcelona, la seva estimada ciutat, on han viscut i mort molts dels seus avantpassats. S'està ocultant el sol i el cel pren uns tons vermellosos que anuncien el final del dia i el començament del *xàbat*. Astruc es queda bocabadat, admirant les meravelles de la creació de Déu i el seu cor, ple d'agraïment al Senyor, l'impulsa a apressar-se per arribar a casa amb la seva família, abans que surti el primer estel.

Context històric

Situem-nos a la Barcelona del segle XIV. Regna Pere III el Cerimoniós (1319- 1387), també anomenat «el del punyalet». És el 1337, segon any del seu regnat, i el 5097 del calendari jueu. El rei té disset anys i ja des d'un bon principi es proposa protegir la seva propietat, és a dir, els jueus i les seves aljames, conservant-ne els drets que els seus avantpassats els havien atorgat. El 25 de juliol de l'any següent, 1338, es casa a Alagó amb Maria, filla de la reina Joana II de Navarra i Felip III Evreux, amb qui tingué tres filles i un fill. A aquest matrimoni en seguiran tres més: el 19 de setembre de 1347 es casa amb Elionor de Portugal, que mor l'any següent com a conseqüència de la Pesta Negra. Pren per tercera muller, el 27 d'agost de 1349, a València, la seva cosina segona Elionor, filla de Pere II de Sicília, amb qui tingué tres fills i una filla; va morir a Lleida el 1375. L'últim matrimoni de Pere III va celebrar-se l'11 d'octubre de 1377 amb Sibil·la de Fortià, que li donà dos fills i una filla. El rei Pere va viure 68 anys i va patir la mort de tres dones, quatre fills i quatre filles.

Durant el seu regnat, els comerciants jueus eren la base de l'economia dels regnes catalans, en especial els establerts a Mallorca i a ciutats de tradició comercial com Barcelona i València. Pere III va impulsar aquest comerç a la vegada que també va protegir els intel·lectuals jueus acollint-los a la seva cort i considerant-los absolutament lleials a la seva persona i a la seva casa.

El comerç marítim va ser l'eina més adient per obtenir mercaderies d'Orient. Els jueus varen poder invertir en aquesta lucrativa activitat, a la qual tingueren accés gràcies als contactes que mantenien entre elles les comunitats jueves de la Mediterrània, i també es van veure afavorits pel seu coneixement de la llengua àrab. El sistema més utilitzat pels comerciants jueus va ser la comanda. Un soci capitalista entregava a un mercader cristià, el soci gestor, unes mercaderies, i aquest venia els productes rebuts en comanda quan arribava als diferents ports de la Mediterrània. Amb els diners obtinguts, comprava altres mercaderies per vendre durant el viatge de tornada o al port d'arribada final. Aquest és el cas del protagonista d'aquest llibre, el comerciant Astruc Bonafós, que fa comandes al seu soci cristià Roger Muntanyar, mercader que s'embarca per vendre els teixits i vels de seda que, juntament amb altres mercaderies, li proporciona Astruc.

Durant els nombrosos conflictes bèl·lics que es produïren, les aljames patiren d'igual manera que la resta de la població. Tanmateix, el rei Pere va procurar per al creixement econòmic de les comunitats jueves, atès que aquest repercutia no solament en l'economia dels regnes sinó també en les seves arques personals, que en gran mesura s'alimentaven dels impostos que pagaven les aljames jueves.

El 1348 va ser l'any de la Pesta Negra, que va assolar tota Europa. Una cinquena part de la població catalana va morir a causa de l'epidèmia, de la qual es produïren rebrots cada cinc o deu anys, fet que va provocar mort, fam, males collites i en conseqüència un mal relleu generacional. Això va desembocar en un gran malestar econòmic, i ho pagaren els jueus.

Ja amb el primer brot de Pesta Negra el 1348 es varen produir avalots contra els calls; s'utilitzaven els jueus com a cap de turc i se'ls acusava de ser la causa de la malaltia, que, deien, era un càstig de Déu perquè els cristians permetien la seva existència i no feien res per convertir-los o fer-los desaparèixer.

Els avalots es varen estendre arreu; el rei Pere va intentar fer justícia fent pagar multes als avalotadors que atacaven els seus calls, on moriren molts jueus que, recordem, eren propietat del rei i, per tant, calia pagar per la «destrucció» de la dita propietat. També va condemnar alguns instigadors dels avalots, però tot i així, la flama va anar cremant en moltes poblacions on hi havia comunitats jueves. Tot això va provocar que, jueus que fins aquell moment havien conviscut pacíficament dins de poblacions majoritàriament cristianes, morissin a mans dels avalotadors o decidissin convertir-se al cristianisme. Concretament, l'any 1348 és la data en què comencen les conversions en massa de jueus; altres dates a destacar per les nombroses conversions que van tenir-hi lloc serien: el 1391, amb el gran avalot; arran de la disputa de Tortosa entre jueus i cristians convocada pel papa Benet XIII, l'any 1413; i, finalment, la data també luctuosa de l'expulsió de 1492, a partir de la qual molts jueus varen decidir convertir-se per no haver de marxar, sense imaginar que les repercussions, per a molts d'ells, serien tràgiques a causa de la persecució com a heretges que van patir per part de la Inquisició.

Com a conseqüència de l'avalot de 1348, les comunitats jueves, força delmades per la pesta, pels assassinats i per les conversions, decidiren crear una organització que unís totes les aljames dels regnes, i el 1354 varen establir unes ordenances per refer-se de les destrosses provocades pels disturbis. Els autors varen ser il·lustres personatges del judaisme: el poeta i comerciant Rabí Moixé Natan de Tàrrega, el talmudista Cresques

Xelomó, el comerciant i administrador i tresorer de les aljames del regne de València Iehudà Alazar i el Rabí Nissim ben Rubèn Girondí, dirigent de les comunitats aragoneses, metge i jurista.

Decidiren organitzar-se per perseguir els delators i calumniadors de les comunitats, els anomenats «malparlers» que podien posar-les en perill amb els seus comentaris a representants eclesiàstics. Calia evitar les calúmnies sobre la profanació d'hòsties consagrades i demanar al rei que intercedís perquè la Inquisició es dediqués als heretges i no es barregés en afers jueus que no pertanyien a la seva jurisdicció sinó a la del rei directament.

Altres decisions varen ser de caire més polític i econòmic, com ara demanar privilegis a Pere III per resoldre càrregues excessives en els impostos, a més d'enviar un grup de delegats de totes les aljames perquè assistissin a les reunions de les Corts dels diferents regnes catalans per representar els interessos de les aljames.

El rei Pere va tenir al seu servei, com a consellers en afers econòmics a títol privat, a jueus com Iehudà Alazar, i la família de la Caballería, que havia estat ja al servei de Jaume I i va tornar a ser de la confiança financera del rei. A la seva cort també hi hagueren intel·lectuals jueus com el conegut Khasdai Cresques, un nombrós grup d'astrònoms, metges, traductors i artesans. Els cartògrafs jueus també participaren de la confiança del rei i un dels més destacats va ser Cresques Abraham, l'autor del primer atles que es coneix fins al moment i que es conserva amb el nom d'«Atles Català» a la Bibliothèque National de Paris. Així doncs, es creà un cercle d'il·lustrats jueus que mantingueren i desenvoluparen la cultura literària, científica i religiosa de l'època.

L'aljama barcelonina estava en mans, com ja era tradicional des del regnat de Jaume I, dels jueus més rics i poderosos que normalment tenien tendències laiques i racionalistes a les quals s'oposaven els intel·lectuals religiosos, també de categoria social elevada però que gaudien del suport del poble ras, molt lliurat als sentiments religiosos.

El Consell de Trenta de la comunitat jueva de Barcelona, còpia del Consell de Cent, estava constituït per famílies aristòcrates i per il·lustres seguidors del Rabí Nissim ben Rubèn Girondí. El 1386 es va fer una reforma que consistia en que, cada any, havien de deixar el càrrec deu dels trenta consellers i se n'escollien uns altres deu. Els secretaris també s'elegien anualment i no podien tornar-hi fins passat un mínim de dos anys. Això suposava una rotació dels càrrecs i la possibilitat que hi hagués altres estaments socials representats i no tot estigués en mans dels poderosos. Aquesta reforma es va acabar amb el regnat de Joan I, que va retornar tot el poder de regir l'aljama al règim aristocràtic.

L'any 1377, Pere III va introduir una reforma en el dret penal de l'aljama barcelonina. Passaven a jurisdicció del representant del rei tots els delictes que mereixessin pena de mort o amputació de membres, o els casos en què estiguessin implicats jueus i cristians, la qual cosa va fer disminuir el poder dels jutges de delictes civils anomenats *beroré tebiot*.

Al 1370, un altre brot de Pesta Negra delmà la població de Barcelona i, evidentment, també els jueus ho patiren. Cada vegada hi havia menys jueus rics; quedaven alguns banquers i comerciants, i també metges famosos, però la majoria de la població jueva barcelonina la constituïren, d'aleshores ençà, artesans, enquadernadors, tintorers, teixidors, forners, orfebres, sabaters, sastres, mossos i petits comerciants.

Agraïments

Aquest llibre té el seu origen en el recull de una sèrie de conferències per a les "Aules d'extensió universitària per a la gent gran" de la Universitat de Barcelona, i el tema me'l va suggerir el meu marit, qui sempre, al llarg de quasi quaranta anys de convivència, m'ha donat suport i ajuda en tots els àmbits de la meva vida.

Com sempre, vull agrair a la meva amiga la professora Tessa Calders les crítiques i correccions que m'ha fet, sempre constructives i positives, fruit de tants anys d'una gran amistat, i també a la seva filla Diana Coromines, que amb la seva proverbial paciència, ha repassat tot el text. Així mateix, també vull agrair als meus companys de docència la Dra. Meritxell Blasco les receptes mèdiques del seu treball de doctorat, i al professor Ramon Magdalena les traduccions de la *selikhà* del poeta jueu català Abraham ben Xemuel ibn Khasdai, que he posat en boca del protagonista del llibre, Astruc Bonafós, i la *quinà* de Xelomó Girondí que reciten les dones en el capítol que tracte del dia 9 del mes de *av*.

Agraeixo a la meva filla Marta al disseny de la coberta, una feina feta amb tot el seu cor.

Bibliografia

Baer, S.: *Die Trauergesänge für Tischa beab*. Rodelheim 1875.

Blasco Orellana, Meritxell: *Recetario médico hebraico-catalán del siglo XIV*. Catalonia hebraica et aragonalia I. Barcelona 2015.

Estanyol, Maria Josep: *Judaisme a Catalunya, avui*. Enciclopèdia Catalana SA. Barcelona 2002.
Els jueus catalans. Edit. PPU. 2ª edició Barcelona 2011.
Los judíos catalanes. Edit. PPU. Barcelona 2011.

Ferrater i Mestre, Josefina: *Ritual de pregàries jueves. Seder d'Amram Gaó*. Biblioteca Judaico-Catalana, 2. Barcelona 1995.

Ford, Richard: *Manual para viajeros por Cataluña y lectores en casa*. Edit. Turner. Madrid 1983.

Guaita i Jiménez, Pere: *Dona i medicina a la Corona d'Aragó*. Publicació de l'Arxiu Històric de les Ciències de la Salut. Col·legi Oficial de Metges de Barcelona. Barcelona 2010.

La Bíblia. Versió dels textos originals i notes pels monjos de Montserrat. Edit. Casal i Vall S.A. Andorra 1992.

La Catalunya jueva. Museu d'Història de Catalunya. Edit. Àmbit Serveis Editorials. Barcelona 2002.

Maimònides: *Mixné Torà*. Edit. El Árbol de la Vida, Tel Aviv 1982.

Rich, Anna: *La comunitat jueva de Barcelona entre 1348 i 1391 a través de la documentació notarial*. Fundació Noguera. Barcelona 1999.

Riera, Jaume: *Cants de noces de jueus catalans*. Ed. El Mall, Barcelona 1974.
Els jueus a Barcelona entre els segles XIII i XIV. Catalunya Romànica, vol. XX. Enciclopèdia Catalana. Barcelona 1992, pàgs. 88-91.
Les sinagogues medievals. "L'Avenç" n. 81, 1985, pàgs. 58-60.
Retalls de la vida dels jueus catalans. Episodis de la Història. Ed. Rafael Dalmau. Barcelona 2000.
La sinagoga Major dels jueus de Barcelona. Butlletí del Col·legi Oficial de Doctors i Llicenciats en Filosofia i Lletres i en Ciències de Catalunya. n. 99, 1997, pàgs. 60-71.

Planes, Sílvia: *Filles de Sara*. CCG Edicions. Girona 2001.

Sternberg, Robert: *La cuina sefardita*. Ed. Zendrera Zariquiey. Barcelona 1998.

The Babylonian Talmud. The Soncino Press. London, 1938.

Vocabulari

Aaron ha-qodeix. Literalment «arca sagrada». Armari on es guarden els rotlles de la ***Torà*** a la ***sinagoga***.

Adar. Mes del calendari jueu de vint-i-nou dies.

Adar xení. Mes del calendari jueu de trenta dies que s'afegeix després del mes d'***adar*** en els anys embolismals per adequar el còmput dels mesos lunars a l'any solar.

Afiqoman. Última porció de ***matsà*** en el menjar del ***seder*** de ***Pésakh***, de Pasqua.

Agadà. Contes de tradició jueva sobre passatges bíblics, biografies de doctors de la Llei, medicina, filosofia i dites. Quasi totes les ***agadot*** es troben en el ***Talmud*** i en els ***midraixim***. L'***Agadà*** per excel·lència, probablement el text ritual més antic del seu gènere que encara s'utilitza, és la que es llegeix a la festivitat de ***Pésakh***. Relata la història de l'èxode del poble jueu en alliberar-se de l'esclavatge d'Egipte. Se sol trobar en totes les llars jueves, normalment il·lustrat amb dibuixos, il·luminacions i decoracions. A Barcelona, a l'època medieval, hi havia una famosa escola que copiava i il·luminava ***agadot*** de ***Pésakh***; d'aquestes encara es conserven la de Sarajevo i la Golden Agadà, que es troba a la Biblioteca del Museu Britànic.

Agadot. Plural de ***Agadà***.

Aljama. Entitat jurídica formada per na o varies comunitats.

Aljamiat. De l'àrab *al-'ajamiya*, «llengua estrangera». Textos escrits en llengua romànica que utilitzen la grafia hebrea o l'àrab.

Aninut. Literalment «desolació». Primera etapa del dol. És el moment de dolor intens que segueix la mort fins a l'enterrament del difunt.

Av. Mes de trenta dies del calendari jueu.

Avelut. Literalment «dol». Temps en què la família del difunt està de dol.

Baal tequià. Home que toca el *xofar*.

Bar mitsvà. Literalment «fill de la Llei». Cerimònia per la qual ha de passar tot noi un cop fets els 13 anys per formar part de la comunitat jueva com a membre adult i actiu.

Bat. Literalment "filla".

Bedikat khametz. Es denomina així a la recerca de les restes de llevat que hi ha a la cas per preparar la celebració de *Pésakh*.

Be-Midbar. Quart llibre de la *Torà*.

Ben. Literalment "fill".

Be-Reixit. Primer llibre de la *Torà*.

Berit milà. Circumcisió.

Beroré aberot. Jutges encarregats de jutjar delictes civils dins de les aljames de Catalunya en època medieval; eren càrrecs propis i interns de les *aljames*. Va ser una institució pròpiament catalana que després de l'expulsió del 1492 es va imitar en les comunitats instal·lades a l'Imperi otomà.

Beroré tebiot. Jutges encarregats de jutjar delictes religiosos dins de les aljames de Catalunya en època medieval;

eren càrrecs propis i interns de les *aljames*. Va ser una institució pròpiament catalana que després de l'expulsió del 1492 es va imitar en les comunitats instal·lades a l'Imperi otomà.

Bet din. Literalment «casa del judici». Tribunal jueu de justícia que s'ocupa tant de causes religioses com civils. Ha de ser compost per un president i un mínim de tres persones qualificades, generalment rabins. El *bet din* de l'època romana és més conegut amb el nom de *sanedrí*.

Bimà. Tarima que hi ha al mig de la sinagoga, on puja qui té l'honor de llegir la *Torà*.

Caixer. Literalment «apte». Animals permesos per a l'alimentació o altres usos (fabricació de pergamins). Aliments permesos per la llei judaica.

Caixrut. Normes que regulen la puresa o la impuresa de l'alimentació en el judaisme.

Call. Del llatí *callis* «camí». Barri on residien els jueus a les diferents ciutats. Aquesta denominació només es donava a Catalunya. En altres regnes es denominava *jueria* o *judería*. Generalment, els accessos als calls eren tancats per portes i tot el perímetre quedava envoltat per un mur. En alguns calls encara es pot veure el traçat urbanístic, en alguns casos amb forma serpentejant, i amb un portal d'accés a cada extrem o un de sol.

Carpàs. Literalment «api». Menja simbòlica que es pren durant el *seder* de Pasqua. Pot ser també julivert.

Cavanà. Literalment «intenció», «concentració». Estat de predisposició a la concentració dels devots davant de l'oració o la comunicació amb Déu.

Cohen. Sacerdot.

Cohanim. Plural de *cohen*.

Col·nidré. Literalment «tots els vots». Pregària en arameu que es resa únicament al vespre de *Iom Kipur*.

Devarim. Cinquè llibre de la *Torà*.

Elul. Mes del calendari jueu. Té vint-i-nou dies.

Escola. En català es denominava així a la sinagoga en època medieval. La institució de la sinagoga va néixer com a lloc d'estudi i de reunió i posteriorment per la oració comunitària.

Gadol. Literalment "gran".

Guemarà. Comentari a les lleis recollides en la *Mixnà*, i que juntament amb aquesta formen el Talmud. La *Guemarà* va ser escrita pels *amoraïm* a Palestina i Babilònia entre el 200 i el 500 dec.

Gueruixim. Divorci.

Guet. Carta de divorci que l'home ha de lliurar a la dona davant de dos testimonis on indica clarament que és lliure de casar-se amb un altre home.

Guimel. Tercera lletra del alfabet hebreu.

Hal·lel. Literalment «lloança». Conjunt dels salms (del 113 al 118) que formen part de la litúrgia de les festivitats anomenades de «pelegrinatge» com *Pésakh*, *Xabuot* i *Sucot*.

Haiah. Verb ser, estar, haver.

Havdalà. Cerimònia del final del *xàbat*.

Hei. Cinquena lletra de l'alfabet hebreu.

Iad. Estri acabat en una maneta tancada amb l'índex assenyalant que serveix com a punter per seguir les línies escrites sobre el rotlle de la **Torà**.

Iexivà. Literalment «secció, reunió». Escola d'educació superior jueva.

Iom Kipur. Literalment «dia del perdó». Dia del penediment dels pecats que s'han comès durant tot l'any.

Iom tov. Literalment «dia bo». Es considera *iom tov* totes les festivitats en les quals s'apliquen les mateixes normes que en el *xàbat*.

Kearà. Safata especial on es posen tots els aliments simbòlics del *seder* de Pasqua.

Ketubà. Contracte matrimonial escrit en arameu on es consigna la quantitat de diners que es donarà a la dona en cas de divorci.

Keter. Literalment «corona», que es posa com a adorn a l'estoig on es guarda el rotlle de la **Torà**.

Khaburà. Confraria, congregació.

Khalà. Pa en forma de trena que es menja a la festivitat de *xàbat*.

Khalot. Plural de *khalà*.

Khametz. Literalment «llevat». Producte prohibit durant el temps que dura la celebració de la Pasqua.

Khamim. Literalment «calent». Menjar típic del *xàbat* al migdia, que també rep el nom d'*adafina*.

Khanucà. Literalment «consagració». Festa de les Llums. Commemora la purificació del temple profanat per Antíoc IV Epifanes. Els llibres dels Macabeus I i II expliquen aquest fet històric.

Khanuqiia. Canelobre de nou llums que s'encén per la festa de *Khanucà*. El llum novè és el denominat *xamaix* «servidor», que serveix per encendre els altres vuit llums.

Khanuqiiot. Plural de *khanuqiia.*

Kharoset. Pasta feta de fruits secs, vi, mel, canyella i poma. Simbolitza el fang amb el qual el poble jueu feia els totxos per a les construccions egípcies.

Khatan be-Reixit. Literalment «nuvi del Gènesi». Es denomina així l'home que rep l'honor de llegir el primer capítol de *Gènes*i el dia de *Simkhat Torà*.

Khatan Maftir. Literalment «nuvi que conclou». Es denomina així l'home que rep l'honor de llegir *Nombres* 29, 35-30 el dia de *Simkhat Torà*.

Khatan Torà. Literalment «nuvi de la *Torà*». Es denomina així l'home que rep l'honor de llegir l'últim capítol de *Deuteronomi* el dia de *Simkhat Torà*.

Khazan. Cantor i ajudant del rabí.

Khevrà qaddixà. Literalment «germandat santa». Voluntaris encarregats de rentar i amortallar els difunts segons les prescripcions de la Llei.

Kislev. Mes del calendari jueu. Té trenta dies.

Lilit. Literalment «òliba cridanera». Segons una història paral·lela de la Creació, Adam es va queixar a Déu que no tenia una femella i Déu va crear Lilit de porqueria i residus, però després de parir una filla va abandonar Adam i se'n va anar a viure al Mar Roig. Déu li va enviar tres àngels per fer-la tornar, però s'hi va negar. Lilit assetja nadons i fa tenir somnis que provoquen pol·lucions als homes solters.

Maror. Literalment «herbes amargues». Menja simbòlica del *seder* de Pasqua.

Matsà. Pa sense llevat. Es menja per la festa de **Pésakh**. *Matsot*. Plural de **matsà**.

Menorà. Canelobre de set braços. Era el canelobre que hi havia en el Temple de Jerusalem.

Metsitsà. Acció que porta a terme el **mohel** en la cerimònia de la circumcisió i que consisteix en succionar la sang del penis amb la boca.

Mezuzà. Capseta que conté un petit pergamí manuscrit on hi ha escrita la **Xemà**, i que es posa a l'entrada de les cases jueves.

Midraix. Literalment «estudi». Mètode per interpretar la Bíblia. Els **midraixim** són llibres que contenen molt material jurídic i llegendari. El *midraix halakhic* s'ocupa principalment dels preceptes que es poden deduir dels textos bíblics. El *midraix agàdic* és un gènere narratiu que proporciona conceptes sobre moral religiosa extrets de les fonts bíbliques.

Midraixim. Plural de **Midraix**.

Milà. Acció que porta a terme el **mohel** en la cerimònia de la circumcisió i que consisteix en separa i tallar de la pell del prepuci.

Miqvé. Bany ritual per purificar-se. Si es fa en un lloc específic, el recipient ha de contenir com a mínim 762 litres d'aigua i ha de permetre la immersió total del cos. Ha d'estar alimentada per aigua de pluja, neu, gel o directament d'una font o riu i ha de renovar-se continuadament. Si no hi ha un lloc específic per fer la cerimònia, es pot fer la purificació directament en un riu o en el mar.

Mitsvà. Literalment «precepte». Legislació que tot jueu està obligat a complir. Aquests preceptes són a la *Torà* i formen un conjunt de 613 manaments. Actualment es poden aplicar 270 preceptes, atès que la resta es refereixen a sacrificis i cerimònies del temple que són impossibles de realitzar d'ençà de la destrucció del Segon Temple, el 70 dec.

Mitsvaot. Plural de *mitsvà*.

Mixcan ha-Edut. Literalment «lloc on habita el Testimoni». Així es denominava el *Sancta Sanctorum* del Temple de Jerusalem on només entrava el Summe Sacerdot un cop l'any, per la celebració de *Iom Kipur*.

Mixnà. Literalment «repetició», «ensenyament». Col·lecció de tradicions legals que són la base del *Talmud*. Conté tractats sobre les lleis que regeixen tota la vida del jueu, tant de caràcter civil com religiós.

Moré. Literalment «mestre».

Musaf. Pregària que commemora els sacrificis addicionals que s'oferien en el Temple en *xàbat* i altres festivitats.

Nes. Literalment "miracle".

Nisan. Mes del calendari jueu. Té trenta dies.

Nun. Catorzena lletra de l'alfabet hebreu.

Paraixà. Literalment «part», «secció». Cadascuna de les cinquanta-quatre parts en què es divideix la lectura de la *Torà*, una part per cada setmana de l'any.

Paraxiiot. Plural de *paraixà*.

Pe. Dissetena lletra del alfabet hebreu.

Perià. Acció que porta a terme el *mohel* en la cerimònia de la circumcisió i que consisteix en descarnar el penis fins que la corona del gland surt lliure de tota cobertura

Pésakh. La festa més important del judaisme. Originàriament era una festa agrícola i de pelegrinatge al Temple de Jerusalem, on se sacrificaven els xais que es menjaven en el sopar posterior. Se celebra a la primavera i commemora l'alliberament de l'esclavatge del poble hebreu d'Egipte.

Pidion ha-ben. És la cerimònia del "rescat del fill. És un costum de quan encara existia el Temple de Jerusalem i tot primogènit havia de ser donat al Temple, fos humà o animal, perquè tot primogènit pertany a Déu segons que es diu en el llibre d'*Èxode* capítol 13, 1-2.

Po. Literalment "aquí".

Purim. Festa jueva basada en la història que es pot llegir en el llibre bíblic d'Ester.

Qaddix. Oració en arameu dedicada als difunts.

Querià. Estrip a la roba en senyal de dol per la mort d'un parent proper, es fa al cantó esquerre i a prop del cor.

Quevurà. Cerimònia de l'enterrament.

Quidduix. Literalment «santificació». Benedicció.

Quidduixim. Literalment «santificats». Es dona aquest nom a la cerimònia nupcial.

Quinà. Poema de to elegíac que es recitava en els oficis sinagogals juntament amb la lectura del llibre de *Job* o el de *Lamentacions* en la celebració de **Tixà be-av**.

Quinot. Plural de **quinà**.

Rabí. Home instruït i ordenat en les lleis religioses per dirigir espiritualment una comunitat jueva. En època medieval també actuava com a director social i cultural de la comunitat.

Rimonim. Literalment «magranes». Adorns amb campanetes que es posen en les dues vares del rotlle de la **Torà**.

Roix ha-Xanà. Literalment «Cap d'any». És l'any nou civil jueu i commemora l'aniversari de la creació del món. És una celebració solemne de recolliment, en la qual predomina l'oració i la reflexió; es fa un inventari de les accions bones i dolentes de tot l'any i es formula una proposta d'actuacions per a l'any vinent.

Sandaq. Padrí en la cerimònia de la circumcisió.

Seder. Literalment «ordre». Ritual prescrit per a la commemoració del sopar de Pasqua.

Selikhà. Literalment «perdó». Poemes penitencials que es reciten especialment en les celebracions de **Roix ha-Xanà** (Cap d'any) i **Iom Kipur** (dia del perdó).

Selikhot. Plural de *selikhà*.

Sevivon. Baldufa de quatre cares amb la qual la canalla juga en la festa de **Khanucà**.

Siddur. Literalment «ordre». Llibre de pregàries. Els textos litúrgics hi són posats segons un ordre inamovible.

Simkhat Torà. Literalment «alegria de la Llei». Festa que assenyala la fi del cicle anual de lectura de la **Torà** i el començament del nou cicle.

Sinagoga. Paraula grega que significa «assemblea», «congregació». En hebreu s'anomena *bet ha-knesset*, literalment «casa de reunió». Els jueus catalans en època medieval la denominaven **escola**, ja que la sinagoga també era el lloc d'estudi de la **Torà** i el **Talmud**.

Sivan. Mes del calendari jueu. Té trenta dies.

Sofer. Literalment «escriba». És l'home que escriu els rotlles de la **Torà** i altres escrits, sovint de caire religiós però també de caire civil, com el **guet**.

Sucà. Literalment «cabana».

Sucot. Festa coneguda també amb el nom de Festa dels Tabernacles. Commemora el temps en què el poble hebreu errava pel desert després de la sortida d'Egipte. Se celebra construint una cabana i fent-hi almenys un àpat al dia. També plural de **sucà**.

Sufganiot. Dolços similars als bunyols que es consumeixen en la festa de **Khanucà**.

Tal·lit. Mantell que es posen els jueus per pregar. Vestir el **tal·lit** vol dir complir el precepte bíblic de fer serrells a la roba (*Nom.* 15, 37-41). Ha de ser de seda o de llana i en ambdós extrems el teixit ha d'acabar en serrells anomenats **tsitsit**.

Talmud. Literalment «aprenentatge», «estudi». Cos oficial de lleis i tradicions jueves. Aquesta obra jurídica religiosa preveu tots els aspectes de la vida del jueu. La *Mixnà* és la base del *Talmud* i la *Guemarà* són comentaris a la *Mixnà*.

Tamuz. Mes del calendari jueu. Té vint-i-nou dies.

Tefil·lim. Nom en hebreu d'allò que generalment es coneix amb el nom de *filacteris*, paraula d'origen grec que significa «amulet» i que té un sentit pejoratiu. Són dos petits estoigs de fusta i cuir que contenen un pergamí on hi ha escrita l'oració denominada *Xemà*. Un dels *tefil·lim* es posa al cap i l'altre al braç per resar; no s'utilitzen mai en *xàbat* ni a les festivitats *iom tov*.

Tequià. Toc llarg del *xofar* que simbolitza el fet de despertar de la rutina diària.

Tequià guedolà. Un toc molt llarg del *xofar*. Simbolitza la victòria sobre el pecat i la determinació de dirigir-se cap al bon camí. Aquest és el so que se sentirà amb l'arribada del Messies.

Teruà. Sèrie de tocs del *xofar* extremament breus i tocats amb molta rapidesa que simbolitzen que el poble està penedit i plora pels seus pecats.

Tevet. Mes del calendari Jueu. Té vint-i-nou dies.

Tevilà. Literalment «immersió». Acció de purificar-se en el *miqvé*, introduint-se totalment en l'aigua tres cops i recitant la benedicció corresponent en cadascuna de les ablucions.

Tixrí. Mes del calendari jueu. Té trenta dies.

Torà. Literalment «guia», «instrucció», «ensenyament». Rotlle de la Llei format per cinc llibres, **be-Reixit**, *Xemot*, *va-Iqrà*, **be-Midbar**, **Devarim**.

Tovà. Literalment "bo".

Tsedaqà. Acte de justícia, caritat.

Tsitsit. Serrells del *tal·lit*.

Xàbat. Setè dia de la setmana, de festa, de pregària i de descans dedicat a Déu. Comença quan es pon el sol el divendres i acaba amb la posta de sol del dissabte. Es commemora el setè dia en què Déu va descansar després de la Creació.

Xabuot. Literalment «setmanes». Festa que a la Torà es considera de caire agrícola i assenyala la fi de la collita començada per *Pésakh*. En el cristianisme es coneix amb el nom de *Pentecosta*, paraula d'origen grec que significa «cinquantè dia». Es commemora el lliurament de les Taules de la Llei a Moisès al Sinaí.

Xalom. Literalment "pau".

Xam. Literalment "allí".

Xamaix. Literalment «servidor». S'anomena així el majordom de la sinagoga i també és el nom del novè llum de la *khanuqiia*.

Xànà. Literalment "any".

Xekhinà. Presència divina.

Xemà. Literalment «escolta». Aquesta és la primera paraula de la pregària per excel·lència del judaisme i que es troba al *Deuteronomi*, 6, 4-9.

Xeminí atzeret. Literalment «vuitè dia de l'assemblea».

Xemirà. Literalment «vetlla». Antigament, nit precedent a la circumcisió en què els jueus dels diferents regnes de la península Ibèrica bevien, menjaven dolços i cantaven vetllant la mare i el nen perquè no els molestessin els mals esperits. També rebia el nom de **nit de viola**.

Xevarim. Tres tocs breus del **xofar** que simbolitza que el poble ha de trencar amb el passat.

Xim. Penúltima lletra de l'alfabet hebreu.

Xivà. Set primers dies de dol.

Xofar. Banya de boc que s'utilitza com a instrument de vent. Es fa sonar en les celebracions de **Roix ha-Xanà** i **Iom Kipur**.

www.ingramcontent.com/pod-product-compliance
Lightning Source LLC
Chambersburg PA
CBHW020323160726
47992CB00004B/1674